FLORET
READING

小花阅读

我们只写有爱的故事

青春阅读　幸得相见

大鱼

有爱的青春陪伴者

womengangganghao
yujian
zuimeihao

Meet

我们刚刚好遇见最美好

CHIYANLENG
ZHU
赤焰冷
/著

花山文艺出版社
河北·石家庄

赤焰冷

C h i Y a n L e n g

80后，上海人。

2012年开始在《飞魔幻》《花火》上面发表短篇，

读者反响火爆。

行文思路别具一格，文风亦多变。

业余时间亦对编剧有所涉猎。

已出版：《熙元纪事》《微光迷失的尘夏》

《一只小妖出墙来》《天作之合》（上、下）《半壁玲珑》

Z U O Z H E J I A N J I E

目录
contents

Prologue/ 楔子 001

Chapter 01/ 顾墨洵其人 004

Chapter 02/ 丰胸的权利 013

Chapter 03/ 成了全民公敌 023

Chapter 04/ 不小心成了男女朋友 034

Chapter 05/ 作弊，逃课，谈恋爱 045

Chapter 06/ 吃醋的真谛 056

Chapter 07/ 少年文子骋 066

Chapter 08/ 赌神沈鱼 076

Chapter 09/ 出走 089

Chapter 10/ 噩梦 102

Chapter 11/ 被拒绝了 114

Chapter 12/ 太后驾到 124

Chapter 13/ 我要搬出去了哦 136

目录
contents

Chapter 14/ 想念 149

Chapter 15/ 我要开始恋爱了! 160

Chapter 16/ 阴阳失调的顾先生 169

Chapter 17/ 一场吓死人的夜游 178

Chapter 18/ 启动解锁模式 192

Chapter 19/ 那段记忆，我们再走一次 205

Chapter 20/ 记忆原来这么残忍 216

Chapter 21/ 沈鱼，不要害怕 227

Chapter 22/ 疗程结束 237

Chapter 23/ 冰释 245

Chapter 24/ 我们在一起吧 254

Extra 01/ 接吻不是电视剧 265

Extra 02/ 我终于幸福了 271

Extra 03/ 有一点儿吃醋 277

prologue

楔子

meet you

四周很暗，沈鱼也不知道为什么最后还是跟来了这里，只是听说他已经好几天没来学校，只不过是想劝劝他。她将自己蜷缩成一团躲在角落里，身体不住地颤抖着，眼睛看着不远处躺在血泊中的一个中年人。

他死了吗？

“他死了吗？”与沈鱼一样全身颤抖的少年，指着地上的人，问身旁另一个比他大不了几岁的男人。

“你看一下他还有没有气不就知道了？”男人把沾着血的刀子往地上一扔，有些嫌弃地看了眼溅在自己T恤上的血。

少年不敢去看，只是狠瞪着那个血泊中的人，最后终于得出结论：“他死了，是你杀了他。我不跟你干了，我回去，我回去了。”说着想往外跑，却发现腿抖得厉害，根本跨不出步子。

男人冷冷地看着他恐惧的样子，不慌不慢地说道：“他几分钟前也说不想跟我干了，结果……啧！”说着往地上吐了口唾沫，又捡起地上的刀子。

少年的脸因为男人的话也开始不自觉地抽搐起来，人抖得更厉害。

沈鱼一直在躲在角落里，不知道如何是好，几滴冷汗从脸颊边滑落，自下巴滴下来，是跑出去报案还是……

可是，她也完全动不了，人刚想站起来，腿一软，又跪在了地上，手里原本抱着的复习资料，自手臂间滑下来，掉在地上。

“谁？谁在那儿？”声音在这个只有三个活人和一个死人的老旧仓库里显得那么清晰，男人一双凶狠的眼朝声音来源的地方扫过来。

沈鱼吓得连呼吸都忘了，眼看着男人朝她这边走过来，却没有逃的力气，只是双手使劲地往地上乱抓，却连爬也爬不动。

那双脚终于出现在沈鱼的视线中，沈鱼不敢抬头看，只是双手不停地乱抓地面，却还是没爬动半步。

“沈鱼？”那个少年也跑了过来，看到沈鱼大吃一惊。

“原来认识啊？是不是偷偷跟来的小女朋友？”男人瞪着趴在地上的沈鱼，手中的刀子已经指向她。

“不要！”少年的表情惊恐到极点，忽然不知道哪儿来的勇气整个人抱住那个男人，冲沈鱼叫道，“沈鱼，快跑！”

chapter 01

顾墨洵其人

meet you

沈鱼的记忆一直都有点儿混乱，记忆中这似乎是她第一次参加露营，她刚读大一，是这个学校几个走读的学生之一，平时与其他同学少有交流，久而久之就被孤立了，难得这次主动叫她，她就愉快地答应了。

露营并没有多大收获，也并没有让沈鱼交到什么朋友，只是这黏腻的夏天着实让人不舒服。

回到住的地方已经是周日的傍晚了，天气有点儿热，沈鱼在路口买了个西瓜，拎在手里远远地看着路对面行道树后的那幢古色古香的小楼。

小楼有些年头了，外观被重新装修过，一楼大厅的门上有块匾：斗光阁。

那是一家城内小有名气的中医馆，看里面人来人往，就知道生意兴隆。

沈鱼看了半天，又看看手机上的时间，已经在这里蹲了半小时了，她终于不太情愿地站起来，拎着瓜往医馆走。

外观是古色古香的小楼，里面却是全现代化的装修，大理石地砖，干净整洁的墙壁，还有粉色衣服的小护士，一个顶一个漂亮。

沈鱼无声无息地走进去，偷偷地溜到大堂里面那扇“闲人免入”的门口，掏钥匙准备开门。

“小鱼，你回来啦。”那声音嗲里嗲气的，音量却颇大。

沈鱼抖了下，手中的西瓜差点儿掉了，回过头，是一个粉色护士服的小护士，圆脸大眼，长相非常甜美，手插在护士服的口袋里，笑眯眯地看着沈鱼。

“圆圆姐，”沈鱼心虚地看了看四周，“你小声儿。”

小护士走上来，看看沈鱼手中的西瓜，了然地说道：“这回西瓜也没用，顾顾都生气了，昨天的晚饭和今天的中饭都没吃，现在还有这么多病人，我们几个都心疼死了。”

沈鱼缩了缩脖子，道：“我不是说我去参加学校的露营嘛，他也同意的，还生什么气？”

“谁让你不回消息，不接电话，最后还关机，顾顾气得把手机都砸了。”

沈鱼抖得厉害，抱着西瓜，道：“我先去舅妈家躲躲。”说着就要走。

圆圆拉住沈鱼：“还想躲啊，你还是快点儿去厨房做点儿吃的，我怕顾顾身体受不住。”见沈鱼还想往外逃，她威胁道，“你敢走，我就叫了啊。”

沈鱼上了楼，把西瓜放好就开始做饭。

二楼是住人的地方，也是全现代的装修，厨房尤其大，各套厨具齐全，角落里摆着双门的大冰箱，沈鱼打开看，上次自己调的酱已经吃掉了大半，烤的饼干已经没了。

他会饿才怪。

她自保鲜柜里拿了两个蛋，打好了放在一边，然后抱起买来的西瓜，切开，把瓤全部挖出来放进冰箱，余下的西瓜皮，去了外面的一层皮，把里面的白瓤切成丝，拿出各色调味品开始调制起来。

厨房就是她的天下，什么东西摆在什么地方只有她知道，腌制好西瓜皮，又去冰箱里找上次自己腌的腊肉，同时把上次放在速冻里的鸡爪和肉拿出来，鸡爪放在微波炉里解冻。

锅里烧上开水，等鸡爪解完冻放在热水里滤去脏的东西，然后在高压锅里放上眉豆、花生、几颗红枣、几粒枸杞，鸡爪同时放时去煲汤，煲汤的时候就开始切腊肉。

腊肉切好也不急着下锅，舀了米洗了一下，在电饭锅里把饭煮了，沈鱼看看高压锅上的时间，拿起刚才从冰箱里拿出来的那块已经没那么硬的肉开始切肉丝。

先鸡蛋烧腊肉，腊肉是自己腌的，比外面的都好吃，简单地炒几下一股香味直窜出来，少盐少糖，根本不放味精鸡精，他不喜欢吃葱，撒上几滴麻油直接出锅，装好盘时，肉丝已经完全解冻，撇去化下来的水，用刚才故意剩下来的一点儿蛋清，放一点儿胡椒用手拌一下，起油锅，先炒肉丝，再放西瓜皮，西瓜皮已经用调料腌制过，不用再放任何调料，炒几下直接出锅。

两个菜炒好，高压锅的定时也到了，开锅再煮时，沈鱼拿出冰箱里的西瓜打西瓜汁。

一切干净利落，她喝着西瓜汁，看着时间，等饭煮好，汤也差不多了。

她转身去清洗满室的油腻，没有注意有人开门进来。

那人穿着医生的白褂子，皮肤很白，五官长得漂亮而精致，看不出年纪，如果眉细些就偏女相，然而眉却浓密，眉间总是轻轻地皱着，现出淡淡的川字纹，有种悲天悯人的出尘气质，却偏生了一双桃花眼，似有些不搭，在他身上竟然完美和谐，很难单纯地用帅或漂亮来形容，但可以确认一点儿，那家伙放哪儿都是祸害。

那人嫌弃地看了眼厨房里的油腻，人站在门口不肯进去，冷冰冰地看着沈鱼道：“你终于知道回来了。”

沈鱼认真地把手洗了一下，才拿起打好的西瓜汁，挑最漂亮的玻璃杯装着，不敢吭声，小心翼翼地递给他：“刚榨的。”

那人睨着那杯鲜红的果汁，总算伸手接过，喝了一口，觉得味道不错，又喝了一口才道：“一杯西瓜汁收买不了我，为什么不接我电话，消息也不回？”

沈鱼小狗似的乖乖站在一边，道：“都是催我回去的，可是我跟你说过我要在外面住一天，你也答应的。”

“那我吃饭怎么办？洗澡水谁帮我放，还有衣服谁洗？”那人盯着她，唇上还留着西瓜汁，有种妖魅的感觉。

沈鱼为难道：“你答应我出去露营的，要露营肯定有一天在外面，我怎么帮你做饭洗衣服？”

“这样啊？”那人似乎才刚明白过来，想了想说道，“那下次哪里也不准去了。”

沈鱼欲哭无泪，却只能乖乖点头，看那人眼睛盯着锅里的汤，问道：“你饿不饿？”

那人笑笑地看她：“你说呢？”

“但你还有病人。”

那人白她一眼，道：“两菜一汤，我现在就要吃。”

于是，斗光阁提早打烊了，就为了某人想早点儿吃饭。

很简单的两菜一汤，那人吃得精光，果然是饿了。沈鱼坐在对面看那人，虽然饿得发慌，却仍然慢条斯理，动作优雅得要命，根本没见他怎么动筷子，一碗饭和前面的菜已经见底了。

“盛饭，”把碗递给发愣的沈鱼，那人没闲着，拿过汤来喝，连喝了几口才有空和盛饭的沈鱼说话，“昨天在外面，药没忘记吃吧？”

“嗯，我带在身上了。”

“玩得开心吗？”

“很开心。”沈鱼说着，脸上不自觉地笑了。

“哼！”那人拿过饭，别过头去吃，不再理她。

又生气了，沈鱼垂头丧气地扒饭。

这个人总是爱生气，沈鱼是一年前来这里的，当时她的病不轻，被舅妈送来这里，刚来这里时他根本不拿正眼瞧她，嫌她太黑太丑，总拿诊所里漂亮的护士讽刺她，直到沈鱼长了些肉，白回来，他才罢手，却又开始嫌她胸太平，屁股不翘，像个没发育的小学生。反正各种挑剔，分分秒秒在生气，但是，这样的人偏偏对他的那帮红颜知己好得不得了，体贴风流，换了个人一样。

沈鱼于是看看自己的胸，要不要以后都吃木瓜呢？

“看什么看，再看也不会长了，”那人忽然间隔桌用筷子敲了下她的头，“快下去开门。”

沈鱼这才发现自己恍神，楼下果然有敲门的声音。

她“哦”了一声，放下碗筷跑下去。楼下是有门铃的，却偏要敲门，而且敲得声音极大，不用猜也知道是谁。沈鱼皱了皱眉，在大门前犹豫了一会儿，才把门打开。

一个又高又壮，像一堵墙一样的男人站在门口，扶着个人，那人左边的手臂不自然地垂在那里，在不住地惨叫。

沈鱼让到一边，忍不住嘟哝：“又打架了啊？”

墙一样的男人不理她，横冲直撞地走进去，口中叫：“顾医生，有病人。”声音在空荡荡的厅里回荡，却不见有人下来。

“顾医生！”他又叫了几声，有些烦躁地拍桌子，“顾医生，你到底出不出来？”

沈鱼跟在一边，很好心地提醒：“他在吃饭。”

墙一样的男人，一怔，不响了，乖乖坐下来等。

被扶着的那个小个子一直在惨叫，墙一样的男人听得心烦，道：“你忍忍，没听到顾医生在吃饭吗？”

他是吃过亏的，第一次来这里时，顾医生也在吃饭，他直接把顾医生的筷子掰断了，结果伤虽然给治了，但一直发痒，像有几千只虫咬一样，他当晚就把包好的伤口全部抓破了，躺在地上滚来滚去难受了一夜，接下来就一直吐，吃什么吐什么，苦不堪言，最后是自己的老大带着他给顾医生送了一副金筷子，当面赔罪这事才算结束，以后虽然对这个顾医生怀恨在心，却怎么也不敢惹他了，尤其在他吃饭的时候。

两人耐心等顾医生吃完饭下来，墙一样的男人站起来，同时一把把小个子男人揪起来，冲顾医生道："手脱臼了，还有一处刀伤，你给看看？"

那些人平时打架不是刀伤就是骨折，骨折还好说，刀伤一到医院治就可能惊动警察，顾医生主攻中医，所以跌打损伤难不倒他，除了骨折之类的硬伤小诊所没办法治，其他都照单全收。沈鱼搞不懂他为什么会搭理这些人，也不像是受威胁的样子，但有一次她看到他和那帮人的老大坐在路边摊吃饭，傲娇如他，竟然也肯坐路边摊这种地方，虽然只是喝酒，东西半口没吃，但已经很给面子了。

顾医生双手插在口袋里，看着那两人，又看看伤者滴在地上的血，皱了皱眉："真没规矩。"

沈鱼第一个领悟过来，跳起来道："我马上拖干净。"

顾医生瞪了沈鱼一眼，冲那个墙一样的男人道："老三，你来拖。"

"我？"老三以为自己听错，瞪着顾医生。

顾医生冷冷地看向他，道："不拖直接滚。"

老三当然不情愿，这哪是他干的活，但看看顾医生的脸色，自己兄弟还受着伤在哼哼呢，一拍腿道："我拖。"

老三把血拖干净，那边顾医生已经在给小个子治伤，皮肉伤，还脱臼，上药缝合，再把脱臼接好，他驾轻就熟，然而他现在的样子远没有白天那般可爱可亲，下手重而狠，小个子疼得哭爹喊娘，连泪水都飙出来了。

老三这么高大的人站在顾医生门诊的小办公室门口不敢进去，沈鱼也不敢进，两人蹲在那里直打颤。

“其实你们可以换一家的。”沈鱼轻声说。

老三额头上汗淋淋的，瞪了一眼沈鱼道：“你以为我们不想啊，一般的诊所不敢收，被迫收了，人一走就报警。”

沈鱼手指在地上画圈，眼睛不敢看老三凶狠的脸，口中道：“那就别打架了，摆个摊，修个鞋啥的。”

“说啥？”老三狠狠道，“你瞧不起我的职业？”

沈鱼往后缩了缩，还在小声嘀咕：“你这能算职业吗？每次看了诊，钱都不付。”

老三怒了，一下子站起来：“小丫头片子。”

他手还没伸过去，沈鱼就抱着头叫：“顾墨洵，大块头打我。”

里面的顾墨洵没动静。

老三一把拎起沈鱼，沈鱼闭眼等着被揍。老三从不打女人，这架势也不过是吓吓她，作势要打的手停在半空，看到沈鱼粉白的小脸，双眼紧闭，长长的睫毛不住地颤，他心里不知为何像被狠狠撞了一下，慌忙放开沈鱼，别过脸去，心想，这丫头怎么越长越漂亮，害得老子脸都红了。

沈鱼跌在地上，心想怎么没挨打，爬起来时顾墨洵已经从办公室出来，身后的小个子脸色苍白，看到老三就抱住他哭。

“老子不干了，老子回家种地去，这医生下手太狠了。”他说着就抽抽噎噎地哭起来。

老三照着他的腿就是一脚：“哭个球，还是男人吗？丢不丢人？”说着骂骂咧咧拖着小个子走了。

顾墨洵的白褂子上溅了几滴血，厌恶地皱起眉，脱下来塞给沈鱼，道：“洗了，用漂白剂漂，里面也收拾了。”

沈鱼“哦”了一声，进办公室去。

办公室地上丢了几个带血的棉球，缝合的针也扔在那里，沈鱼拿了镊子把棉球夹进垃圾桶里，抬头看到地上的衣服，应该是刚才的小个子在缝伤口时脱在那里忘了，捡起来，一股汗味。

沈鱼嫌弃地扔在一边，忽然自那件衣服的口袋里掉出一包东西来，小小的塑料袋子，里面几颗白色的东西。

她愣愣地盯着那包东西，动也不动。

扔进垃圾桶的带血棉球散发着淡淡的血腥味，沈鱼蹲在那里看着那包东西，还是一动不动。

“见鬼！”猛然有人自她手中将那包东西抽走，打开，全部倒进旁边的洗手池，水放到最大，冲了下去。

沈鱼猛然清醒，茫然地看着旁边的人：“怎么了？”

顾墨洵背光站着，眉紧紧地拧在一起，脸上是浓浓的怒意。沈鱼吓了一跳，呆呆地看着他的脸。

“滚上楼去，别在这里。”他把沈鱼拉起来，手上的力道很重。沈鱼疼得往旁边缩，他一松手就连滚带爬地跑出去。

“等等，”上楼时顾墨洵喊住她，“记得吃药，两包。”

“两包？”

“有什么意见？”他声音冷冷的，怒意正盛。

“哦哦，两包。”沈鱼不知道他为什么忽然生气，却不敢问，慌慌张张地上楼吃药去。

丰胸的权利

meet you

一节理论课，大教室里两个系的人一起上大课，大部分人都在睡觉或者玩手机，只有几个前排的人还在听，沈鱼很认真地做着笔记。老师是个五十多岁的老头儿，头顶已经秃了，周围一圈的头发还在，留得很长，本来乖乖地盘在头顶那块秃掉的地方，此时被教室里的电扇一吹，整个披头散发，凌乱得很。

沈鱼身旁的几个女生正在讨论老师的发型，聊得风生水起，哈哈大笑，被老师提醒了几次才收敛，沉默了一会儿，又开始聊，这回声音轻了很多，聊的似乎是前排的某位男生。

因为坐得近，沈鱼一半耳朵在听讲，一半在听八卦，大体是那位男生如何的帅，可惜眼高于顶，上次谁谁谁去追被拒绝之类的八卦，头顶的风扇吱吱呀呀地响着，沈鱼听得无聊，猛然听到老师说：今天就到这里。

一教室的人如释重负，有几个男生跑到前排转了一圈，不知跟前排的同学说了什么，被拒绝了，灰头土脸地回来，看看沈鱼，想上来又不敢上，就拉住旁边一个正在理书包的男生，道："少政，你上。"

那个男生就是刚才几个女生八卦的男主角，有些面熟，往沈鱼那边看了一眼，道："关我什么事？"拎包准备走。

被几个男生拉住，哀求道："前排几个祖宗我们都要过了，油盐不进，不如你去试试，这是我们共同的事业，能不能过，全靠你了。"

旁边几个男生附和："是啊，男神，随便挑一个，你出马，一定手到擒来。"

男神同学表情似笑非笑，道："可我不需要什么笔记啊，都在我脑子里呢，怎么成了我们的共同事业了？"

"那一顿极品鲜可以了吧？菜由你点，我们几个请。"极品鲜是校门口的一家小饭馆，平时食堂的饭吃腻了，就会跑去那边打牙祭，价格适中。

男神同学看看几个人期待的眼神，终于放下书包。

前排几个同学还没走，在相互讨论着老师留下来的课后题，他们都是冲着学校的奖学金去的，平时笔记看得比钱包还严，向他们问题目一般也不理不睬，考试时卷子更是捂得严实，休想从他们的卷子上看到半个字。

男神同学看了一眼，看到其中一个女生时，叹了口气，这个似乎是开学时自己刚拒绝过的女生，如果贸然去要，少不了碰一鼻子灰，他不由得犹豫了。

沈鱼急着回去做饭，拎了书包就往外走。

"借过，借过。"她小声嚷着，用书包开路，挤开几个堵在走廊里的男生。

"那个谁，等一下。"有人叫住她，同时拉住了她的书包带子。

沈鱼回头，是个长得挺帅的男生，有些面熟，想了半天才想起来，慢吞吞地说道："许佳佳的男朋友？"好像是上次露营时见过的，跟系花许佳佳是情侣关系。

男生对这样的称呼很得意，又有些不好意思，道："我叫项飞，跟你同系的。"他看看沈鱼手中的书包，"看你上课记笔记了，借我复印一下呗。"

沈鱼愣了愣，反应过来，道："哦，不过要正反复印，缩小再印，环保啊。”说着手往书包里掏。

刚把笔记掏出来，后面几个男生一拥而上：“等一下，张少政也要借。”说着把男神同学推到沈鱼的前面。

在这个学校里，张少政这个名字就是块金字招牌，只要往女生堆里一报，必定引来满场尖叫，他要什么东西，有的是人哭着闹着双手奉上的，从无意外。本来只要有男生要到笔记就可以，不出几日必定在男生中发扬光大，只是两方不同系，那项飞又把张少政当假想敌，估计想发扬光大的梦想会破灭，所以怎么说也要用张少政这块金字招牌把笔记要过来。

几个人颇为得意，有张少政在，项飞你就靠边。

沈鱼拿着笔记，看看张少政，又看看项飞，最后把笔记递给了项飞。

“正反复印，缩小再印。”她又说了一遍，然后冲张少政很诚恳地说，“不好意思啊，先来后到，你要不让他帮你多复印一份吧。”

张少政看着她，没作声。

沈鱼觉得他一瞬间眼睛似乎眯了眯，有点儿像某人没吃饱时就要生气的样子，她不自觉地抖了抖，果断闪人，再晚菜都买不到了，顾墨洵一定会生气。

在场的人看着沈鱼快速离开，一时没反应过来。项飞有些受宠若惊，不禁得意起来，看看张少政，感慨道：“在这个审美观扭曲的校园，总算看到个真正有审美品位的。”说着笔记往掌心拍了拍，嘚瑟得要命，“张少政，要不要多复印一份啊？”

张少政看着项飞手中那个蓝封面的笔记本，封面上画了条大大的鱼，画风拙劣，丑，上面左边的角上写了个“沈”字。他面无表情，半晌，慢吞吞地说道：“那就谢谢多复印一份，正反复印，缩小复印，环保。”

沈鱼买了菜回去，快打烊了，诊所里只有一个病人在敷药，顾墨洵和三个小护士在玩飞行棋，飞行棋玩得很有特色，顾墨洵拿着骰子，小护士说几点，他就掷几点，从不会失误，如果轮到小护士掷时，想让顾墨洵代掷，就一定要表示点儿什么，或者撒个娇，或者直接献吻，反正整个游戏玩得活色生香，而且乐此不疲。

病人看得目瞪口呆，又兴致盎然，这意思是敷完药也不想走了。

顾墨洵靠在大理石的服务台上，那双桃花眼眯着，水滑透亮，似乎能溢出水来，风流倜傥地笑着，额头眉角有几个唇印，修长的手指握紧，举在半空，声音柔和，道："五点是吗？"说着，将掌心的骰子扔出去，果然是五点。

三个小护士欢呼，嗲声嗲气地叫着："顾顾好厉害。"

顾墨洵笑得更迷人，眼睛瞥见门口进来的沈鱼，再看看门口的大钟，一拍手道："好，今天到这里，下班。"

小护士们依依不舍，却也不纠缠，回身看到沈鱼纷纷打招呼，欢乐地去更衣室把护士服换掉，下班。

顾墨洵撕了张纸巾擦脸上的唇印，然后看了下敷药的病人，很随意地冲沈鱼说了一句："回来了？"

沈鱼进门来，手里拎着个大大的南瓜，还有一条大鱼正在袋里扑腾，分明杀过了啊，刮鳞去肠了，怎么还这般精神，诈尸啊？

手中的东西重得胳膊都要断了，她看顾墨洵闲着，可怜兮兮地说："顾顾，帮我拎一下。"

她是从来不称顾墨洵为"顾顾"的，只是觉得这声称呼很有用，护士姐姐们一叫，他都是笑容满面的样子，早想用一下，只是没有那么嗲。

听到"顾顾"两字，顾墨洵整个眉都皱起来，打发那个病人走了，就这么瞪着沈鱼："叫我什么？"

"顾，顾，顾顾。"沈鱼结巴起来。

“什么咕咕咕，你是鸟吗？”顾墨洵还是皱着眉，凑近她恶声恶气地说，“不许叫！”

“哦，哦，”沈鱼拼命点头，有点儿泄气，看来是不够嗲，要不要一个人的时候练练？

沈鱼上了楼去，在厨房里忙起来。

“今天多做一人份的，有客人。”顾墨洵不知什么时候也上来，人靠在厨房门上，手里是沈鱼空闲时烤的饼干。

沈鱼愣了愣：“谁啊？”

“小丽。”

小丽全名叫万春丽，听上去有点儿像古代妓院的名字，可她是这一带势力的一姐，也就是上次那个大块头老三的大姐头，道上人称她为“丽姐”，这一带只要把名号报出去，个个闻风丧胆。

也只有顾墨洵敢叫她小丽，她也只允许顾墨洵这样叫她，沈鱼只见过她几次，第一次见到她时被她的气势吓得腿都软了。

晚上来时万春丽穿了一身黑，头发和往常一样，短得像个男生，二十多岁的年纪，极瘦，身高却偏偏拔到了一米七多，露在外面的手臂上有文身，是一堆看不懂是什么盘根错节的东西，中间是个骷髅头。

如往常一样，她平时养的那条狼犬也跟着来了，顾墨洵讨厌任何长毛的东西，死活不让它进屋，万春丽也知道他的脾气，独自进了屋和顾墨洵吃饭。

两人吃饭根本就不说话，今天的南瓜鱼烧得极好，果真是鱼骨头都要煮化了，顾墨洵连吃了几碗，万春丽则看着他吃。沈鱼在一旁盯着万春丽手上的文身，那一堆东西似乎是条蛇吧？头呢？头在哪儿？

她看得脸都快贴在那文身上了，被万春丽抵着额头推开：“喜欢吗？喜欢也给你文一个？”她脸上似笑非笑，有股迫人的气势。

沈鱼摇摇头，看着那文身很认真地说道：“太疼，而且听说等老了皮松了会很丑。”

万春丽脸上抽搐了一下，狠狠地扒了几口饭，把筷子往桌上用力一放，向着对面的顾墨洵道：“我很忙，你找我什么事，快说。”

顾墨洵一口气喝完碗里的汤，转头对沈鱼道：“小鱼，出去陪狗玩去。”

沈鱼“哦”了一声，拿起碗准备把锅里剩下的汤倒进自己碗里再出去，手还没碰到汤勺，顾墨洵已经先一步拿过汤勺，瞪了沈鱼一眼，意思是这锅里的也归他了。

沈鱼只好夹了几筷子菜出去，过厨房时从冰箱里拿了罐酸奶，“噔噔噔”地跑下楼。

万春丽的狼犬一副凶相，前腿离地可以比人还高，瞬间可以咬断人的喉管，平时拽得二五八万似的，但骨子里其实“二”得很。

它一看到沈鱼就摇着尾巴要往她身上扑，幸亏铁链拴住了，惯性原理，扑力太大，它被同样的力扯回去，打了个趔趄。

沈鱼嫌弃地看看它，把酸奶打开，找了根树枝推到狼犬面前，看它的耳朵一下竖得笔直，毫无形象地吃起来，沈鱼蹲得老远，吃她的饭。

一人一犬除了吃东西的声音别无其他，狼犬三两下就把酸奶舔完了，龇着牙将酸奶瓶也咬碎了，确定没东西可吃才罢休，接着就巴巴地看着沈鱼碗里的饭。

沈鱼不理它，自顾自地吃饭，它没办法，也就趴在那里不动弹。

很和谐啊。

猛然间，听到楼上“嘣”的一声，狼犬一下子站起来，然后是万春丽“噔噔噔”的下楼声。她走到门口，看到沈鱼停了停，扯下拴住狼犬的绳子，叫道：“虎牙，走了。”说着牵着狗走了。

沈鱼莫名其妙，想到刚才万春丽下楼来的表情，要杀人似的。她反应过来，拿着碗上楼去了。

顾墨洵在喝汤，津津有味，但脸上笑意全无，看到沈鱼抓着碗站在门口，道：“以后万春丽的手下来不要给开门。”他没有叫“小丽”而是直呼其名。

沈鱼走上来，把碗放在桌上，看到万春丽只是扒了几口饭，根本没吃什么东西，心想怪不得这么瘦啊。

“还有，”顾墨洵道，“那些人，你以后都不要搭理，知道吗？”

沈鱼点了点头，想了想，道：“你是不是跟她算医药费了？她这么多年都不给钱，那可是笔大数目，估计她是想赖掉了。”

顾墨洵一怔，终于笑起来，道：“小鱼你果然聪明。”

沈鱼有些得意：“那是。”

顾墨洵洗完澡出来，沈鱼在厅里跳健身操，这是顾墨洵规定她每天要做的事情之一。她没有发现顾墨洵进来，跳了一会儿，看着电视里那个大胸部的大妈，发了会儿呆，又低头看看自己的，叹了口气，更卖力地跳起来。

“跳死也不会有什么变化的，还是放弃吧。”顾墨洵懒洋洋地说了一句。

沈鱼脚底猛地一滑，没站稳，一屁股坐在地板上。

“跳完替我吹头发。”顾墨洵嫌弃地看看她，转身回自己房间去了。

沈鱼不一会儿就过来了，手里拿着电吹风，垂头丧气的样子。顾墨洵坐在沙发里拿着平板电脑玩“切水果”，他身上穿着浅藏青的宽松T恤衫，下身是白色的睡裤，整个人体形匀称，一双腿更是修长，就这么随意地坐在沙发里，估计一般女的看到又要尖叫了，沈鱼却想着胸的事情，走到沙发背后，开始心不在焉地帮顾墨洵吹头发。

人很奇怪，本来觉得胸平不是问题，何况她也至少达到了全国平均水平，只是经常被人说了以后，就觉得自己的胸实在是太平了，根本拿不出手。

“给我开帖药也行啊。”她对顾墨洵说。

顾墨洵不知道她还想着这件事，低头专心切水果，口中道：“开什么药？”

“丰胸的啊！你做中医肯定知道哪个药有效，不是有针灸吗？也可以试试的。”沈鱼边吹风边很认真地说道。

顾墨洵直接切到了个炸弹，Game Over。

“为什么丰胸？”他转头看她，风就直接吹到他脸上，沈鱼慌忙把电吹风移开。

“因……因为，太平了。”

顾墨洵看了一眼，深深地点了点头。

“是太平了。”他又道，“交男朋友了？”

“啊？”

“如果不是交男朋友，平就平着吧。”

“啊？”

原来没有男朋友的人是无权丰胸的，沈鱼低着头想了想，道：“我总会有男朋友的，不如现在先丰起来。”

顾墨洵看了她半天，回过头去，阴阳怪气地说道：“等你找到再说吧，女孩子家家的，不要这么没压力地跟我个男人提胸大胸小的事。”说完还叹了口气，“现在的孩子真是太开放了。”

吹风机“沙沙”地响着，沈鱼仔细想了想顾墨洵说的话，太开放吗？可是不是一直有女病人跟他提月经不调的事吗？她总是跟不上顾墨洵的思维节奏，于是又垂头丧气地继续替他吹头发。

顾墨洵没有再玩“切水果”，低着头任沈鱼的手指在他发间拨弄，半晌，忽然道：“最近学校认识很多朋友吗？”

沈鱼正好吹好头发，关掉吹风机，道：“是啊，今天有同学问我借笔记了。”

“男的？”

“嗯，上次露营认识的，他竟然还记得我。”沈鱼很愉快地说道。

顾墨洵点点头，人站起来，整个人显得更加修长，他脚上穿着棉制的纯白拖鞋，走到酒柜旁，拿出昨天开的红酒倒了一杯，摇了摇放在酒柜上。

“我想吃两块夜市上卖的糯米糕，快去买。”他说。

沈鱼张大嘴：“现在？”

“现在，快去！”

“但是，但是你从来不吃外面的东西。”

顾墨洵走到沈鱼跟前：“你哪只眼睛看到我不吃的，我想吃，现在就想吃。”他已经有些生气了，加重语气强调了遍现在就想吃。

沈鱼看他生气就怕，往后缩了缩，就往外跑：“好，现在就去买。”说着就跑出去了。

chapter 03

成了全民公敌

meet you

沈鱼把昨晚买的糯米糕热了一下当早饭吃，早知道买回来顾墨洵看也不看一眼，她就不去买了。

早上的课有一堆人会在教室里吃饭，沈鱼觉得她今天很接地气，一个人边等着上课边像其他人一样吃早饭。

糯米糕有点儿过甜，沈鱼吃了一半，余下的怎么也吃不下了，拿着牛奶往嘴里灌，然后看着剩下的一半发呆，要不中午当午饭吃？

“你的笔记。”一个笔记本放在沈鱼的面前，蓝封面，上面画了条丑陋的鱼。

沈鱼抬起头，不是昨天的项飞，而是那个叫张少政的男生。

“怎么是你还给我？”

“项飞昨天复印完了就交给我复印。笔记很清楚，谢谢！”张少政穿着很简单的T恤和牛仔裤，整个人清爽帅气，他一进教室，教室里的女生就都朝他看过来。

沈鱼“哦”了一声，把笔记收起来，继续盯着糯米糕发呆，却发现张少政并没有离开，她只好又抬起头：“你还有什么事吗？”

张少政还是第一次被女生这么不待见，上次借笔记也是这样。他不由得仔细打量了下沈鱼，眼神清澈，并没有任何闪烁，应该没有欲擒故纵的嫌疑。

“早饭？”他指指那盒糕点。

“是啊。”

“不吃吗？”

“吃不下了。”

“我没吃早饭。”

“哦。”

“我说我没吃早饭？”

“不吃早饭对身体不好，现在去食堂买还来得及。”沈鱼意识到可能对同学太冷淡了，马上看了下时间，很好心地补了一句。

张少政有些哭笑不得，却也没再说什么，道：“你说得没错，还有时间去买一份。”说着他冲沈鱼笑了笑，转身走了。

下课的时候，顾墨洵发消息来说晚上想吃什么，他一般都是让沈鱼决定，偶尔会点点菜。

沈鱼回了句“知道了”，就拿出吃剩的糯米糕当中饭吃。糯米糕买来的时候就是一块块切好的，沈鱼早上吃了一半，还有一半还是整齐的，没有动过。她对吃不像顾墨洵那样挑剔，能吃饱就好，不过那糕实在太甜，吃了几口就没胃口了。

她勉强吃了几块，站起来决定去小卖部买点儿喝的，下楼时却直接撞到不该看到的一幕。

同学们都去吃饭了，楼道里很冷清，一个女生的侧影，朝着被墙挡住的另一方站着。

“为什么？”女生的声音颤抖。

“我有喜欢的人了。”男生的声音好听，有些耳熟。

“是谁？”

“你不用知道。”

“这是你拒绝人的方式吗？其实你没有喜欢的人！”

“确实有，就是你们班的沈鱼。”

沈鱼猛然听到自己的名字，吓了一跳，是谁喜欢她？她下意识地想跑下几步看清楚，那个女生忽然转过身来，满脸泪水地跑上楼，与她擦肩而过时，狠狠地瞪她一眼，跑开了。

沈鱼莫名其妙，呆了半晌才反应过来，跑下去看那个男生是谁，那个被墙挡住的地方已经没有人了。

有人喜欢她吗？是谁啊？

一直到放学，一直到在厨房里做饭，一直到和顾墨洵一起吃饭，沈鱼都在想着这个问题。

顾墨洵喝了一口汤。

沈鱼说："顾墨洵，今天有人说喜欢我。"

顾墨洵一口汤还没咽下去，被呛了一下，有些生气地拿了纸巾擦了擦嘴，瞪着沈鱼道："谁让你吃饭时说这么不利于消化的话？"

"不消化？"

"很丑吗？"

"谁？"

"那个喜欢你的人？"

"没看到。"

顾墨洵盯了沈鱼半晌，道："沈鱼，你今天吃药了吗？"

"还没。"

"滚去吃！"

沈鱼吃了药跑回来，顾墨洵已经吃完饭。

"过来给你搭下脉。"顾墨洵坐在沙发里道。

沈鱼乖乖地走过去，口中道："真的有人说喜欢我，不是幻觉。"

顾墨洵白她一眼，专心诊脉。

周围静下来，顾墨洵的手指修长，轻轻地按在沈鱼的手腕上。沈鱼看着他修得平整的指甲，道："顾墨洵，你有喜欢过谁吗？"

顾墨洵的声音有些漫不经心，道："我喜欢所有女人。"

沈鱼皱皱眉，很不苟同地说道："那是滥情，会什么什么而亡的。"沈鱼努力想着那个词，上次在小说上看到过，是什么而亡来着。

却不想，顾墨洵脸色一变，空着的手往沈鱼的头顶一拍，似笑非笑道：“沈鱼，你皮痒了？”

沈鱼被他这一拍吓了一跳，马上低下头去，眼观鼻，鼻观心。顾墨洵看她这样子，嘴角扬起来，松开手道：“好了，洗碗去吧。”

沈鱼“哦”了一声，站起来收拾桌子去了。顾墨洵拿了一本上次在古玩市场淘来的医书翻，翻了几页就扔在一边，太咬文嚼字，而且墨迹也不太清晰，索性就看沈鱼收拾桌子。

那个呆姑娘虽然呆，做事却十分麻利，喜欢边干活边哼一些不知所谓的歌，她刚来时干枯发黄的头发现在已经被养得黑亮，随意地扎一把，留了几根发丝在鬓间，飘啊飘的。她的皮肤很白，身形高挑细长，腰更是一只手就可以握住似的，她搬了好几只碗进厨房洗，脚上的拖鞋“啪嗒啪嗒”响，每往前走一步时，可以看到她粉红色的脚底，很可爱。

她才二十岁，举手投足间有种不自知的美丽，夹着扑面而来的青春气息，有人喜欢她再正常不过。

顾墨洵就这么看着，在自己也没发觉的情况，眉轻轻地皱了一下，直到沈鱼从厨房里探出头来，说道：“我说的真的不是幻觉，顾墨洵，有人喜欢我。”

顾墨洵直接把身边那本医书砸了过去。

“闭嘴！”

课间休息，沈鱼跑去买果汁喝，回来时看到自己坐的位置上不知道谁将奶茶打翻了，泼了一桌子，半本笔记全都泡在奶茶里，连书包上都是。

这已经不是第一次了，上次是一桌子擦过鼻涕的纸巾，还有一次是一条死了的金鱼。没有人敢坐在她旁边，似乎一下子，所有人都躲着她。

沈鱼想拿纸巾擦干净，发现连纸巾也被奶茶泡湿了，周围一群同学在看，沈鱼回头问谁有纸巾，他们全都转过身去不再理她。沈鱼觉得有些伤心，拿了钱包准备跑去买时，有人将一大包纸巾递到她面前，她一愣，抬头去看。

是张少政。

“先擦干净吧。”看她发愣，张少政先抽了几张纸巾放在那本被泡过的笔记上。

沈鱼这才反应过来，忙动手擦。

这时已经上课了，老师走进来，看到其他人都坐好，只有两个人背对着他不知在干什么。

“这两位同学坐好上课了。”老师抬了抬眼镜说道。

“马上好。”沈鱼嚷道，拎着还在滴奶茶的书包和其他东西移到旁边干净的位置。

张少政从包里拿出一个本子，递给她：“你的笔记本全湿了，下半节课记在这本上吧，送你了。”

沈鱼看了他一眼，接过来。

讲台上的老师本来有些不耐烦，但认出是张少政。老师也是八卦的，都知道这个学生成绩优异，且桃花不断，不由得笑起来：“张少政，我记得你不是这个系的，怎么，学其他同学陪女朋友来上课？”

张少政还没说话，一旁的沈鱼马上摆手道：“不是，我不是他女朋友，他只是借我纸巾用。”

沈鱼不知道有多少女生巴不得有这样的误会，她却想也不想地澄清了。张少政轻皱了下眉，看着沈鱼，一手的奶茶，黏糊糊的，对着他轻声催促，道：“快去上课啊，张少政，迟到了。”

他干脆一脚跨过旁边的位置在沈鱼旁边坐下，冲台上的老师说道：“老师，你也看到我现在处在革命尚未成功阶段，正好你这课我也要考的，你放心，保证不吵闹。”说着他从包里拿出笔和纸，一副准备认真听讲的样子。

老师笑了笑，也不说什么，转身开始上课。

沈鱼愣了半天才回过神来，台上老师讲什么她也听不到，就这么盯着张少政看，这个人是什么意思啊？

张少政被盯着看了很久才有些不耐烦地回头看她，冲她指指自己的眼睛，又指指课本，让她专心上课。沈鱼这才回过头去，又盯着课本发愣。好不容易熬到下课，一教室的人散去，几个女生离开时还对沈鱼狠狠地瞪了几眼，沈鱼装作没看到，低头整理东西。

张少政在旁边等她，她动作越来越慢，半天才抬头，看着张少政，道：“你这是要追我吗，张少政？”

张少政没想到她问得这么直接，要笑不笑，反问道：“那你想让我追吗？”

这种情况女生应该尖叫了，沈鱼却拼命摇头，似乎是经过深思熟虑，很认真地说道：“你不是我喜欢的类型。”

张少政一怔：“那什么样子的才是你喜欢的类型？”

沈鱼眨了眨眼，道：“顾墨洵那样的。”

“顾墨洵是谁？”

顾墨洵毫无预兆地打了好几个喷嚏。

“顾顾，你怎么了？”小护士圆圆关切地问道。

顾墨洵用纸巾擦了擦鼻子，有些痛恨地看着摆在面前的饭菜，中午的饭菜沈鱼不能赶回来做，都是从外面的馆子里叫来的，还是这一带最有名的馆子，却还是难吃得很。

“都是汤里的胡椒粉呛的，比那丫头做的差多了。”他咬牙切齿地用汤勺在汤碗里搅，就是不想喝。

圆圆与旁边几个小护士互看了几眼，心知肚明。

圆圆道：“顾顾，你是不是对小鱼太依赖了？”

顾墨洵搅汤的动作停住。

“小鱼现在还在接受治疗，但她总有康复的一天，她会离开，就算暂时没离开，万一她谈个恋爱什么的，也会忙得没时间照顾你，到时你该怎么办？”圆圆旁边的芳芳道，“如果你也像上次小鱼去露营一样，几顿饭不吃，我们不是要心疼死？”

顾墨洵继续搅那碗汤。

另一个小护士靓靓凑上来道：“不如找个老板娘，让她照顾你的起居，这样就算小鱼康复离开，也没什么可担心的。”说完她挺了挺引以为傲的“胸器”。

“是啊，是啊。”圆圆和芳芳也凑上来。

顾墨洵放下汤勺面无表情地盯着她们，半晌，道：“谁说沈鱼会离开？她康复了得待在这儿，毕业了也得待在这儿，就算结婚了还得待在这儿，我看她敢离开。”他像个赌气的孩子，说着站起来走了。

“生气了啊。”圆圆说。

“你说他说的是气话还是当真的？”芳芳道。

“当真的吧。”靓靓撑着下巴。

“可怜的小鱼。”三个女人一起叹道。

三个人自休息室出来时，看到顾墨洵没有回办公室，双手插在白大褂的口袋里看着门口的人。

一个少年背着一个女孩儿，女孩儿一只手拎着书包，淡色的包上一大块污渍。

“是小鱼。”圆圆先认出来，跑上去，“小鱼，你怎么了？”

其他两个护士也跑上去，帮着少年把沈鱼放在大厅的沙发上。

少年是张少政，英俊的脸上满是汗，对着护士们道：“沈鱼从楼梯上摔下来，好像伤了脚。”

“哪只脚？”圆圆问。

沈鱼道：“右脚。”

圆圆帮沈鱼把右脚的鞋袜脱掉，整个脚踝已经肿了，她回头叫道：“顾顾，来看看。”

顾墨洵走上来，坐在沈鱼身边，把她的右腿放在自己腿上，伸手看她的脚踝，然后抓着她的脚左右几度地转动。沈鱼叫得凄惨，后面都哭出来了。

“骨头没断，只是扭了，圆圆你处理。”说着他站起来，看着一旁的张少政。

“你是沈鱼的同学？”还是第一次看到有男生送沈鱼回来。

“是的。”张少政回头看看疼得一头冷汗的沈鱼，“沈鱼说把她带到这里就行，交给你没问题吗？”

张少政的话中满是不信任，顾墨洵微微地皱了下眉，嘴上却很客气，道：“她就住这里，你放心，我会照顾好她的，谢谢你，同学。”

张少政点点头，转身拿起自己的书包，忽然想到什么，又转过头对着顾墨洵问道：“你叫顾墨洵？”

顾墨洵一怔，道：“是我，怎么了？”

“没事，”张少政把书包背在肩上，“我走了，叔叔。”

他那句叔叔叫得响亮，人一离开，顾墨洵当即脸就垮下来，穷凶极恶地盯着疼得冒冷汗的沈鱼，道：“男朋友？”

“呃，他……”

“不许交往，太没礼貌。”说着他走进自己的办公室去了。

沈鱼无辜地张着嘴，欲哭无泪地靠在圆圆身上，她话还没说完好不好。

沈鱼上完药后被圆圆扶上楼，躺在床上休息，门一关，屋里静得吓人，那个被奶茶泡过的书包就在床边的地板上，她眼睛睁得大大的，盯着天花板，心想，今天，真是太凶险。

那时下了课，她只是想去厕所洗一下手上的奶茶，却在厕所边的楼梯口被人堵住了，张少政的粉丝团太强大，一不留神就惹怒她们，然后就是现在的结果。

太可怕了，虽然她们也是一时失手，但下次一定要离张少政远点儿，跌下楼梯时她是这样想的，但怎么还是被他救了？听着他对那群粉丝一顿臭骂，又将她背回来，心里更慌了。

她抓着被子觉得心里拔凉拔凉的。

到更晚一点儿时，卧室门被打开，顾墨洵站在门口，看着床上缩成一团的人，应该是睡着了。

他进屋来，看着用被子蒙住脸的沈鱼，也不管她，在床上坐下，查看她露在外面的右脚。

脚上上过药，用纱布裹着，他三两下拆了，肿已经消了，看来并不严重。他伸手抓住那只脚，左右轻轻地转了转，听床上的人轻声哼哼，嘴角扬了扬忽然一用力，把脚往一个方向用力一转，只听骨骼“咯噔”一声，沈鱼疼得整个人弹起来。

“好疼，好疼，老板放过我，放过我！”她半梦半醒，两只脚乱蹬，力气竟然非常大，直接把顾墨洵踹下床去，自己也跌下床，把刚想爬起来的顾墨洵又压得躺下去，两人叠在一起，她还在拼命挣扎，“放过我，我听话就是了。”她不知做着什么梦，嘴里拼命求饶，到后面竟然就哭起来。

顾墨洵本来想推开她，听到她在梦中大哭，伸手又将她拥住了，手轻轻地在她背上拍着，口中哄着：“没事了，没事了，我会保护你的。”

他这样哄了很久，沈鱼才静下来，脸埋在顾墨洵的颈窝里，乖得不得了。顾墨洵抬手抚着她的头发，保持着这个姿势好久没有动。

等终于将沈鱼又抱回床上，顾墨洵才伸手去把她的脉，果然有些乱，抬眼看床上的人，人已经醒了，木木地看着他，那眼神好像根本不认识他。他心里一慌，抬手在她眼前晃了晃，直到她眼神终于清明起来，才放心，道：“醒了？”

沈鱼爬起来，看到顾墨洵头发和衣服凌乱，沉默了一会儿道：“我又做噩梦了？”

顾墨洵没作声，放开她的手，站起来，道：“你的药方得改一下，我下楼重新配。”

他说完准备起身，衣角却被扯住，沈鱼可怜兮兮地说道：“顾墨洵，我有些怕，你陪我一会儿。”

顾墨洵叹口气，道：“扭伤的脚已经帮你正过了，你走几步试试，可以走，就跟我一起下楼去。”

沈鱼“哦”了一声，慢吞吞地爬下床，走了几步，果然不疼了。

两人下楼，沈鱼始终抓着顾墨洵的衣角，顾墨洵走到哪里，她就跟去哪里，抓药，配药，再熬药，她一直跟在旁边。

好不容易喝了药，她困倦地睡去，手还抓着顾墨洵的衣角。

顾墨洵看着她，整个眉头都皱起来，转头看到地板上的书包，拿起来，上面是一大块污迹，闻了闻，是奶茶的味道。

他将外衣脱下，任她抓着，人走出屋去，看了下时间，不算太晚，于是从手机里翻出沈鱼班主任的电话，帮沈鱼请假。

等打完电话，顾墨洵才意识到自己没吃饭，沈鱼也没吃，沈鱼已经睡了，是不可能叫她起来吃饭。他一个人跑进厨房，往冰箱里翻了翻，幸亏沈鱼做的酱还有满满一瓶，他自己煮了面，用酱拌着，倒了红酒，站在阳台上吃。

面拌着酱即使没有其他的配料也爽口无比，他吃了几口，配着红酒咽下，猛然想到三个护士白天说的话，眼睛看着楼外的夜色，沉下来。

chapter 04

不小心成了男女朋友

沈鱼一大早被饿醒了，这一夜睡得很安稳，她早早地起床，发了面粉做饼子吃，又用火腿丁、玉米、皮蛋熬了粥，粥的香味飘满了整幢小楼。

今天是斗光阁的休息日，顾墨洵本来没这么早醒，却被一屋子的香味弄醒了。他睡眼惺忪地走出来，看到沈鱼在厨房里忙，动作利落，依然哼着不知所谓的歌，在水槽里洗东西时，会泼点儿水浇窗台上的白掌。

习惯的何止是味道啊。

他走到卫生间洗漱，出来时沈鱼已经把饭菜端上桌，正在水槽里洗昨天的那个书包，她拿着刷子刷得飞快，边刷边在那边叫："完了，洗不掉了。"

顾墨洵自顾自地坐下来吃早餐，熟悉的美味一进嘴里再咽下去，整个脾胃都舒服了。

"你可以慢慢洗，我帮你请了假。"他吃了几口，才回头对沈鱼说道。

沈鱼洗得太专心，根本没注意到顾墨洵进来，她本来准备等粥再温一些去叫他，没想到他自己跑来吃了。

"不行，要考试了，现在上课的内容全都跟考试有关，我得去。"她坐过来吃饭。

"可以问同学借笔记。"

听到这句话沈鱼蔫下来，嚼蜡一样吃着早餐，细若蚊蚋地说道："没人会借给我。"

"上次不是说有同学问你借笔记，这不是交到朋友了？"

沈鱼往嘴里灌了口牛奶，没有再说话。没错，她是这样觉得的，可是认识张少政后，情况就急转直下了。

顾墨洵难得肯送沈鱼去学校，他开的只是一辆 POLO 车，平时还会借给工人运中药材，所以车上有股终年不散的药味。顾墨洵爱美人，本来香车美人，才是他这样的人的标准配备，他又不是买不起，但他却很不屑，用他的话说，单他这个人站在那里就是一切了，何必要香车、身份这种下等的把妹招式。

车在校门口停下来，上课的时间快到了，从校门进去离教学楼还有一段距离，沈鱼急着往里面奔，却被顾墨洵拉住。

“你就准备这样进去？”他盯着沈鱼手中的环保袋，代替书包装着课本。

“没关系，也有很多人是这样去上课的。”

顾墨洵往四周看了看，看到对面的运动品店，不由分说地拉着沈鱼到对面的店里去。

那是家价格不菲的运动品店，这个时间刚开门，服务员小姐正拿着拖把拖地，看到有人来，习惯性地抬头微笑，等看到顾墨洵，两只眼睛都亮了起来。

“这位先生要买什么？”服务员直接把拖把扔了，向顾墨洵走来，同时不着痕迹地理了理额前的发。

顾墨洵淡淡地笑，声音温和而好听。

“包，”他停了停，又道，“女式的。”

分明是给沈鱼买包，服务员却全程拉着顾墨洵看包，且越凑越近，只把沈鱼晾在一边。沈鱼已经习惯了，一个人蹲在门口，看了会儿天，见还没挑好，又在地上画了会儿圈圈。

“这个喜欢？”顾墨洵挑了个粉红色的帆布双肩包，很小巧，平时背着上课正好。

沈鱼拉过上面的吊牌看了看，看到上面的价格吓了一跳，缩回手，道：“万一又被奶茶泼了，我会心疼死的。”

顾墨洵瞪她一眼，对服务员道：“就这个。”

顾墨洵付了钱出来，把沈鱼环保袋里的东西一股脑儿倒进书包里，让她背着，书包小巧和她的身形很配。沈鱼今天将头发盘成了一个髻，随意地耷拉在一边，上身是白色的衬衫下身是深色碎花的短裙，从背后看很可爱。

沈鱼本来以为顾墨洵帮她买完包就会走，没想到这次还送她进学校，一进校门就是一条林荫路，两人一前一后地走，沈鱼怕赶不上课，走得急，顾墨洵腿长，手插在衣服口袋里走得从容，偶尔沈鱼走得快了，他就伸手拉住她的书包，把她扯回来。

顾墨洵不管走到哪里都是道风景，比起学校里那些男孩子的青涩，他更有一种从容不迫的气质。他今天穿的也是件白色的上衣，与沈鱼的很搭，两人走在路上，回头率不是一般的高。

在进教学楼时顾墨洵故意把沈鱼身上的书包扯下来拎在自己手中，到进教室时，当着已经上课的众多师生的面把包再递还给她，眼睛扫过教室里的众人，对着沈鱼道：“走路小心，别再跌倒了，还有奶茶也管管好。”他的声音不高，但也不低，足够让教室里的一些人听到，说完，头也不回地走了。

下了课，沈鱼人还没来得及站起来，就有几个女生围上来。

“沈鱼，送你来的是谁啊？”

“沈鱼，这个也太帅了吧，是你朋友啊？”

沈鱼抓着书包，对忽然热情的同学们感到很不适应。

“舅……舅……”她结结巴巴起来。

“就什么？快说啊。”

“舅舅，是我舅舅。”她好不容易把话说完。

“舅舅？这么年轻，骗人的吧？”

“是啊，看上去不过二十几岁，哪有这么年轻的舅舅？”

“真的是我舅舅。”沈鱼看到一个拿着奶茶的女生挤进来，条件反射地往后缩了缩，“我上厕所，让一让。”说着，她找了个空当，挤出去往外冲。

不知怎的，她不喜欢有人问顾墨洵太多的事，说不上为什么，就是不想跟这些根本算不上认识的女生说关于他的事。

快到楼梯口时，远远地就看到有个男生站在那里，她下意识地刹住，转身准备往另一边的楼梯下。

“沈鱼。”身后有人叫住她。

她当没听到，继续往前走，快点儿逃，不要跟这个人扯上关系，太危险了。

沈鱼在食堂的一个角落里默默吃饭，她胃口不大，一般一个菜一点儿饭就搞定了，但不锈钢的餐盘上只盛了一个菜多少有点儿寒酸，也有同学问过她：沈鱼，你要不要这么省钱啊？

吃多少买多少嘛，她可不想像其他人一样倒掉大半，多浪费。今天她点了一个素炒，食堂大妈一直以为她是个家庭条件差的孩子，偷偷给了她一块熏鱼。

她一个人坐着慢慢吃，对面有人坐过来，她也没抬头看一下。对面人的餐盘盛了好几个菜，堆了满满一盘，没有马上吃，而是瞪了沈鱼的餐盘几眼，然后往沈鱼盘里夹菜。

咦？沈鱼抬起头，看清对面的人时，一口饭噎在喉咙里不上不下。

“要喝这个吗？”张少政把没喝过的香蕉牛奶插上管子递给她。

沈鱼说不出话，因为被噎着，脸涨得通红，抓过香蕉牛奶喝了一口，才总算缓过来。她瞪着自己餐盘里的菜，看看张少政，又看看菜，来回看了几次，又一样样地夹还给张少政。

张少政看着她把菜夹还给他，于是说“你用过的筷子夹还给我吗？我有洁癖。”

沈鱼的筷子果然一滞，在那里纠结了一会儿，又一块块地夹回自己的餐盘里。

张少政看得直乐，道：“夹了就要吃完的，不要浪费。”

沈鱼点点头，努力吃起来。

从张少政的角度看，沈鱼的睫毛很长，羽扇一样扇动着，两个腮帮鼓鼓的，还在往嘴里塞东西，真的很听话地想吃完餐盘里的食物，张少政看着，心情竟然就跟着好起来。

“刚才看到我为什么要逃？”他往嘴里夹了块牛肉，说道。

沈鱼抬起头看张少政，但嘴里包着一嘴的食物显然不能说话，就这么瞪着对方，拼命地往下咽。

张少政也看着她，微微地皱了下眉。

“你现在吃这么快，是因为不想跟我多待吗？”他问。

沈鱼还在往下咽。

“你就这么讨厌我？”张少政又问。

沈鱼脸上露出欲哭无泪的表情，抓了旁边的香蕉牛奶猛吸了一口，这才把嘴里的食物咽下去，总算憋出三个字：“不是的。”

“那是怎么样？”

沈鱼吃得有点儿撑，微微向后坐直了身体道：“你知道很多女生喜欢你吗？”

“所以呢？”

“所以要离你远一点儿，不然会很辛苦。”

“辛苦？”

“嗯。”沈鱼很认真地点头，眼睛小心地往四周看了看。

果然有好几个女生在看着他们，她抖了抖，又看着张少政道：“反正你以后不要再跟我说话啦。”说着她端起餐盘往旁边移了两个位置。

张少政看着她移开，没有说什么，也没有再坐过去，低头吃他的饭。

沈鱼吃了会儿饭，又转头看看一旁默默吃饭的张少政，似乎有些难过的样子，她又后悔起来，其实张少政本身并没有做错什么，只是他那帮粉丝太吓人，她刚才说这些话是不是有些重了？于是，她又移过去一个位置。

两人隔着一个位置慢慢地吃，等沈鱼吃完时，沈鱼从皮夹里摸了一张纸币出来，坐在位置上，用手指蹭啊蹭地推到张少政的面前。

张少政转头来看她。

她指了指香蕉牛奶道：“这个，还有菜的钱。”说完，她端着餐盘就要离开。

“你等一下。”身后张少政叫住她。

她回头，看张少政已经站起来，手里拿着那张钱：“我就这么不招你待见吗？”

“啊？”

“钱我不要，你拿回去。”他把钱往桌上一放，拿着餐盘转身走了。

沈鱼傻在那里，看着那高瘦的身影走远，才拿过那张纸币收起来，似乎上次打牌赢的钱也没要，这人怎么这么不把钱当一回事呢？

沈鱼把餐盘放进回收桶，走出饭堂，冷不防看到张少政就站在食堂门口，远远地瞪着她，那眼神似乎跟她有仇似的，身侧有同学人来人往，全都好奇地看着他。

不会又想把钱要回去了吧？沈鱼往旁边躲开一些，想躲开他的视线，却看到张少政面朝着她站好，大声道：“沈鱼，要不我们交往看看吧。”

他远远地朝着沈鱼喊，声音足以让周围的人都听到，那些人纷纷停下来看热闹。沈鱼站在那里，远处的男生看着她，表情有些漫不经心：

“反正所有人都觉得我对你有意思，我也觉得你挺有意思的，要不干脆交往试试？”

会没命的。这是沈鱼脑中的第一个反应，她慌张地往四周看看，好多女生啊。

“那个，我看，算了吧。”她结结巴巴地说。

“你什么东西啊？竟然拒绝张少政？”那头张少政同学没说话，却已经有女生开口了。

“就是，真不知好歹，还真以为自己是天仙美女了，也不拿面镜子照照自己，嘚瑟什么劲？”

沈鱼张大了嘴，听着周围的议论纷纷，不太明白为什么又惹了众怒。她不由得往回缩，准备缩回食堂从另一个门离开算了。

“你要逃到哪里去？”人刚缩回食堂，手就被人抓住，张少政拉着她往外走，“我们谈谈。”

张少政的力道不小，沈鱼挣了几次没挣开，就这么被他抓着手走过校园，一直来到操场。

天气热，又快要考试了，操场上没几个人，张少政拉着她在一处树荫下站定。

“你这样我很没面子。”张少政松开她，皱着眉瞪她。

“啊？”

“我第一次求交往，还当着这么多人的面，被你想也不想地拒绝，我以后怎么做人？”

“啊？哦。”

“我冒着被老师赶出教室的危险帮你清理书包上的奶茶，你脚扭了我还背你回家，你不仅让我不要跟你说话，还当众拒绝我，你可以不接受，但必须补偿我。”

沈鱼张了张嘴，有点儿招架不住，但仔细想想自己好像确实有点儿对不起张少政。她低着头盯着脚下的树影摇动，又想了一下，道：“笔记都借你抄。”

“我不需要这个。”

“给你带一星期的早饭？”

张少政看着她笑了笑，又板起脸：“给我带的人很多。”

“还你两瓶，不，十瓶香蕉牛奶。”

“我不喝这个，今天的那瓶本来就是买给你的。”

沈鱼没辙了，愁眉苦脸地看着张少政：“那你想怎么样？”

“以后中午都跟我一起吃饭。”张少政没好气地说。

沈鱼犹豫了一下：“好！”

“让我送你回家。”

“好！”

“不许躲我。”

“好！”

“做我女朋友。”

“好！啊？”沈鱼张大嘴。

张少政笑了，伸手牵她：“走了，女朋友，一起去吃冰。”说完，他不由分说地拉着沈鱼往小卖部走。

张少政把沈鱼送到斗光阁门口，他一路牵着沈鱼，被甩开几次后就没有再强迫。

顾墨洵远远地就看到这两个人，早上帮沈鱼买的书包被张少政用手指钩着随意地甩在背上。他侧着头看着沈鱼，淡淡地笑，沈鱼则垂头丧气的样子，就好像两个吵架的小情侣，女孩儿心情不好，男孩儿赔着笑脸，在一旁哄着，两个人都年轻，也都漂亮，像是从漫画里走出来的人物，美好而让人心生羡慕。

顾墨洵本来趁着临打烊时，出来舒展一下筋骨，却正好看到这一幕，他眼睛盯着那个被张少政随意钩着的书包，远处仅有的一点夕阳照在他的脸上，将他的脸镀上了层金色，如墨的眸子被照得通透，他沉着脸时没了那种戏谑的神情，身上一身白色的褂子，晚风一吹，有种飘飘欲仙的感觉。

“回来了？”他等两人走近才问了一句。

沈鱼“哦”了一声，一只手去抢张少政手上的书包，张少政不给她，仗着人高逗着她玩。

顾墨洵懒得看下去，道：“回来就做饭去，饿了。”说着他甩手进屋去了。

沈鱼却“啊”的一声叫起来，两个男人都是一怔。

“忘记买菜了。”沈鱼书包也不要，转身就急急忙忙地往外跑。

沈鱼的书包还在张少政的手指上钩着，他就这么保持着钩着书包的姿势眼看着沈鱼跑了，好久才回过神来，转头看向顾墨洵。

“书包给我，可以走了。”顾墨洵冲他要书包。

“沈鱼每天回家都要做饭给你吃吗？”沈少政却没有把书包给他，而是问道。

顾墨洵道：“没错。”

“你不觉得她这样很辛苦吗？其他同学下了课大部分都会出去玩，只有她急急忙忙赶回来做饭给你吃。”

“所以呢？”顾墨洵下意识地眯起眼。

“这个诊所很赚钱吧，”张少政不管他眼神中的威胁，往诊所里瞧了一眼，“装修豪华，病人很多，请个保姆应该不成问题吧。”

“好像是个好主意。”顾墨洵笑了笑，倾倒众生，他与张少政那种近乎锐利的帅气不同，是缓缓而来的优雅，连张少政也看得怔了怔，却听他继续道，“不过是她强烈要求做饭的，我也没办法。”

“她强烈要求？”

“不信可以问她。你可以走了，少年。”他已经是赶人的姿态了。

张少政看了眼沉下去的夕阳，把书包递给顾墨洵，忽然想到什么，问道：“你是沈鱼的舅舅？”

顾墨洵一愣，看着他：“沈鱼说的？”

“你可以问她。”张少政笑了笑，冲顾墨洵道，“再见，叔叔。”他背过身去，抬手挥了挥，渐渐走远了。

chapter 05

作弊，逃课，谈恋爱

meet you

吃饭时，沈鱼感觉气压很低。

从她买菜回来，到现在在一张桌上吃饭，顾墨洵都没有好脸色给她，她像个小媳妇似的不敢说话，菜摆了一桌，她只敢一口口地扒饭。

顾墨洵就这么斜眼瞧着她，说不出的鄙夷。

“你跟那小子抱怨不想做饭了？”他问道。

沈鱼一怔，摇头道：“没有。”

“你不喜欢做饭？”

“没有。”

“你想去约会不管我死活了？”

“没有。”

“是不是要请个保姆替你？”

“没有啊。”沈鱼快哭了。

“想也别想。”顾墨洵将手中的空碗递给她，“再去盛一碗。”

沈鱼听话地站起来盛饭，顾墨洵还是古怪地盯着她，说道：“你说我是你舅舅？”

沈鱼本来要坐下，听到这句话就定在那里，喏喏道：“我跟子骋叫的。”

顾墨洵没接话，看了沈鱼一会儿，低头吃饭，吃到一半，忽然说了一句：“以后不许叫。”

沈鱼已经差不多忘记上一句是什么话了，猛然听到他这么说，愣了愣，反应过来，道：“那别人问我，我要怎么说？”

顾墨洵放下筷子，道：“主治医生。”

"哦。"沈鱼慢吞吞地应了一声，心里有些难受。顾墨洵是在治她的病没错，可是，她没把他当医生那么简单啊，她这一年都住在这里，父母早就不管她了，而且还远在另一座城市。在这座城市，她只有顾墨洵和斗光阁，这里已经是她的家了，而顾墨洵是自己最亲近的人，却没想到，在他心中，自己只是个病人，和楼下那些每天来看病的病人没有区别。

沈鱼无精打采地洗了碗，因为昨天才扭了脚，顾墨洵让她这几天不要跳操，她就拿着电吹风等着顾墨洵从浴室出来帮他吹头发。

顾墨洵没料到她已经等在那里，出来时正把一件黑色的T恤往身上套，因为身上有水，衣服黏着皮肤不太好穿，他身体纤瘦，肌里分明，手举在那里，腰侧的线条完美，让人看得脸红心跳。

沈鱼并不是第一次看到了，也许是看习惯了，走上去帮着顾墨洵把黏在背上的衣服扯下来。顾墨洵回头，本来想瞪她一眼，却见她一只手抓着电吹风，很没力气的样子。

"怎么了？"看她不对劲，他抬手抚她的额，温度很正常，又拉过她的手搭她的脉，他刚洗过澡温度有些烫人，按在她冰凉的皮肤上，问她，"是不是哪里不舒服？"

沈鱼不说话，眨了两下眼，忽然就哭了。

顾墨洵吓了一跳，这个呆姑娘很少哭，今天是怎么回事？脉相是正常的，他抬手帮她擦眼泪，难得柔着声音道："哭什么？"

沈鱼也不知道自己怎么就哭了，有些手足无措，抓着电吹风的手想去擦眼泪，却不小心开了开关，暖风对着两个人一阵狂吹，被顾墨洵拿过来关掉了。顾墨洵看着她，她眼泪还在往下掉，头发被吹乱了，整个人可怜兮兮，惹人怜爱。

顾墨洵忍了一下，终于没忍住，张开手臂将她抱过来，口中又问了一遍："你哭什么？"

沈鱼趴在他怀里，他身上有刚洗完澡清爽的味道，抽噎了一会儿，才道：“顾墨洵你会不会不要我了？”

她一上来就问出这么重量级的问题，顾墨洵愣了愣，道：“为什么这么问？”

“你都不承认是我舅舅。”

“我本来就不是啊。”

“可是，宋子骋就叫你舅舅。”

“那他是我外甥啊。”

“哇……”

顾墨洵哭笑不得，看着沈鱼还在他怀里哭，叹了口气，道：“再哭就真的不要你了。”

这句话果然有用，沈鱼一下停住哭泣，却止不住抽噎，泪眼婆娑地松开顾墨洵，老老实实地站在旁边。

沈鱼这个样子跟个孩子差不多，不过她本来就是个孩子，顾墨洵看着她的样子，想了想，低声道：“沈鱼，你不适合叫我舅舅，叫了我也不应的。”

沈鱼差点儿又要哭了，吸着鼻子道：“为什么？”所以只是医患关系。

“因为叫老了。”顾墨洵抛下这句话，似乎并不想就这个话题多说什么，人在沙发上坐下来，“你还要不要给我吹头发？”

沈鱼似乎惊了一下，慌忙道：“要。”说着跑上去。

学校这几天开始考试了，于是各种高明的作弊方式上场，简直眼花缭乱，还有几个学号和沈鱼挨近的估摸考试就坐在沈鱼旁边的同学，于是上来跟沈鱼套近乎，希望沈鱼考试时尽量字写大点儿，可以的话传个字条啥的。

沈鱼整个人战战兢兢的，她本来就不敢做传字条这些事，只敢答应说把字写大点儿，于是见到人就拼命点头：“写大点儿，我知道了，写大点儿。”

上午考完了一门课，沈鱼被张少政拉去校外吃饭，说是考试期间要吃好的。店里的人还真不少，两人等了一会儿才有位置，桌子油腻，沈鱼用纸巾仔细地擦了擦，这还是跟顾墨洵学的，顾墨洵不喜欢在外面吃饭，一在外面吃饭必然诸多抱怨。

张少政点了菜，沈鱼看着，嘴里念叨：“够了，吃不掉的。”

于是，张少政又点了两个菜。

两人坐在一起等菜来，沈鱼就开始复习下午要考试的课，笔记刚拿出来就被张少政抢了。

“没复习过？”

“复习了。”

“那还看什么？”

“我紧张。”

“喝饮料。”张少政把服务员送来的椰奶递给她，见沈鱼还是一脸的紧张，便问，“你紧张什么？”

沈鱼低着头想了想，道：“我已经把试卷上的答案写得够大了，但问答题他们还是看不到，让我传字条，我没敢。”

“你怕他们会怪你？”

沈鱼点点头。

“那就传吧，反正我也传过。”第一个菜上来，张少政给她夹菜，轻描淡写地说。

“你？”沈鱼瞪大眼睛看他。

“嗯，你去问问你周围的人，没作过弊的人少之又少吧。”这大学校园里的学生，对待考试的态度各不相同，有的人觉得考试神圣不容侵犯，绝不作弊，也不敢作弊，比如沈鱼；而大部分的人觉得考试就是场冒险电影，老师是大反派，自己就是邦德，之前不用准备太多，反正总能绝处逢生。

“你把考试这件事看得太重，”张少政试着让沈鱼紧张的神经放松下来，“大学生活有几件事总是要尝试一下的，不然真不算上过大学。”

“什么事？”

张少政吃了粒苔条花生，道：“作弊，逃课，谈恋爱。”

“啊？”

“谈恋爱这件事我们已经在做，到此为止，我三件都做全了，你还差两件事没做。”

沈鱼张着嘴，想说我们不是在谈恋爱，但她的注意力被作弊这件事牵着，没多少心思跟张少政争辩。半晌，她看着桌面有些沉重地说道：“张少政，原来你还逃过课哦。”

张少政扬扬眉，笑而不语，夹了一块红烧肉给沈鱼道：“来，多吃点儿。”

沈鱼低头默默地吃菜，表情仍然纠结得要死。

下午考试，沈鱼坐在第三排，天气很热，头顶上的风扇呼呼地吹，她努力地将选择题的答案写大再写大，然后开始做计算题。

身后有人踢她的凳子，她把身子往旁边坐开点儿，尽量把答案纸移过去，身后的人快速地抄了几题，圈着手放在嘴上轻声道：“计算题，沈鱼，计算题。”

沈鱼又把计算题的答案纸移过去一些。

“看不见，能不能把答案写给我，”那头刚说完，一团纸扔了过来，“写在这上面。”

那团纸在桌上蹦了一下，差点儿掉下桌去，沈鱼吓得心都跳到嗓子眼了，人僵在那里瞪着那团纸。

后面人发急，用脚踢她的凳子：“沈鱼，怎么回事，行动啊。”

沈鱼在捡与不捡那个纸团的问题上想了很久，也不敢往周围看，脑中想到张少政的话，似乎传一下字条也没什么了不起，她已经被孤立了，做些事弥补一下跟同学间的关系也好。她想着，终于下了决心颤着手把那团纸捡了起来，费了九牛二虎之力才打开，往上面写答案。

沈鱼觉得有几千双眼睛在盯着她，她慌得厉害，字也写不利索，慌慌张张地写，还怕人家看不清楚，字写得特别大，只写了一题就不够用了，后面又在踢她。

“好了没？”

沈鱼本来是个不太容易出汗的人，此时却是一头的汗，哆哆嗦嗦地把纸揉成团，也不看周围情况，深吸了好几口气，才把纸扔到了后面。

后面的人沉默了一阵，然后是一声叹息，在那边自言自语：“我的亲娘，才一题，字写这么大干什么？”然后就开始猛抄。

沈鱼擦着头上的汗，心跳得厉害，看自己也还有好几题没做，苦着脸继续做题，不料只一会儿，后面的人却又在踢她，那个小纸团也同时扔过来：“背面也写上，这回字小一点。”

沈鱼瞪着那团纸快哭了，以为一次就结束了，竟然还没完没了，跟他们玩在一起真的好难啊，她硬着头皮捡起那团纸。

“同学，”猛然，身后一个声音喊住她，同时一个胖乎乎的老师手指着沈鱼冲过来，“你手里拿的什么？”

沈鱼脑中“嗡”的一下，手里还握着那团纸，扔是肯定来不及扔了，她竟然想也不想地直接塞进嘴里。

“没什么。”她含混不清地说。

“还没什么，你把什么塞嘴里了，吐出来。”

“真没什么。”她奋力地吞咽，终于将那团纸吞下去，吞得整张脸都红了，眼中泪水都憋了出来。

胖老师有些傻眼地看着沈鱼，半晌摇着头道：“我以为你是好学生，怎么这副样子。”他十分无奈却也没有证据，心里憋着气，竟然就站在沈鱼的旁边不走了。

一场试好不容易考完，监考老师正忙着收卷子，沈鱼周围一圈的同学顿时唉声叹气。

“沈鱼，你怎么回事，作个弊有你这么大动静的吗，害我们都没法看。”

“就是，你是好学生，你自给自足就可以了，我们可不一样，沈鱼，如果我这门挂科，那就是你的责任。”

沈鱼觉得那团纸就卡在喉咙口，不上不下，难受得要命，她垂头丧气地站在那儿，自己果然是没有作弊的天赋。

等其他人走了，她才整理好了书包往外走，张少政就站在门口等她，一手拎着包，一手插在牛仔裤口袋里，也不知他等了多久，是否听到那些人的话，他看着沈鱼垂头丧气地出来，还一头一脸的汗，递了张纸巾给她。

“考得不好？”他伸手来替沈鱼拎包。

沈鱼低着头，似乎连说话的力气也没有了，道：“应该过了吧。”

“那怎么这样的表情。”

沈鱼没作声，一个人走出教室。

张少政跟在她身后，道：“作弊了？”

“作弊”两个字像针扎一样，让沈鱼的脚步一顿，捧着头道：“你不要提这个词。”

张少政大概已经猜到发生什么，大声笑起来，道：“那被抓了吗？”

沈鱼回头瞪他，烦躁地说：“吞了，吞了。”

“啊？”张少政不太理解。

“字条被她吞了，现在的孩子哦。”整理完卷子的监考老师已经从教室里出来，正是抓到沈鱼传字条的那个，经过两人时，他替沈鱼答道。

“呜……老师。”沈鱼干脆蹲在那里，要哭了。

“哈哈哈！”张少政笑得更大声了。

沈鱼看他的样子，真的哭出来，道：“张少政，我再也不相信你了。”

张少政看她真哭了，赶紧收起笑，蹲下来道：“不是吞了没抓到吗？时间还早，走，我带你逛逛。”

沈鱼失魂落魄地摇着头道：“不了，我要回家复习。”说完她不理张少政，自顾自地走了。

张少政站在那里，还是忍不住嘴角上扬，直到沈鱼消失在楼梯口，才追上去道：“等我一下。”

顾墨洵今天很忙，好不容易可以出来透口气，喝杯水，就看到沈鱼回来了，身后站着张少政。沈鱼苦着一张脸，头耷拉着，张少政手里则帮沈鱼拎着刚买的菜。

顾墨洵一口水抿在嘴里皱了下眉才咽下去，身后圆圆跑上来，想通知顾墨洵下一个客人已经在等了，看到沈鱼的表情，愣了愣，说道：“小鱼，怎么了，考得不好？”

沈鱼摇了摇头，唉声叹气地往楼上去，身后的张少政也跟着上去。

“谁允许你上去的？”顾墨洵在他身后说了一句。

张少政回头，道：“我是来和沈鱼一起复习的。怎么，同学爱也要扼杀吗，叔叔？”

顾墨洵的眉皱得更深：“同学爱？”

“考试这几天，要好的同学都会聚在一起复习，这是再正常不过的事，叔叔，连这样最普通的学校生活也不让沈鱼体验一下吗？”

他这样一问，显得顾墨洵很不通情理，一旁的圆圆握着粉拳，对着顾墨洵道：“顾顾，小鱼好不容易有个朋友。”

顾墨洵看着张少政，半晌，冲身边的圆圆道：“叫沈鱼下来，你们的休息室给他们复习用，不许待在楼上。”说完他将手往口袋里一插，回自己的办公室去了。

休息室里，芳芳和靓靓对张少政很是好奇，沈鱼捧了本书被冷落在一旁，两个小护士就开始围着张少政问东问西。

“沈鱼的男朋友啊？”芳芳问。

张少政看了眼沈鱼道：“我也不知道算不算。”

“努力啊，小鱼很好骗到手的。”

“呵呵。”

“皮肤很好，怎么保养的？”

“多喝水。”

“长得好帅，怎么长的啊？”

“多喝水。”

“家里有没有跟我们一样年纪的哥哥啊？”

“没有。”

“可惜了，那一样帅的亲戚有没有？”

“呵呵。”

好不容易两个小护士出去，张少政舒了口气，他看看还是一脸垂头丧气的沈鱼，抽掉她手里的书道：“老师取消你的成绩了？”

沈鱼摇摇头：“没有。”

张少政于是道：“那就没什么好难过的。”

沈鱼抿了抿唇，还是很难过的样子，道：“我以后再也不作弊了。”说了她拿过张少政手中的书又看起来。

张少政瞪着她，见她不理人，自己拿笔在纸上乱画，写了“沈鱼”两个字，划掉，又写。

“沈鱼，你以前有过喜欢的人吗？”他将整张纸都画满了，实在无聊，便又问沈鱼道。

沈鱼一怔，没想到他会忽然问这个问题，想了想道：“好像没有吧。”

“好像？”张少政奇怪地问，“喜没喜欢过一个人也会搞不清楚？”

沈鱼耷拉着头，道：“我这人记性不太好。”

“记性？”

“嗯，以前的事情都不太记得了啊。”沈鱼似乎很不想聊这个话题，手一下下地折着书角。

张少政有些不可思议，见沈鱼很抗拒这个话题的样子，也没再问。他伸手过去拉住沈鱼的手，见她想挣开，便使劲儿握住，道：“你现在是我的女朋友，这事你可别忘了啊。”

沈鱼苦着脸，总算抽回手道：“张少政，你到底喜欢我什么呢？”

张少政想了想，道：“刚开始时只是觉得你这丫头怎么可以这么无视我呢？现在处处觉得你挺有趣的，然后就有些喜欢了。”

“有些哦？”还好，还好，沈鱼拍着胸口，“张少政，你不要再喜欢我了。”

张少政一怔：“为什么？”

“因为，我不喜欢你啊。”

chapter 06

吃醋的真谛

考完了试，少不了狂欢，一堆人拉帮结派地出去吃喝唱歌，唯独没有人叫沈鱼。

沈鱼很有些失落，垂头丧气地从教室里出来，张少政就站在门口，身后还站着他的几个同学，看见沈鱼出来，道：“一起吃饭？”

沈鱼一愣，指指自己。

“就你，走吧。”张少政过去拉她的手。

沈鱼是很想去的，她希望和其他同学一样，有两三个死党，什么活动都不落单，不会像现在这样谁都不理她。

但是张少政……

她不是拒绝他了吗？可他为什么好像当什么事都没发生过呢？还拉她的手？会不会今天其实是报复她的？

她摇了摇头:“我回去还要做饭。”说完她小心翼翼地把手抽了回来，两手相握，就怕张少政再来抓她的手。

张少政看到了，笑了笑，道：“沈鱼，其他同学都去玩了，就你赶着回去做饭，你觉得这正常吗？”

“就是，弄得跟中年妇女似的。”张少政身旁的一个男生也说，“快点决定，KTV 订了位置呢，去晚了轮不到。”

“今天少政管付钱，说如果你不去，就散。快做决定吧，别扫大家兴。”

“啊？这样哦？”沈鱼听他们这么一说，一下觉得很有压力。

见那几个男生都看着她，她觉得额头冒汗，忘了要躲着张少政这回事，道：“我……我先打个电话。”

她慌慌张张地从书包里找手机，那头张少政见她同意，拉过她："边走边打。"

沈鱼当然不敢打给顾墨洵，而是打给圆圆。圆圆正忙着，也不知道听清楚没有，"嗯""好的"说了几遍，就说忙，挂了电话。

包房很大，张少政买了一大堆吃的，几个男生就开始鬼吼鬼叫，沈鱼有些拘束，张少政于是又叫了几个女生过来，一帮人更热闹。

唱到一半时，有人点了首《你最珍贵》，起哄让张少政和沈鱼一起唱，沈鱼会唱这首歌，但第一次在这么多人面前唱歌有些紧张，双手抓紧了话筒，人僵硬地坐在那里瞪着屏幕。

男声先唱，张少政唱得深情款款，轮到女声时，沈鱼超紧张，声音发不出来，好不容易发出一个比较响亮的音，却是走调的，所有人都笑，沈鱼更慌张，声音蚊子叫似的，不在调。有女生跑上来要抢过沈鱼的话筒跟张少政对唱，张少政脸沉下来，那女生只好乖乖地缩回去了。

第二段时沈鱼才不那么紧张，跟着音乐，竟然唱得不错，那些吵闹的这才停下来听，两个声音意外地契合，虽然比不上原唱，却别有味道。屏幕上男女主角互动着，沈鱼目不转睛地看，神情与刚才的紧张呆滞不同，游离似的，整个人沉在歌曲里，唱到高潮时，不知怎的，眼泪就这样毫无征兆地流下来。

灯光昏暗没有人看到，张少政却看到了，他呆了呆，边唱边看着沈鱼的脸，沈鱼的眼睛很大，眼泪盈满眼眶，如珍珠一样落下来，怜人得紧，张少政伸手拉她，见她没反应，便一把将她拥在怀中，所有人都看到了，在那里起哄。

沈鱼像是猛然清醒过来，发现人靠在张少政怀中，再一摸脸，一脸的泪，一时忘了从张少政的怀中挣脱。

怎么哭了呢？为什么唱这首歌时这么伤心？

她胡乱地抹着泪，嘴里叫着：“哎呀，哎呀。”人很是尴尬。

张少政看她的样子，失笑，解围道：“你泪点真低，唱首歌也会哭。”

旁边人哄笑起来，沈鱼窝在张少政的怀中。他的气息跟顾墨洵的完全不同，顾墨洵身上总有股散不去的中药味，湿润的，让人安心的，张少政身上的气息很干净，完全是男孩子的味道，但却是陌生的。

她这才往后缩了缩，挣脱开，张少政没有拦，看着她的脸，道：“还要唱吗？”

沈鱼点了点头，道：“要唱《Super Star》。”她觉得自己很杀风景，应该活跃一下气氛。

那首歌很疯，沈鱼是站着唱的，没之前那么紧张，唱得竟然不赖，有些空灵的声音，却唱着疯狂的歌，竟然仍有种不识人间烟火的味道。

一屋的人挤在一起狂扭，只有张少政拿着啤酒坐在沙发里看沈鱼唱歌，他的眼里带着丝迷惑，忽然觉得有点儿看不透眼前这个女孩子，她通常的时候似乎单纯得一眼就可以望到底，但某些片断，比如说刚才，又觉得有些陌生，手上有一滴沈鱼未干的泪水，他抬手看着，舔了一下——咸的。

很晚才散，之前几个人玩骰子，张少政被罐了几瓶酒，后面拉着沈鱼玩，沈鱼的赌运一直都好，竟然把那几个人都喝趴下了，自己却只喝了一瓶不到。

一帮人走在马路上高兴得很，乱七八糟地瞎唱、瞎笑，一直走回学校。张少政要送沈鱼回家，但看样子已经有点儿醉了，走路都有点儿不稳，沈鱼说不用送了，他却坚持，叫了辆出租车，推沈鱼进车里。

天气很闷热，刚才出了一身汗，坐在车上冷空调一吹又起了一身鸡皮疙瘩，车开了一段张少政就受不了，叫着停车，然后冲出去吐。

司机是不想再载他们了，沈鱼只好付了钱下车，手忙脚乱地拿出纸巾来给张少政擦嘴。张少政回过头来看她，因为刚吐过，眼中夹着泪水晶亮晶亮的，他蹲在路边，抓着沈鱼的手，嘴里说道：“沈鱼你刚才唱那首歌时哭什么？”

沈鱼摸摸自己的脸，似乎忘了刚才的事，想了一会儿，才慢吞吞地说道：“不知道，就是有些难受。”

“你还和谁唱过这首歌？”

“我……不记得了。”

“是喜欢的人吗？”

他这样接二连三地问，让沈鱼莫名慌乱，她朝后退了一步，抓紧手中的书包，道：“你到底走不走，不走我走了。”说着她真的转过身去走了。

她第一次有这么强硬的态度，张少政愣了愣才追上去，两人一前一后地走在路上，气氛有些僵。张少政看到旁边的便利店，便不走了，耍赖道：“沈鱼，我口渴。”

沈鱼走得很快，听他这么说，一愣，回头来看他，又看看旁边的便利店，道：“我去买。”说着她跑进便利店里。

张少政看着她的背影，忽然道：“沈鱼，我不问你了，你别生气。”

沈鱼停了停，没说什么，进了便利店。

不一会儿，沈鱼拿了一瓶水出来，递给张少政。张少政用水漱了漱口，然后一口口地喝，见沈鱼掏出口袋里的手机看，然后又慌慌张张地按掉，知道是什么事，看她急着走，便故意蹲下来道：“沈鱼，我饿了，”说完他又加了一句，“饿得胃疼。”

于是，两人在便利店里吃关东煮，沈鱼并不饿，盯着手中的手机，看到手机有来电就慌忙按掉。

“你舅舅找你了？”张少政咬着鱼丸问道。

“嗯。”

“那你为什么不接电话？”

“因为很凶。”

张少政恶作剧地说：“那要不干脆不要回去了，我带你去住女生宿舍。”

沈鱼摇了摇头，忽然想到什么，不管张少政，自己跑出便利店。

等张少政拿着关东煮出来，沈鱼已经从隔壁的水果摊买了个西瓜抱在手里。

“买西瓜干什么？”他皱着眉。

“他爱吃西瓜，一吃西瓜就不生气了。”沈鱼像抓到根救命稻草一般，用力地抱住那个西瓜。

张少政一颗鱼丸嚼在口中，眼神不知为何有些不开心，却不说什么，人走在前头，道：“那快走吧，再晚西瓜也没用。”

两人又叫了出租车，不一会儿就到了斗光阁，整幢楼都暗着，静悄悄的。

张少政帮沈鱼拎着瓜，口中喃喃道：“果然是大叔，这么早就睡了。”

沈鱼不作声，低着头跟在张少政的身后，四周有点儿暗，到楼门口时张少政打了个趔趄，手中的瓜在塑料袋里扑腾了一下，总算没掉出去，两人都舒了口气，沈鱼的手机又响了。

已经到家门口了，沈鱼这次只好接起来，电话里的声音与一楼大厅里的声音是同步的：“知道回来了！”然后大厅的门开了，灯也同时亮起来。

顾墨洵还穿着白大褂，瞪着外面的两人。

“咚”的一声，张少政“哎呀”叫了一下，他手里装着瓜的塑料袋破了，大大的西瓜掉在地上，碎了一地。

“你，滚蛋！”两人进了屋，顾墨洵第一句话就是对着张少政说的。

张少政没有走的意思，拉过沈鱼道：“男女正常约会，叔叔你别骂沈鱼。”

顾墨洵看着两人握着的手，眼睛眯起来，对着沈鱼和颜悦色地说道：“要不，你跟他出去再约一会儿？”

沈鱼被顾墨洵现在的表情吓得不轻，慌慌张张地否认道：“我们没有约会。”

一旁的张少政很不苟同，举着两人握着的手，冲沈鱼道：“手也拉过了，抱也抱过了，你还不给我名分？”

沈鱼急得都快哭了，抽回手，看到顾墨洵山雨欲来的表情，慌得不得了，却忽然没头没尾地说道：“我还没吃药，今天药还没吃。”说着她拎着书包上楼去了。

两个男人顿时跟不上节奏地傻在那里。

“吃药，她吃什么药，生病了吗？”张少政回过神看着顾墨洵。

顾墨洵看都不看他，说道：“跟你无关，你可以走了。”

顾墨洵上楼去，看到沈鱼果然在吃药，药是定期熬好的，放在冰箱里，拿出一包来热一下就可以喝了。

沈鱼看到顾墨洵上来，下意识地缓缓背过身去，不敢面对他。

顾墨洵也不管她，自顾自地坐在沙发里。他白天面对很多病人，那一身白褂子本来是一定会换了才会坐在沙发上的，现在却全不在意地直接坐下来。

“肚子真饿啊！”他摸着肚子叹气，“上班累得像条狗，晚饭还没得吃，澡也没洗，衣服也没换，就等在楼下怕某人丢了，打电话还不接，真是该死！”他说得云淡风轻，手伸进口袋里把手机掏出来，“啪”的一声扔在沙发前的茶几上。

声音颇重。

那边的沈鱼听到那句“真是该死”就已经在抖了，后面“啪”的一声，她整个人颤了一下，小心翼翼地往厨房移，口中道：“我现在就去做饭。”

“不吃！”

“我帮你放洗澡水，你先洗个澡。”

“不洗！”

“那你先把衣服换了。”

“不换。”

“那我去睡觉了。”

说着也不听他回答，沈鱼小步急走，往自己房间冲。

顾墨洵眼看着沈鱼逃走，然后是关门声，额头上的青筋都暴出来了，拿起手机“噌噌噌”地冲到沈鱼门口，拨沈鱼的手机。

结果，关机了。

他深吸了口气，单手撑着墙再深吸一口气，才冲着屋里的人叫道：“我饿死了，我要吃饭。”

屋里半天没有声音，好一会儿沈鱼才开门出来，与顾墨洵隔着一扇门的距离，低着头小心地说道：“家里没菜了，要不我把那个西瓜捡回来，瓜皮还是可以用的，煎个蛋？”

“沈鱼！”

结果，顾墨洵有一个星期没搭理沈鱼。

接下来就是放暑假，沈鱼就在医馆里帮忙。

天气很热，医馆里开了个小窗口卖驱虫的香袋和凉茶，生意居然很好，另外还有两个中医大学的学生来实习，帮顾墨洵分担了一部分工作。

中午正是一天最热的时候，并没有病人来，于是几个人就在休息室里午睡，顾墨洵并没有午睡的习惯，在办公室里看那本淘来的医书，沈鱼为了讨好他，切好了水果拿到他面前。

顾墨洵一看是西瓜，眉头整个皱起来，道：“拿走。”

“是西瓜啊。”他最爱吃的。

“是西瓜才拿走。”

“哦。”看来他还在生气，沈鱼惋惜地看着那盆可口的西瓜，不声不响地站在旁边，却不离开。

“还不走？”顾墨洵翻了一页，眼睛没离开书。

沈鱼可怜兮兮，小心地往前蹭了蹭，只抓住顾墨洵一点点的衣袖，道：“顾墨洵，你别生气了。”

“我有生气吗？”顾墨洵的眼睛还是没离开书。

“你不吃西瓜。”

“太甜了。”

“你不让我吹头发。”

“天气热不用吹。”

“你不让我放洗澡水。”

“年轻人不能总干家务，不然你男朋友会说的。”

“他不是我男朋友。”沈鱼别扭死了，手扯着那一点儿衣袖轻轻地晃，“顾墨洵，你这是在吃醋吗？”

顾墨洵正好要翻页，猛然听到沈鱼这句话，手不受控制地一用力，一页纸被撕下一半，他怔了怔，看着那页书。

一旁的沈鱼被吓了一跳，那本书是他花了大价钱买来的，弄坏了可怎么办？

“透明胶，透明胶。”她嘴里念着，在顾墨洵的办公桌上找透明胶，当她撕了一段准备去粘那页书时，顾墨洵却猛地将书合上。

“谁说我吃醋？”他脸色不善，抬起头时与沈鱼的脸只隔了几厘米。

沈鱼咽了咽口水，慌忙缩回去：“圆圆姐说的。”

“她说我吃谁的醋？”顾墨洵似乎对这个话题很感兴趣，盯着沈鱼道。

沈鱼又往后缩了缩，看着地板半天才说出三个字：“张少政。”

“你的男朋友？”

“他不是我的男朋友。”

“那么，”顾墨洵把手中的书往桌上一放，“你也觉得我在吃他的醋？”

“圆圆姐说你再怎样都不会生女人的气，可是，”她停了停，看一眼顾墨洵，“可是你在生我的气。”

顾墨洵双腿交叠，慢条斯理的，却让人感觉更加危险：“沈鱼，你知道吃醋是什么意思吗？”

“知道。”

“什么意思？”

“就是你的糖被别人吃了。”

“也是圆圆说的？”

“嗯嗯，”沈鱼用力点头，“因为买给你的西瓜被张少政摔了。”

周围瞬间寂静无声。

顾墨洵不受控制地闭了闭眼，原来的危险气息荡然无存，取而代之的是一股自己都没有发现的无力感。他又拿起那本书，扔给沈鱼，道：“粘好。”

沈鱼无辜地看看顾墨洵，小心地翻找那一页坏掉的书页。

chapter 07

少年文子骋

meet you

早晨的时候，沈鱼在医馆的门口浇花，已经很久没有下雨了，太阳炽烈，都快把种在花坛里的花晒枯死了。

两个实习生背着双肩包来上班，他们比沈鱼大不了几岁，两个人是同学，平时一起来一起走，听三个护士姐姐说，两人关系不一般，沈鱼理解的意思是友情非常深厚。

两人一高一矮，高的叫黄甲，皮肤偏黑，很健壮的样子；矮的叫陈晓肖，清瘦而秀气。黄甲开一辆重型摩托每天载着陈晓肖一起来。

“小鱼，浇花啊。”黄甲进门时只是冲沈鱼笑笑。

陈晓肖停下来跟沈鱼打招呼：“师父呢，下来了吗？”

陈晓肖和黄甲都称顾墨洵师父，沈鱼觉得这称呼古色古香的，就跟武侠片里拜入哪个门派似的，反正顾墨洵也没纠正，就这样叫下来了。

“还没呢，晨跑回来比较晚，现在还在洗澡。”沈鱼应了一句，伸手将一株绿叶植物的两片黄叶子采摘下来，抬头时看到一辆出租车停在门口。

哪个病人来这么早？沈鱼和陈晓肖都望过去。

只见车门打开，自车里出来一个人，背着个双肩包，手里还抱个篮球，看到沈鱼就冲她笑。

是个十五六岁的少年，皮肤晒成了小麦色，直冲一米八的身高，瘦而结实的身形，宽大的T恤加五分短裤，脚上穿着一双夏季最新款的球鞋，帅气得有些过分。

然而下一秒，有关他的幻想全部破灭。他把球往陈晓肖手里一放，一把将沈鱼抱住，弯着腰，大脑袋往沈鱼肩上狂蹭，口中叫道：“沈鱼，我好想你。”

那样子颇像一条成年哈士奇扑倒小个子主人的撒娇场景，有一些不协调。

“松、松……”沈鱼徒劳地挣扎，半晌才说出完整的话，“松手，喘不过气。”

少年这才将沈鱼放开，笑颜如花地看着沈鱼：“你想我吗，沈鱼？”

沈鱼因为缺氧脸涨得通红，拍着胸口慢吞吞地说道：“想，想吧。”

“我没吃早饭，想吃你做的培根饼。”“哈士奇”一脸献媚，拉着沈鱼，“做给我吃，我都想了一年了。”说着他亲热地把沈鱼往楼上拽。

楼下的护士们和实习生们站成一排，看着两人往楼上去。

“谁啊？”芳芳说。

“怎么动手动脚的呢？”陈晓肖抛着手里的球。

“这下热闹了。”圆圆在医馆时间待得最长，一脸看好戏的表情。

少年乖乖地在桌边坐好，自觉地放好盘子和筷子，眼睛热切地看着沈鱼在锅里反复翻着一大块培根饼，屋里飘着淡淡的香味。

“沈鱼，帮我……”这时顾墨洵从浴室里出来，穿着深色的 V 领 T 恤和休闲裤，从头发上滴落的水自裸露在外的脖子上淌下，有种不羁的性感，他手里拎着个电吹风，本来是想让沈鱼吹头发，却猛然看到坐在那里的少年，整个愣住，之后的声音也变调了，“你怎么来了？”

“哟，大叔，穿得好闷骚啊，要去勾引哪家黄花闺女？”少年朝顾墨洵挥了挥手，笑着露出一口白牙。

顾墨洵的脸抽搐了一下，完全不理他，抓起旁边的无线电话直接拨了个号码，一接通直接就是一句：“姐，把这个小鬼给我拎走。”

那头不知说了什么，顾墨洵眉头皱起来，口中道：“他这样子能学好中医？什么？你和姐夫要去普吉岛？喂，喂，该死！”

那头的人显然是挂了电话，他气得要砸电话，抬起头瞪那个少年。

少年笑容满面地冲他摊摊手，表示自己也对这样的父母很无奈。

沈鱼将一大块煎好的培根饼放在少年面前的盘子里。少年的注意力马上被那块饼吸引过去，也不理顾墨洵，用筷子夹起来就往嘴里塞，美味的食物充满整个口腔，他幸福地乱哼哼。

顾墨洵看着他的样子，又抬头狠狠瞪了沈鱼一眼，把电吹风递给她，道：“吹头发。”

沈鱼“哦”了一声，慌忙去洗干净手，再跑来帮顾墨洵吹头发。

电吹风“沙沙”地响，少年在那边心无旁骛地吃那块饼，顾墨洵则坐在沙发上，一脸不爽地瞪着那个少年。

少年三两下把饼吃完，意犹未尽地把盘子放进水槽，回头来看那边的两人，看了一会儿，口中道：“沈鱼又不是你的用人。”

顾墨洵哼了哼：“不关你的事。”

“我妈交给你是给她治病的，不是当用人的。”

“你不是也让她做早餐？”

“她是我姐。”

“这样啊，”顾墨洵抬手挡住沈鱼手里的电吹风，回头对沈鱼道，“那以后你什么都不用做了，我请个阿姨就可以了。”

沈鱼马上一脸惊恐，叫道：“不行的，不行的，顾墨洵，我能做好这些事，真的。”

这回轮到顾墨洵冲那个少年摊摊手，一副很无奈的样子。

少年猛翻白眼，拎了背包在顾墨洵旁边坐下，拉开背包，在里面翻了翻，道：“沈鱼，我有东西带给你，姑妈，就是你妈让带的。”说着他把一小瓶东西拿出来，“她说你最爱吃这个酱，还有这个，密码是你的生日输两遍。”他的手里还拿有一张银行卡。

沈鱼听少年说到自己的母亲，整个人颤了颤，扔了电吹风就去接那两样东西，看着少年，热切地说道：“那、那我……”

少年知道她要问什么，咂了咂嘴，有些难过地说道：“别想了，姑父面前还是连你的名字都不能提，你还是不能回去，再说你还在治疗。”

他看沈鱼的表情暗下来，又说：“但姑妈肯让我给你带东西，说明她已经原谅你了。”

沈鱼低着头不说话。少年看着心疼，抓着沈鱼的手，道：“姐，你别难过，不是还有我吗？我是你永远的忠粉。”

说着他站起来，头又要往沈鱼肩上蹭。那头顾墨洵已经伸出一只手，手掌顶在少年的额头上将他推开，道：“一边去。”

少年没蹭到，鄙夷地瞪了顾墨洵一眼，气鼓鼓地坐回去。过了一会儿，他说道：“沈鱼，姑妈让我给你带话，想听就跟我走。”说着他站起来往隔壁房里去。

沈鱼跟哈巴狗似的，马上扔了电吹风就跟过去了，只留下顾墨洵头发半干地坐在沙发上，旁边是还在“沙沙”响的电吹风。

“沈鱼是我的。”少年不一会儿从隔壁的房里探出头来冲顾墨洵做鬼脸，见顾墨洵脸沉下来，又迅速地缩回去。

顾墨洵顶着被自己吹得有些凌乱的头发下楼去，一脸的不爽，以至于对女性一向笑脸相迎的功力也破功，黑着脸一直到中午，生人勿近的样子。

上楼吃饭时，沈鱼在做菜，那少年正把一盘盘的菜往桌上摆，都是少年喜欢的菜，竟然还有顾墨洵最讨厌的藕。

于是，他的脸更臭。

沈鱼把香软的米饭递给他，他接过，盯着少年说的第一句话就是：“你什么时候回去？”

少年正在啃鸡腿，口齿不清地说：“不回去，这个暑假都不回去。”

“你爸妈一个星期后回来。”

“那也不回去。”

顾墨洵吃了口饭，道：“不走也好办，从下午起到楼下做事，做多少事，吃多少饭，住多少时间。”

少年呛了一下：“你是我舅，你不是周扒皮。”

顾墨洵意味深长地笑笑，不理会他的抗议，转而看向沈鱼，说道：“把那盘藕倒了。”

沈鱼一怔，看看那盘藕，磨磨蹭蹭地说：“子骋最喜欢吃这个。”

“倒！”

“哦。”沈鱼只好站起来，刚端起那盘菜。

“别！”文子骋站起来，狠狠地往嘴里夹了几块藕，然后不甘地说，“算你狠，我做就是。”

文子骋下午被派去配药。中药他识得不多，一大片抽屉里上上下下地抓药，不一会儿人就瘫了，被旁边的老师傅嘲笑得抬不起头，咬咬牙只好继续，偶尔得空，跑去卖凉茶的窗口向沈鱼哭诉。沈鱼也很忙，熟练地装好茶包，算钱根本不用计算机，眨下眼数字就出来了。

“姐——”窗口排着队，他就站在窗口旁边，哭丧着脸，“晚上我要吃卤鸭掌。”

沈鱼手上没停，说道：“今天不行，这个至少要在卤汁里泡一晚上。”

“姐——”他趴着窗口，可怜兮兮地闹。

“文少爷，回来抓药。”那头药房的老师傅大嗓门在喊。

“又来了。”他痛苦地抱头，无可奈何地跑回去。

快下班时，沈鱼跑去买菜，文子骋跟着一起去，两人买了冰棍边走边吃，文子骋一路抱怨，沈鱼的手机突然响了。

沈鱼看了一眼，按了。

又响。

又按了。

“谁啊？”文子骋凑上来。

“同、同学。”

文子骋看到“张少政”三个字在屏幕上暗下去，钩住沈鱼的肩道：“男朋友啊？”

“同、同学。”

“为什么不接？”

沈鱼咬着冰棍，看着屏幕又亮起来，刚想按掉，被文子骋一把抢过来：“哟，少年，”他压低声音对着话筒讲，“你要追我家小鱼吗？”

张少政在电脑前和一堆死党聊明天去热带乐园的事，猛然听到这个声音，怔了怔，皱眉道：“你是谁？为什么不是沈鱼接电话？”

那口气让文子骋很不爽，看了眼手机屏幕上面显示的名字，咬牙切齿道：“沈鱼现在归我管，你找她有什么事，快说。”

沈鱼立在旁边吃冰棍，眼看着文子骋跟电话里的张少政一言不合地吵起来，心里想，张少政怎么连放个暑假也不放过她呢？

半晌，文子骋气呼呼地把手机按掉还给沈鱼，说道：“姐，买条鱼吧，我想吃鱼。”

沈鱼抓着滚烫的手机，道：“鲫鱼吧，顾墨洵喜欢吃鲫鱼汤。”

文子骋哼了哼：“他要下奶吗？红烧多好。”

于是，沈鱼买了两条鲫鱼回去了。

吃饭的时候，文子骋盯着红烧鲫鱼，顾墨洵则喝他的鱼汤。

文子骋好像有话要说，看了沈鱼几眼，说道：“姐，那个张少政明天约你去热带乐园，你去不去？”

沈鱼还没开口。

“不许去。”顾墨洵先说。

“我可以跟你一起去。”文子骋还是小孩子脾气，其实很想去。

“不许去。”顾墨洵又说了一遍。

“明天医馆休息。”

“那也不许去。”

“舅，你别像个小孩子似的，半分钟也离不开沈鱼吗？”

被比自己小快一轮的晚辈说像小孩子，顾墨洵噎了噎，抬头瞪着沈鱼：“你要去？”

沈鱼狠命摇头：“不去，不去。”

“姐，那里有很多好玩的，就是我们年轻人该去的地方。”文子骋喜欢跟顾墨洵反着干，不甘心地劝说，还不忘挤对顾墨洵。

沈鱼还是摇头：“不去。”

“那不管那个张少政，我们自个儿玩。”

沈鱼看看顾墨洵，坚决摇头：“不去。”

文子骋捧着头哀叫，那头顾墨洵得意扬扬地喝鱼汤。沈鱼看文子骋的样子，觉得有点儿对不住他，帮他又盛满一碗饭，说道：“子骋，多吃点儿饭。”

“多吃饭有啥用啊，我要去玩啦。”文子骋嘀咕着。

那头顾墨洵火上浇油：“你妈让你学好中医，明天休息，把《素问》背个几篇。”

“啥？”文子骋顿时没胃口了。

“想待在这里就要照我的规矩，而且学中医是你妈的意思。”顾墨洵表情淡然，却透着狐狸的气息，“不习惯可以走的。”

文子骋咬牙，手拉着沈鱼，可怜兮兮道：“姐，你明天陪我。”

“明天沈鱼陪我去参加一个同学会。”

“同学会为什么要沈鱼去，她和你什么关系啊？”文子骋脸都黑了，“我不要一个人留在这里背书，我也要去。”

顾墨洵笑得更加云淡风轻：“不想守我的规矩就滚回去。”

“你欺负人！”文子骋气得“哇哇”大叫。

到晚一点儿时，沈鱼跳完操，为了哄文子骋高兴，做了甜点给他。文子骋还在生闷气，一个人躲在房间里看着手里的《素问》，顾墨洵刚才给他圈了几篇，虽然已经译成了白话文，但还是拗口难背，见沈鱼进来，本来想不理她，但看她手里拿着好吃的，便屁颠屁颠地接过，大口大口地吃起来。

沈鱼留了一份给顾墨洵，她知道顾墨洵一般饭后就不再吃东西，这次的甜点都是低脂的食材，她也不知道顾墨洵吃不吃，细白的小号骨瓷盘装着一小块粉色的布丁，端了进去。

“用今年春季收的桃花做的，你尝尝看。”她小心地端着，另一只手拿着小勺子递给顾墨洵。

顾墨洵坐在沙发上在打最近很流行的“节奏大师”游戏，已经到八十关了，怎么也过不了，沈鱼进来时，正好“game over”。他懊恼地一手接过布丁，一手把平板电脑递给沈鱼，道:“过不了，你帮我过。”

沈鱼“哦”了一声，看顾墨洵在那边吃起来，她于是开始打游戏。

沈鱼对棋牌、游戏有着惊人的天分，那首歌速度奇快，无数拍子和剪刀如雨点般地落下来，看得眼晕，沈鱼手指在平板电脑上动得飞快，音乐结束时只“Miss”了一个，直接过关。

顾墨洵有些傻眼，明白为什么沈鱼虽然有天分却对这些不感兴趣的原因了。

因为，太没挑战了。

他一下也对这个游戏暂时失去了兴趣，人倚在沙发上，瘦削的身形，偏白的皮肤，衬着灰色的沙发面料，有种华丽的优雅，尤其吃过布丁，唇瓣上染着层淡粉，魅惑得让人中毒。

沈鱼还抓着平板电脑，看到顾墨洵的唇，下意识地舔了下自己的唇，莫名地有些局促，结结巴巴地问：“那个，我明天要穿什么？”

顾黑洵这才想到这个问题，其实他本来没想带沈鱼去，是被文子骋那小子气的，但竟然说出口了，带上她也无妨。

“你自己打电话给圆圆，让她明天早上来一下，带套衣服过来，顺便帮你化个妆。”

沈鱼刚想说好的，却见顾墨洵摆了摆手，道：“算了，明天带你买一套，你自己化个淡妆就可以了。”

沈鱼“哦”了一声，却没马上走，站了一会儿，道：“顾墨洵，你为什么要带我去啊？”以前顾墨洵出去玩从来不带她的。

顾墨洵笑笑，道：“聚会后有牌局，你帮我多赢一点儿。”

“啊？哦。”沈鱼觉得这样的话，挺合理的。

“还有，明天说你是我女朋友，你别否认。”他可不想费劲解释他跟沈鱼的关系。

“哦，啊？”沈鱼张大嘴。

那怎么可以？

chapter 08

赌神沈鱼

上午顾墨洵带沈鱼去买衣服，挑了条白色的连身长裙回来，设计简单，很适合沈鱼的清新气质，还配了条细细的链子，吊了个细钻勾勒的鱼形挂件，显然也不会便宜。

沈鱼小心地放好，口中反复念着：“买贵了，好贵啊。”

出发是在午饭后，顾墨洵让文子骋洗碗，催着沈鱼把衣服换上，等一会儿准备出发了。

文子骋边洗着碗边背《素问》，手上动几下，再眨巴着眼背几句，还不忘狠狠瞪一眼已经换好衣服在那边等沈鱼的顾墨洵。

以顾墨洵的气质并不需要太华丽的衣服衬，何况那只是同学聚会，轻松和谐就可以了，但即便是这样，只是静静地坐在那里，也有种让人移不开眼的魔力。如果他肯转头看你一眼，外加淡淡一笑，不知道哪家姑娘又要遭殃。

“千年老妖啊。”文子骋“啧”了两声，自言自语地说。

那头沈鱼已经从房间里出来。

裙子很合身，无袖的设计，让她的手臂更加纤长雪白，头发也被认真地盘了起来，露出姣好的脖颈，长裙一直长到脚踝，整个人被勾勒得细致而出尘，再加上她施了些淡妆，眼睛大而盈水，淡粉的唇色好像等人来采撷，整个人美得让人移不开眼。

时间似乎一下子静止了，两个男人同时盯着沈鱼，一时没了声音。

沈鱼却是完全不知道这些，人有些不自在地站在那里，手里还拎着那条项链，鱼的吊坠在那里荡啊荡的。

“那个，搭扣不太好扣，是不是弄坏了。”很贵啊，千万不要坏了。

“我看看。”文子骋第一个冲过去，想要接过项链时，沈鱼却不给他。

“你手上有洗洁精。”

“哎？”文子骋看看自己的手，嘀咕道，“又不碍事。”但他还是跑去水槽那里冲手。

洗完转过身时，顾墨洵不知何时已经跑来，手里拿着那条项链，弄开了搭扣，道：“没坏，只是紧了点儿。”说着他走到沈鱼身后，帮她戴上。

高了沈鱼一个头的身高，人站在沈鱼身后，项链绕过沈鱼脖子时两人靠得很近，若是电影，镜头就定格在这一幕。文子骋看着这一幕，似乎愣了一下，心中道：这两人是不是太相配了点儿？但又迅速摇了摇头。

聚会是在郊区的一个度假村，顾墨洵的同学中不乏成功的商人，在郊区建了度假村，这次聚会就定在那里。

度假村有草地和泳池，大夏天的，泳池边撑起了太阳伞，想下水游泳的游泳，想烧烤的，花园的草地上有搭好的烤架，还有整冰箱的酒和冷饮，可以随便拿。

顾墨洵赶到时，几个人都坐在包间里喝酒聊天，看到顾墨洵和沈鱼进来，全都眼前一亮。

“我们猜顾墨洵会带什么样的女伴来，没想到会带个仙女来啊。”有人看到沈鱼，忍不住打趣。

“晚到的人罚酒三杯。”

说话间，已有人拿了酒杯和一瓶红酒过来。

顾墨洵看看众人，也不接酒杯，道：“各位都开车来的吧，怎么，都不准备回去了？”

拿酒来的是度假村的主人，人长得不错，平时也注重保养，身形练得结实，只是过壮了些，紧身的T恤现出大块的胸肌，有点儿吓人。他道："是都不准备回去了，本度假村有大把房间给你们住，所以该喝的喝，该玩的玩，明天吃完早饭再回去。"

顾墨洵不动声色，接过酒杯先喝完了一杯。红酒还没来得及醒，有点儿酸涩，他皱了皱眉，那头又给他倒满了一杯。

沈鱼原想顾墨洵的同学应该都是学中医的，虽然有顾墨洵和黄甲这样的异类，但学中医的大部分都是温吞水一样连大声说话都怕伤了肝，但眼前这群人好像都不是这样子。

顾墨洵又喝了一杯，眉头皱得更紧。有人在旁边起哄："没醒的酒难以下咽吧，要不还有一杯让仙女妹妹代劳？"

沈鱼看着顾墨洵的表情，喝毒药似的，于是小声说道："第三杯我代你喝吧。"

顾墨洵看看她，瞪她一眼，道："今晚不许沾酒。"说着他将手中满上的酒又一口喝了下去。

一群人这才满意，但显然对没有调戏到沈鱼有些耿耿于怀，之后的聊天中多多少少会问起有关沈鱼的问题。顾墨洵却对此惜字如金，再后来就是天南地北地乱聊，但话题总是离不开金钱、事业和女人。

沈鱼手里是顾墨洵塞给她的蓝莓汁，她觉得酸，喝了一口隔了很长一会儿才敢再喝一口。那些人的谈话她也听不太懂，只知道他们并不是什么中医大学毕业的，全都毕业于本市财经大学的商学院。那个商学院她是知道的，里面的人非富即贵，典型的贵族学院。沈鱼不由得瞪大眼睛看向身边的顾墨洵，有钱人啊，可是为什么读商科呢？

沈鱼听得无聊，拿着蓝莓汁准备问服务员要点蜂蜜，旁边主人看到了，笑道："听我们男人讲话无聊是不是，忘了说了，女人们都SPA去了，反正离开饭还早，我让服务员带你去。"

原来是有其他女人一起来的啊？沈鱼一直以为这里就她一个女人，

她看看顾墨洵，顾墨洵道：“去吧，带上手机。”

一个SPA做了一个多小时，沈鱼也不知道这个度假村的主人说的其他女人具体在哪里，反正就被人安排做了个全套的护理，舒服得全身发软。

出来时天已经黑下来，沈鱼手里的手机猛然间狂振，刚才一直锁在SPA馆的柜子里没有信号，现在一下来了好几条未接来电，她打开看，全是顾墨洵打来的。

她慌慌张张地想回拨过去，电话又响了。

“你跑哪儿去了？怎么不接电话？”顾墨洵一上来，劈头盖脸地问。

“我，我……”沈鱼只要被他一凶就会结巴，一时半会儿说不出话来。

“找个服务员，二号楼，牡丹厅，让她带你来。”顾墨洵太知道她的脾性，直接说了这句话，就挂了电话。

沈鱼被服务员带去牡丹厅，顾墨洵就在外面等，看到她时瞪了她一眼，恨恨道：“做SPA还是去磨皮，知道所有人都等你吃饭吗？”

沈鱼更慌，站在那里不敢进去，顾墨洵伸手拉她，道：“还不进去。”

美人迟到，男人们当然不会说什么，倒是那几个跟男人们一起来的女伴仔细将沈鱼打量了一遍。沈鱼做了SPA整个人更加光彩照人，再加上刚才一直在跑，一张脸泛着可爱的粉红色，一副做错事的表情，怯生生地站在那里，对男人来说是我见犹怜，对女人来说却是嫉妒，尤其她还是顾墨洵的女伴。

一群人都没说话，这样的情景，道个歉乖乖坐好就是了。

“听说顾墨洵带了个女伴来，没想到这么美丽可人、我见犹怜，男人呢多半是心软了，可惜啊，我是女人。”沈鱼正要坐下，却听有人发话，说话的是个剪着齐耳短发的女人，一身黑色的洋装，皮肤很白，看上去干练而冷艳，她坐在度假村主人的旁边，拿了干净的杯子倒了满杯的红酒，朝沈鱼递过去，“老规矩，罚酒三杯。”

沈鱼看着那红酒，一时不知道该不该接。旁边的顾墨洵却接过来，淡淡地说道：“她最近在接受治疗，吃药时不能饮酒，我代她吧。”说着他接过来一饮而尽了。

既然在吃药，那也不好强迫。女人悻悻地冷笑道：“原来是病人啊，顾墨洵果然什么女人都不放过，代她可以，不过要加倍。”

顾墨洵笑颜如花，道：“老板娘倒酒，别说加倍，再多也喝的。”

原来是度假村主人的老婆啊。沈鱼看着她涂着红色指甲油的手又倒了满满一杯，心里有些难过，都怪自己，如果一直把手机放在身边就不会这样了。

“我、我能喝的。”沈鱼见那么满一杯又递来，她抢着接过来，直接往嘴里倒，喝到一半时呛了一下，咳得昏天黑地的。

“好了橙橙，都是我的客人，你犯得着这样吗？”旁边度假村的主人眼看场面变成老板娘欺客了，不得不发话，“墨洵，你们两个都坐，菜都快凉了，饭后还有牌局，别还没吃饭就已经醉了两个。

主人一发话，其他人也应和，顾墨洵从善如流，拉着沈鱼坐下。

沈鱼空腹喝了一大杯的酒，肚里火辣辣的，桌下顾墨洵拉着她的手没松开，不知是不是忘了，大掌将她的小手包着，暖暖的。沈鱼傻傻地看着两人握着的手，为什么跟以前顾墨洵拉她手时的感觉不一样呢？

那头顾墨洵已经夹了菜给她：“吃掉！”

她这才反应过来，抽回手去吃菜，手背上还有顾墨洵的温度，她看着自己的手背，心里那种不一样的感觉还在往外涌。

是什么呢？

一顿饭吃了很久，那个叫橙橙的老板娘对顾墨洵始终没有好脸色，顾墨洵当没看到，笑容迷人。沈鱼早就饱了，顾墨洵不知是不是故意的，一个劲地帮她夹菜，她委屈地一样样吃掉，又不敢说话，只好拉拉顾墨洵，又拍拍自己的肚子，意思是太饱了。

于是，顾墨洵又帮她夹了一大筷子菜。

总算散席，牌局马上上场，几个人拉顾墨洵凑一桌。顾墨洵笑着道："你们都知道我不爱这口，让沈鱼陪你们吧，我看着就行。"说完，他把沈鱼推上去。

沈鱼还撑着，不情愿地坐下来。牌局开始，玩了几圈，竟然都是沈鱼赢，其他三个这才不敢掉以轻心，其中一个调笑道："原来带了秘密武器来对付我们啊，墨洵？"

顾墨洵只是笑，摇着手里的红酒杯，抬眼，看到不远处的橙橙正看着他，眼中满是哀怨。

沈鱼玩了几圈才知道赌注这么大，所以每一局都铆足了劲，不敢有松懈，再加上她本来就擅长这些，十几圈下来，赢多输少，她面前竟然堆了上万块钱。她看着那推钱心慌得不行，最后拿牌的手也抖了，回头想找顾墨洵商量是不是可以不要再打了，顾墨洵却已经不在后面的位置上。

又玩了一圈，还是她赢，她正想推说不玩了，她旁边的人先站起来，道："不来了，不来了，今天运气不好，一直输，"他又似笑非笑地看看沈鱼，"小妹妹，赢了上万了吧，手气真好啊。"

沈鱼看着那堆钱不敢说话，等那人气呼呼地走了，才小心翼翼地把钱一张张叠好，放在自己的包里，抱着包去找顾墨洵。

打了几通电话顾墨洵都没接，倒是文子骋打来电话，问为什么还没回来。沈鱼说了下情况，那头文子骋哀叫连连。

沈鱼跑到外面，这时候，天已经很晚了，外面只有服务人员问她需要什么帮助，她抱着包，在外面晃了很久，总算在白天 SPA 馆的楼下看到有两人在谈话。

一男一女。

“你真的喜欢那孩子？”

“是。”

“认真的？”

“很认真。”

“哼哼，难得你会给出这么肯定的答案，你顾墨洵不是从来都是模棱两可的吗？”

顾墨洵？找到了，沈鱼就像孩子找到了妈，泪眼婆娑地准备跑过去，却忽然看到那个女人扑在男人的怀里。

男人没有动，只是抬手抚着那女人的头发，就像很多次沈鱼做噩梦时，顾墨洵做的一样。沈鱼停在那里，看着两人靠在一起的身影。

她的嘴巴张了张，没有发出声音。原来是在这里约会啊？原来除了她，顾墨洵抱着别人时也是可以这样的？

虽然早知道他女人缘好，但是，为什么有些难过呢？

沈鱼看着两人发愣，却忽然看到那女人推开顾墨洵，对着他就是一巴掌，黑暗中清脆的一声响，那女人哭道：“顾墨洵，我恨你！”说着她捂着嘴朝沈鱼这边跑来，经过沈鱼停了停，又飞快地跑了。

是老板娘橙橙啊。

沈鱼张大了嘴，然后那边的男人也跑过来，发现沈鱼后，在黑暗中瞪着她：“牌局结束了？”

沈鱼回过神，看着顾墨洵，半晌才道：“顾墨洵你疼不疼啊？”

顾墨洵苦笑，道：“你说呢？”

晚上，顾墨洵和沈鱼被安排住一间，而且是大床房。

顾墨洵的脸被打得有些肿，沈鱼趁他洗澡时问前台要了点儿冰，用毛巾裹着帮他冰敷。

冰碰到肿的地方有些刺痛，沈鱼整个人跪在旁边的沙发上，看他痛得眯起眼，就凑上去吹吹，口中哄小孩儿似的念道：“不痛，不痛。”

顾墨洵被逗得直乐，看她嘟着嘴在他脸上吹，样子可爱得要命，身体还朝他倾过来，整个诱人犯罪的姿态。顾墨洵本来在笑，看着看着笑容就敛起来，一滴冰冷的水自他的脸颊滑落，滴在不自觉滚动的喉结上，他一下回过神，忽然抬手在她鼓起的一边脸上拍了一下，“噗”的一声。

沈鱼吓了一跳，摸着脸瞪着他，道：“你干什么？”

顾墨洵侧着脸看她，沈鱼因为弓着身子，那个鱼形的吊坠从衣领里掉出来，荡啊荡的。

“刚才我们说话都听到了？”

沈鱼道：“听到几句吧。”

“哪几句？”

“她问你是不是喜欢一个孩子，你说喜欢，就这样，”沈鱼想了想，又说，“那孩子是谁？”

沈鱼边说边疑惑地看他，猛然想到什么，整个人又立起来，瞪着顾墨洵道：“孩子，你该不会和那个橙橙有私生子了？”沈鱼脑中完全是八点档电视剧的版本。

顾墨洵没说话，还是看着她。

沈鱼眼睛瞪得更大，不说话就是承认了吗？

“你、你……”

“沈鱼。”他忽然叫她名字。

“啊？”她惊惶地看向他。

“闭嘴！”

“啊？哦。”沈鱼垂下头，似乎犹豫了一下，又抬头看着顾墨洵，很认真地说，“如果有私生子，就带回来吧，一个孩子没有父母在身边，很可怜的。”

顾墨洵的脸用力抽搐了下，道：“沈鱼，你够了。”

“那孩子的妈妈是橙橙吗？一定是你嘴上说喜欢那孩子，又不肯要他，所以橙橙才打你的，接回来吧，橙橙已经结婚了，带着私生子怎么过？你……”

沈鱼话还没说完，整个人被一扯，还没反应过来已经跌进顾墨洵的怀中，顾墨洵双手掐着她的脖子，下巴在她发顶上用力磨，咬牙切齿地说道：“你有完没完，没有什么私生子，除非我结婚，不然不会有什么孩子。”

沈鱼的头顶被磨得生疼，她“哎呀，哎呀”地叫着，听到顾墨洵的话，挣扎的动作一下停住，无处安放的手臂一下抱住顾墨洵的腰。

顾墨洵一怔，也停下来，低头看着整个人窝在他怀中的人儿，眼神不知怎的，瞬间变得温柔。

“怎么了？”他松开掐着她脖子的手，放柔声音说道。

沈鱼的声音闷在他怀里，如释重负的样子，说道：“没有私生子就太好了，我真怕你跟橙橙有什么牵扯，得罪了这里的主人，我们就走不掉啦，毕竟这里是他的地盘，我赢的一万零五十块钱说不定也会被扣了。”

被抱着的人顿时僵硬，半天才挤出来一个字：“滚！”

结果沈鱼被发配去睡地板，顾墨洵一个人舒服地睡大床。

沈鱼小心地把赢的钱包好，当枕头睡，灯一关，一室的寂静，只有窗外夜虫的声音叫个不停。

两人并不是没有在一间房里睡过，沈鱼刚来医馆那段时间总做噩梦，顾墨洵就整夜陪着，所以并不会觉得尴尬。

沈鱼心里惦记着钱，翻来覆去睡不着，心里想着，有了这笔钱，学费就不用舅妈出了。

床上的顾墨洵呼吸均匀，看来已经睡着了。她悄悄地爬起来，抱着放钱的包摸到床上去，找个空位睡了，地板太硬，何况床这么大，四个人睡都可以，最多明天比顾墨洵早醒一些，再爬回去。

顾墨洵喜欢趴着睡，半侧着身子脸朝着沈鱼那边，沈鱼侧身朝顾墨洵躺着，黑暗中只看到他大体的脸部轮廓，即使这样，也知道那是个多好看的男人。

沈鱼看着他的脸，听着近在咫尺的呼吸，不知怎的，她竟然就安心起来，只一会儿就睡过去了。

只是顾墨洵一向比沈鱼醒得早，他有晨跑的习惯，生物钟调在那里，再晚睡，也会在那个时间醒来。

所以屋里昏暗的光线下，醒来第一眼就看到沈鱼抱着包缩在他怀里。

他竟然没有吓了一跳，心情无比平静地看着怀中的人，似乎从来都是这样的，并没有什么好惊讶的。

两人身上穿的是酒店配的同一款睡衣，衣领有些大，可以看到沈鱼胸口的大片肌肤，他这才有些呼吸急促，拉过旁边的被子将沈鱼盖住。沈鱼咕哝了一声，温软的身子直往顾墨洵怀里钻，口中道："别碰我的钱。"

顾墨洵失笑，决定不去晨跑了，闭上眼睛再睡一会儿。

沈鱼是被热醒的，一头一脸的汗醒过来，发现身上裹着被子，人也在顾墨洵的怀中。

怪不得这么热，她掀开被子，抬头就看到顾墨洵的脸，他睡得正熟，长长的睫毛羽扇一样，嘴唇紧紧地抿着，透过窗帘照进来的昏暗光线落在他的脸上，让他的脸看上去柔和而迷人。

沈鱼盯着那张脸半晌，看到他青色的下巴下突出的喉结滚了滚，是要醒了吗？她这才一下反应过来，怎么就睡到他怀里去了呢？不是说要在他醒来前睡回地板上去的吗？

她想着，人一步一步地往后退，只退了几寸却猛然发现顾墨洵一只手正拽着她那只包的拎手。

呃……

她小心地将那只手的手指掰了掰。

很顽固。

她又加了几分力。

依然顽固。

没办法，她拉开包的拉链准备先把钱拿出来。

“我的。”头顶有人说了一句。

她吓了一跳，下意识地抬头，顾墨洵不知什么时候醒了，似笑非笑地看着她。

“你、你……”她又开始结巴。

“钱是我的。”顾墨洵依然侧躺着，说道。

沈鱼一惊，握紧拳头道：“我赢的。”

顾墨洵道：“可你睡我床上来了，得收钱。”

“啊？”

“你还睡我怀里来了，得收很多钱。”

“啊？啊？”

顾墨洵把那沓钱抽出来，看了一眼，道：“这数目差不多。”

沈鱼顿时眼泪汪汪：“你又不是做那个行当的，怎么要收钱？”

顾墨洵笑，凑近她道：“我比做那个行当的更贵，这已经算打折了。”

沈鱼这是要哭了，委屈道：“这床本来就是给我们两个人的，为什么我要付钱给你？而且只是在怀里躺一下，哪有这么贵，还我啦。”说着她扑过去抢，一万块钱可不是小数目啊。

顾墨洵把钱举到头顶，沈鱼就爬过去，两个人扭在一起。顾墨洵没想到这丫头为了一万块钱来拼命，空着的手环住她的腰不让她动，口中道：“别闹了！”

两个人贴在一起，沈鱼身上本来就宽松的睡衣衣领此时已经落了下来，露出光滑白皙的肩，头发也很凌乱，却还在向着钱的方向扭动，如果不知道的人看到这一幕，不知道要怎样的想入非非。顾墨洵本来还想逗她，看到眼前的景色，不由得吸了口气，哑着声音道：“沈鱼，够了啊。”

那声音是有些发紧的严肃，让沈鱼跟着停了一下，两人大眼瞪小眼。

“钱？”沈鱼说。

“衣服。”顾墨洵说。

沈鱼这才低头去看，脸瞬间就红了，口中道：“你……你……”却怎么也没有下文了。

幸亏顾墨洵把被子扯过来，将她整个包住，只露了张通红的脸出来。

沈鱼被裹得像个蚕蛹，眼看着顾墨洵快速地下床去，屋里多少尴尬。

“那个，顾墨洵。”沈鱼很久才说。

“什么？”

“把钱还我。”

“滚！”

chapter 09

出走

meet you

两人回到医馆时已经接近中午了，文子骋就蹲在门口，看到两人回来又想扑过去抱沈鱼，被顾墨洵挡住了。

“我饿，沈鱼，你做饭给我吃。”他抱不到沈鱼，只能拉她的袖子使劲儿晃。

顾墨洵抬脚想踹开他，抬头看到馆内，觉得气氛不对。

医馆里并没有像往常一样有很多病人来，整个大厅空荡荡的。

“有谁在？”他看着馆内，问文子骋。

文子骋撇了撇嘴，道：“来了个大叔，一直在哭。”说到这里，他一脸嫌弃，“凶神恶煞似的赶走所有病人，然后就蹲在地上哭。”

顾墨洵眉头一皱，对沈鱼道：“你和子骋先在门外。”说着人进了医馆。

果然医馆里有一个人蹲在那里哭，强壮的身材穿着无袖的背心，手臂上的一大片文身有些骇人。

“老三？”顾墨洵看着那个人，心中有不好的预感，“出了什么事？”

老三听到顾墨洵的声音，猛然抬起头，随即又大哭起来，道：“丽姐不好了，快死了。”

“什么？”

“丽姐听了你的话，没去碰那些东西，结果被人害了，警察来的时候已经重伤。顾医生，你快去看看她，她一直叫你的名字呢。”老三人站起来。

顾墨洵整个眉拧在一起，道：“人在哪里，带我去。”

顾墨洵一直到半夜才回来，沈鱼听到声音，睡眼惺忪地从房间里出来，屋里灯没开，外面的月光照进来，沈鱼看到顾墨洵坐在沙发上，一动不动地看着窗外。

沈鱼看了他半天也没见他动一下，有些慌。

那个，是不是生病了？

她不敢开灯，人犹豫了一会儿，走过去，走到顾墨洵身旁时，也没见他动一下。

果然是生病了啊。

她一屁股在他旁边坐下来，伸手抚他的额，他这才回过神，抬手抓住沈鱼的手，道："没生病。"

"那是饿了吗？"听他说没生病，沈鱼松了口气，站起来，"我帮你弄点儿吃的。"

"我不饿。"他拉着她的手，又把她扯回沙发上，"陪我坐一会儿。"

沈鱼只好乖乖地坐着。

周围静得可怕，顾墨洵又恢复到刚才一动不动的样子，沈鱼坐立不安。

"那个，她好点儿了吗？"她好半晌才想到顾墨洵今天出去是看万春丽的，问了一句。

顾墨洵却整个人颤了一下。

"死了。"他叹息般，似乎费了很大的力量才接受自己说出来的话，抓着沈鱼的手一起盖在脸上。

一片湿。

沈鱼吓了一跳，手足无措地看着顾墨洵，她从没看过顾墨洵哭，她以为这辈子也不会看到，此时，黑暗中，这个男人满脸泪水，怎么叫她不慌张？

"你、你不要哭啊。"

她说完这句，不知道为什么自己鼻子也一酸，虽然从来没见顾墨洵哭过，但现在只是一碰到他的眼泪，就像连锁反应一样，自己也跟着掉眼泪。

“你怎么了？”因为慌张，她的声音也发起抖来。

顾墨洵松开她的手，在黑暗中看着她，小小的身影坐在他旁边，窗外的月光照在她脸上，她的一双眼担心地看着他，盈满泪水。

“你哭什么？”他问。

“我不知道，你哭，所以我就跟着哭了。”沈鱼抬手在脸上乱抹，“你不要哭了啊，哭得我心里好难受。”

他怔了一下，哑着声音道：“你有什么好难受的？”

“就是难受。”沈鱼不知道怎么解释心里这种感觉，反正看到顾墨洵流眼泪心里就跟着闷得慌。

她依然慌张地看着他，他伸手去擦她的眼泪，她很快地握住他的手，依赖似的。只是极细小的举动，让顾墨洵本来郁结不开的心情像被一双手轻轻地揉开，虽然还是难受，但已经好很多了。

他很自然地抬手抱住她，她乖乖地窝在他怀里，纤细的手臂轻轻地拍他的背，那是在安慰他吗？

他竟然无法继续难受下去，手有一下没一下地抚她的头发，抱着她腰的手不自觉地收紧了些。

半晌，沈鱼问：“她真的死了。”

“嗯。”

“所以你是为她难过吗？”

“嗯。”

“你喜欢她？”

“不是，只是从小一起长大的邻居。”是的，一个弄堂里长大，只是出身不同，让两人有着不同的遭遇。在她决定人生方向的时候，她曾向他表白过，他没有接受，由此，她选了另一条路，越走越远，直到死。

他闭上眼，刚才坐在沙发上，有很长一段时间他都陷在过去的回忆里，他不止一次地问自己，如果当初接受她的告白，或许她也不会死，如果那天自己没有说得那么决绝，她也不会这么不管不顾。

沈鱼的手还在安慰似的轻轻拍他的背，他终于没有再陷进回忆里，低头去看怀中的人，她乖乖地趴在他怀里，小心翼翼地安慰，刚才，他哭，她也哭。

像孩子看到至亲的人哭，没理由地跟着哭一样。

“沈鱼？”他心里忽然一动，存了一丝希望，唤她。

“啊？”沈鱼抬起头。

“我在你心里是什么人？”

沈鱼一怔，想了想，顾墨洵对她是什么，她还真没想过这个问题，只是很自然的就依赖了，他的喜怒哀乐牵扯着她所有的情绪，那样的关系是什么呢？他是文子骋的舅舅，所以像舅舅一样的亲戚关系应该是没错的吧？

“舅，不是，”她怕他生气，改口道，“亲人啊。”

“只是这样？”

沈鱼眨着眼：“那还有什么？”

顾墨洵的呼吸有一瞬间的不顺，方才的柔情一下消失不见，却硬是压下去，道：“我饿了。”

“哦哦，我马上帮你弄吃的。”沈鱼一下子跳起来，往厨房跑去。

顾墨洵苦笑。

只是亲人啊？

医馆因为万春丽的事休息了几天，顾墨洵处理了万春丽的后事。

那个女人已经跟家里断绝了关系，葬礼那天除了老三几个手下，没有一个亲人来，以前这一带呼风唤雨的人物，现在都怕跟她扯上关系，避之不及，葬礼会场空荡荡的，说不出的凄凉冷清。

沈鱼也去了葬礼会场上帮忙，满目的冷清看在眼里对沈鱼打击很大，她觉得自己和万春丽很像，虽然称不上跟父母断绝关系，但她确确实实是被赶出家的，是舅妈可怜她，才把她送到自家弟弟这里治疗，说不定哪天她死了，可能也没有一个亲人来送她。

万春丽的狗“虎牙”被顾墨洵带了回来，却不允许进医馆，又怕吓到病人，所以让人在楼后盖了个狗舍，让它住。

医馆恢复营业的那天，病人比往常都多，沈鱼被临时拉去配药，因为脑子里还想着万春丽的事，所以配错了好几次药。

文子骋忙得不可开交，他已经对各种药的位置了如指掌，看到沈鱼魂不守舍的样子，道：“沈鱼，你别一副失魂落魄的样子好不好，再配错药，这里的老师傅要发飙了。”见沈鱼不说话，他凑上去道，“你到底怎么了？受什么刺激了？”

沈鱼看看文子骋，很认真地问道：“子骋，如果我哪天死了，你会参加我的葬礼吗？”

文子骋吓了一跳，抬头就摸摸沈鱼的额头：“没发烧啊。”他又把沈鱼前前后后地打量了遍，“姐，你是不是得什么绝症没告诉大家？”

“什么绝症？”顾墨洵听药房师傅说一味药不够用了，来看情况，听到文子骋这样大叫，不由分说地拉过沈鱼的手搭她的脉，口中问，“不舒服吗？”

沈鱼摇头，抬头又问顾墨洵，道：“顾墨洵，如果我死了，你也会处理我的后事吗？”

顾墨洵一怔，抬头看沈鱼，随即明白她在担心些什么，道：“不处理。”

“为什么？”

“因为你脑子一直在乱想。”他的手指在她脑袋上弹了一下，“如果再让我知道你配错药，我就让你把配错的药全吃下去。”

沈鱼捧着头，眼泪汪汪地看着顾墨洵。

顾墨洵不理她，把药房师傅递来的库存表看了看，吩咐了几句，离开时回头看了一眼没精打采的沈鱼，走开了。

沈鱼中午给虎牙喂狗粮，那狗平时跟着万春丽大鱼大肉惯了，对狗粮这东西很不屑。沈鱼硬掰开它的嘴往它嘴里塞了几颗，它又全部吐出来了。

沈鱼看着被吐出来的狗粮叹气，道：“怎么办呢，顾墨洵嫌你太臭，毛色也不好，硬要你吃狗粮，你就将就着吧。”

虎牙舔舔沈鱼的手，脸埋在她的掌间“呜呜”地叫。沈鱼抚着它的头，道：“我知道你想你主人了，但以后顾墨洵就是你的主人，所以你要听他的话。”

她说着把狗粮凑近虎牙一些，结果虎牙直接转开脸去。

沈鱼又叹了口气，把狗粮放在一边，拍拍手站起来，看着周边种着的几盆喜阴的中药材，那是顾墨洵一时兴起种的，但都种不好，有几株已经死了，孤零零地在那里，也没有人管。

沈鱼抿着唇，又垂头丧气起来，自己哪天死了会不会也没人管？万春丽至少还有个顾墨洵为她流眼泪，虎牙偶尔会想想她，自己呢？

早上顾墨洵晨跑回来时，沈鱼竟然还没起来。他用毛巾擦着脸上的汗，看了眼空荡荡的厨房，进浴室洗澡了。

出来时，厨房还是空的，顾墨洵头发上滴着水，这才觉得有点儿不对劲，眉头不由自主地皱起来，人直接走到沈鱼的卧室门口，敲了几下门。

没有人应。

他心里不好的预感更浓，直接开门进去。

屋里是空的，床上的毯子好好地叠在那里，一直挂在橱柜边上的书包已经不见了，屋里的书桌上还压着一张纸。

“顾墨洵，我离开几天啊。”

沈鱼的笔迹，她没说去哪里，就这几个字，让顾墨洵脑子顿时一空。

“怎么回事，沈鱼呢？”文子骋从房间里出来，揉着眼睛，咂着嘴。

沈鱼坐的是早班车，昨天在网上订的位置。

大夏天这么早出门坐车的人一般都是出去玩或者出差的，打着哈欠靠在位置上打盹。

沈鱼坐在靠窗的位置，手里是刚才在车站买的茶叶蛋，有点儿咸，吃了一个，另一个放在那里没有动。

包里的手机振起来，她拿出来看，是顾墨洵打来的。她想了想，按掉了。她要离开几天，不能做饭给他吃，他一定发大火，她哪里敢接。

于是，文子骋又打来了。她盯着看了一下，接起来，那头激动地“喂”了一下，马上换成顾墨洵的声音，沈鱼吓了一跳，想也不想地按掉了。

等文子骋再打来时，沈鱼再也不敢接了。

然后就是一连串顾墨洵发来的短信，问她去哪里，威胁她的，她都是很快看一眼，就塞进书包里了。

坐在旁边抱孩子的阿姨古怪地看了沈鱼几眼，就逗孩子去了。沈鱼则转头看窗外的风景，城市远去，跃入眼帘的是整片的农田快速向后，只看了一会儿就觉得晕了，她于是靠在一边睡觉。

太早醒的缘故，沈鱼很快就处在半梦半醒的状态，听得到周围的声音，又似乎完全沉在梦里。

她梦到妈妈给她洗头，她小的时候最怕洗头，怕水进到耳朵里，所以拼命地捂着耳朵，然后爸爸进来，和妈妈吵架，越吵越大声，哪怕她拼命捂着耳朵也还是听得清楚，接着“啪”的一声，爸爸打了妈妈一巴掌。

沈鱼醒了，看到旁边的孩子哭闹，孩子妈发火用手打孩子的小屁股。沈鱼看到那孩子梨花带雨地睁着大眼望着她，她愣了愣，从书包里掏了掏，掏出一根棒棒糖给那孩子，那孩子没接，却没有再号了，咬着手指，看着那根棒棒糖。

孩子妈看到了，说道：“姐姐给你就拿着吧。”

那孩子这才拿过来，欢天喜地地往嘴里咬，虽然眼泪还在往下淌，却似乎早忘了被打的事。

车开了两个小时就到了目的地，天气有点儿阴霾，闷得厉害，看来是要下雨，沈鱼背着书包站在站台上，觉得这一年多没有回来的地方熟悉而陌生。

出了站就开始下雨，有好几个出租车司机来揽客，她不舍得坐，又没带伞，看着有人拿包顶在头上在雨里跑，她看看手里的包，紧紧抱在怀里，这才往雨里冲。

冲到公交站时衣服已经湿了一大片，还好是夏天，并不觉得冷，小小的公交站挤了一堆人，沈鱼好不容易找了个避雨的地方，抱着书包，看远处是不是有公交车来。

公交车来时，人们争先恐后地上车，等沈鱼也挤上车，车里的空调一吹，她顿时打了个寒战。

车走走停停，沈鱼抱着书包，头发被淋了个半湿，可怜兮兮地缩在角落里，旁边有阿姨下车，拍拍她来坐，她坐下来，看到有老人上车，又把位置让给老人了。

公交车又开了一段，雨终于停下来，阳光转眼露脸，照得四周一片透亮，沈鱼下了车，看到四周熟悉的街道，有种恍如隔世的感觉。

她一路往南走，一直走到十字路口，隔着马路就看到对面的小区，半旧不旧的小区，太热的缘故，小区里的水泥路上一个人也没有。沈鱼走进去，过了两个路口转进去，看到29号楼时停下来，一楼的门关着，她用手机看了下时间，是啊，现在还是上班的时间，家里应该是没人的。

她出去在小饭馆里吃了午饭，然后在附近的公园里闲逛。这个公园是她以前常来的地方，孩童的时候父母带她去散步，后来长大，放学后和……

和谁？记忆停在那里，没办法想下去，她只觉得胸闷得厉害，人坐在树荫下，看着不远处的湖发呆，好一会儿才缓过劲来。

她一直这样坐到傍晚，天气又变了，周围雷声隆隆，她背着书包又走进小区，小区里走动的人多起来，有几个人经过她时朝她多看了几眼，似乎认出她来，想开口打招呼，又觉得不像，就这么擦肩而过了。

沈鱼走到29号楼下，102室的门开着，自铁门里传来争吵声。

“你这女人真不会持家，米买这么好干什么？那得花多少钱，多少钱？”是男人的声音。

“这米哪里贵了？我嫁给你真是倒了八辈子霉了，怎么嫁给你这么个穷鬼？”

“是，你们文家有钱，我一个臭看门的娶了你这个千金小姐真是高攀了，你嫌我穷就滚回去，我不拦你，给我滚。”

“沈光标你没良心！”是砸碗的声音。

“文美玲你疯了！”是打巴掌的声音。

“你又打我，你跟你拼了，你还我小鱼，你还我小鱼，小鱼就是给你打走的。”两个人扭打起来。

“你还敢提小鱼，要不是那个吃里爬外不学好的女儿，我会从一线被人赶下来去看门吗？我就打她，她敢回来我就打死她。”

里面传来噼里啪啦的声响，很多东西掉在地上，碎了。

沈鱼默默地站在门口，不敢进去，手死死地抓着书包的背带，直到屋里的扭打声停止，男人哭起来，女人也在哭，其他就是死一样的静。

似乎每次都是这样，起因都是一样，结尾也是一样。

沈鱼把书包拉开，拿出上次文子骋带来的银行卡，放在手心看了一会儿，然后从铁门里塞进去，往屋里偷偷看了一眼，两个大人各坐一头，只是哭，都不再作声。

心似乎冷到极点了，自己回来究竟是为了什么？不想孤独地死去，像万春丽一样？还是希望父母已经原谅她了，像以前那样在门口迎接她？

她慢慢地走出去，走出小区，站在大街上，忽然不知道何去何从。

也不知道是怎么走到这里的，茂盛的树从围墙伸出来，有背着书包的学生经过，嘻嘻哈哈地打闹。她这才回过神，这是她以前就读的高中。

她走到校门口，想走进去，却被值班门卫拦下来。那门卫看了她一眼，有些吃惊，叫道："你不是那个，沈、沈……"

沈鱼不知道为什么自己这么怕被认出来，慌慌张张地向后退了几步，撞在一个人身上，她下意识地转过身。

一个男生一只手里抱着篮球，一只手伸过来扶住她，夕阳下他背着光，身形高而精瘦。

"沈鱼？你怎么在这里？"那男生看到沈鱼很吃惊，难以置信的表情。

沈鱼看到他也吓了一跳，眼珠转了一下，才吞吞吐吐地说道："散步。"

男生眼睛眯起来："从一百多公里远的地方来这里散步？"

沈鱼没吭声，垂着头站在那里。

"你一个人来的？"

“嗯。”

“吃过饭了吗？”

“嗯。”

“走了，吃饭去。”男生不由分说地拉住她往街的一头去。

“我吃过啦。”沈鱼不得不被他拉着跑。

“吃个毛线。”

这所高中对面的一条街是这一带出了名的美食街，在这里上高中的孩子都知道。

张少政要了两大份烧烤，再加上一碗放了特制酱料的臭豆腐摆在沈鱼面前。

“吃吧。”

沈鱼在这里上学时常来这条街，现在看到熟悉的食物，有些馋，用竹签插了一块臭豆腐往嘴里塞。这是顾墨洵绝不允许带进屋的食品之一，她足有一年多没吃过了。

空气中飘着各种食物的味道，两人坐着慢慢地吃，吃得一头的汗。

“怎么来这里了？”张少政忍不住又问了一遍。

“散步。”沈鱼嘴里包着食物，含混不清地说。

张少政眉一皱，恨恨道：“沈鱼，你就鬼扯吧。”

停了停，他似乎想到什么，盯着沈鱼道：“难道你是想我，专门来看我？”

沈鱼看了张少政一眼，又迅速移开，说道：“我不知道你是这里人。”她的意思是连你是这个地方的人都不知道，怎么可能专门来看你？

张少政自讨了个没趣，咬牙道：“你说是又不会死。”

他说完却看到沈鱼停在那里，盯着手里那串香菇发愣，于是道：“怎么了？”

“我不喜欢吃烤香菇，但有一个人好喜欢啊。”

“谁？”

“不太记得了。”沈鱼放下香菇串，又拿起别的吃起来。

张少政看她古古怪怪的，心情似乎很差的样子，想问发生了什么，但终于没问。

“今晚住哪儿？”张少政问。

沈鱼停下来，她没有考虑过这个问题，她本以为可以住家里的。

“去我家怎么样？”张少政说。

chapter 10

噩梦

meet you

“去我家怎么样？”张少政又问了一遍。

沈鱼吃东西的动作停下来，看着张少政往后缩了缩，道：“不，不去了。”

张少政放下手里的烧烤看着她，道：“你别想歪，我家还有我妈在。”

“那、那也不去。”

“为什么？”

沈鱼觉得她跟张少政不熟，不能随便到人家的家里打扰，何况她身上的钱还够，可以找便宜的酒店住的。

“我有地方住了。”沈鱼说。

“哪里？”

“那里。”沈鱼指指街对面的商务酒店。

张少政看了一眼，皱眉道：“那里你一个人住能安全吗？”

“安全啊，正规的。”

“安全个毛线。”张少政哼了哼，拿起桌上的烧烤，站起来，道：“走了，边走边吃，去我家。”说着，他另一只手牵住沈鱼，拉着她往街外去。

沈鱼被他牵着走，走了一会儿冲张少政道：“张少政。”

张少政一怔，以为她又想拒绝他，停下来看她。

她看着张少政手里的烧烤道：“不是边走边吃吗？”

张少政笑起来，把烧烤递给她道：“看不出你还是个吃货，沈鱼。”

沈鱼不置可否，拿过烧烤来吃。她其实只是比较喜欢烧烤而已，顾墨洵不喜欢吃这些，她也跟着没得吃，所以现在有机会，就多吃点儿。

两人走走停停地逛。

“你说你家就在这附近？”张少政道。

“嗯。”

“那暑假怎么不回家，还在那个医馆里？”

“我生病了，要治病。”

“生病，什么病？”

沈鱼抿着嘴不说话，踢着人行道上凸起的地砖，道：“无关紧要的小病。”

张少政看她不想说，也不再问。两人穿过两条街，前面就是一个小区，小区和沈鱼家所在的小区差不多，半新不旧，有几个老人在小区门口边乘凉边和小区的警卫聊天。

“就这里。”张少政停下来说。

沈鱼看了眼那小区，忽然不肯走了。

张少政回头看她：“怎么了？”

沈鱼抱着肚子道：“肚子不舒服，要上厕所。”说着她甩开张少政的手，往路对面的公共厕所冲。

张少政追了几步，有些傻眼地停在那里。

沈鱼上吐下泻，扶着公共厕所的门没敢出去。张少政看她脸色苍白，这才觉得有点儿不对劲，问道：“沈鱼，怎么回事？”

沈鱼还没说话，旁边看厕所的阿姨就说道：“这明显是吃坏东西了，还怎么回事。你这男朋友怎么当的，看看，吐得人都虚了，还不送医院去？”

张少政被阿姨一说才有点儿着急了，扶着沈鱼道：“快点儿，我送你去医院。”

“以后路边摊这种东西少吃，这么热的天，烤肉什么的很容易就变质了，吃了当然会拉肚子，”医生年纪有点儿大，在那边喋喋不休，

“万一得个痢疾什么的，会死人的……”

医生又说了一大堆，沈鱼眼泪汪汪地听着，总算看医生大喘气喝了口水，她才咬着唇坚定地说：“医生，我要上厕所。”

医生刚准备继续说的，听沈鱼这么说，抹了抹嘴上的水，慢慢说道：“那就去吧，出门左拐走到底啊。”

沈鱼急急忙忙地出去了。医生又盯着张少政，边在电脑上选药，边开始教育张少政。张少政乖乖地站在旁边，听医生一样样地说完，好不容易可以出来，看到沈鱼扶着墙回来，脸色更加苍白。他看得心里一紧，走上去拉住沈鱼道：“你在这里等着，我去取药，等一下要吊水。”

“还吊水？”

“不吊水怎么办，你这样子快脱水了。”说着他给沈鱼找了个位置坐好，自己跑去取药。

取了药回来，张少政扶着沈鱼去吊水，等管子吊瓶都弄好，他又去要热水，回来喂沈鱼吃药，听旁边吊水的阿姨说得喝点儿粥什么的垫垫胃，人又跑去买。

幸亏医院旁边就有粥店，这时候还没打烊，张少政买回来，见水吊了一半，于是坐下来喂沈鱼喝粥。

“这男朋友真不错啊。”旁边阿姨边笑边夸。

沈鱼想说不是男朋友，张少政就一大勺粥塞进来，笑着对旁边的阿姨道：“阿姨你帮我说说好话吧，她跟我闹别扭，都不认我这个男朋友了。”

阿姨眼一瞪道：“那就是小姑娘不对了，要是我年轻几十岁，这么好又这么帅的男朋友，肯定抓着不放手了。”

张少政冲沈鱼得意地笑，用口型道：“听到没有，这么好又这么帅。”

沈鱼好不容易咽下嘴里的粥，本想再否认，抬头看到张少政舀了一勺粥凑到嘴边轻轻地吹着，吹凉了小心地送到她嘴边，不知为何竟然没有把否认的话说出口。

她似乎是从来没有认真看过张少政的，因为他的脸上贴着“麻烦”两个字，她怕他那一堆粉丝，怕他无事献殷勤，更怕他嚷嚷着让她做女朋友，但是在这座已经有些陌生的城市，无家可归，连父母都不要的她又遇见了他，请她吃最爱的烧烤，现在又买来暖暖的粥，小心地吹凉喂她。

他对她好，而她这一刻才猛然意识到。

好不容易等到阿姨吊完一瓶走了，沈鱼还有一瓶没吊，时间已经不早了，护士帮她换了个手吊，张少政则抓着她吊过水的那只手小心地揉着那针孔，然后握在手里想把她冰冷的手焐暖。

沈鱼看着他，慢吞吞地把手抽回来，想了想才说道：“张少政，你为什么要对我这么好呢？”

张少政抬头看她，她脸色依然苍白，困倦的样子，叹了口气，道：“你觉得呢？”

沈鱼眨眨眼：“是因为喜欢我吗？”

张少政没想到她这一次竟然开窍，笑道：“你知道就好。”

沈鱼没有马上接话，低头看着手背上插着的针，好一会儿又是慢吞吞地问：“喜欢我什么呢？”

她问这句时根本没有看着张少政，像是有些不可思议似的。张少政总算收起笑容，道：“很难说是什么，就是很想见到你，和你待一起，暑假这么长时间不见，还会想你，我想，这应该是喜欢吧。”

他这样说着，沈鱼其实是听不太懂的，在脑中想了想，再想了想，最后道：“哦。”

她不知道该怎么接话，喜欢是这么简单的事吗？她忽然想到顾墨洵，那个连说句不要她，她都会伤心半天的人，脑中一瞬间有些糊涂了。

两人吊好针出来，已经很晚了。张少政想带沈鱼回家，沈鱼却坚持不肯，因为现在实在太晚，自己又一副没精神的样子，去别人家里实在不合适。

张少政没有强迫，找了离医院最近的一家商务酒店住下来。他不放心沈鱼一个人住在里面，硬是要留下陪沈鱼一起。

沈鱼怎么想都不合适，毕竟他不是顾墨洵，张少政对她来说还是陌生的。

“你不用陪我，我一个人就可以。”

“男朋友怎么可以让女朋友一个人待在外面呢？”张少政完全没把她的拒绝当一回事，他没带身份证，口上应付着，伸手问沈鱼要身份证。

沈鱼慢吞吞地把身份证递给他，道：“我不是你女朋友，你下次不要乱讲。”

“你那天在操场上答应我的。”

“那是口误。”沈鱼很认真地强调。

张少政脸一板：“沈鱼，始乱终弃可不行？”

“始乱终弃？”

“我跟所有的朋友同学都说你是我的女朋友了，你现在说口误，你以后让我怎么活？”

“啊？”

“知道学校那幢楼每年都有人跳楼是为什么吗？”

“为什么？”

“因为被女朋友抛弃了。”

沈鱼被张少政狠狠地盯着，吓得一头汗，顿时不敢说话了。

张少政看着她的样子只想笑，转身给沈鱼办入住手续。酒店对这样的年轻男女半夜来开房已经见怪不怪了，把房卡给张少政，同时强调了一遍房间的保险套不是免费的，不要到结账时不肯付钱。

张少政难得尴尬地抓抓头，回头看看沈鱼，沈鱼正在搓肿起来的手，眼睛看着大厅墙上五颜六色的马赛克发呆。

两人进了房，张少政一眼就看到浴室是全透明玻璃的，还好房间是按他的要求开的，是双人床，墙四周都是玻璃，抬起头时天花板上也是玻璃。

这个……门口不是说商务酒店吗？

沈鱼显然不懂这些，看着上下左右都是玻璃，一脸的好奇。张少政本来想换个房间，看她这副样子，也不多事，免得等一下还要找个理由换房间。

浴室里装着百叶窗，是可以拉下来把透明玻璃遮住的，张少政把百叶窗拉下来，看着有几处坏掉的叶片，无奈地回头看看沈鱼，沈鱼靠在床上一个劲地打哈欠，困得不行。

“先洗个澡再睡，起来。”他走过去拉她起来，把她推进浴室，看看那几处坏掉的叶片，想想留在房间里也不行，“你洗，我去外面楼下买点儿吃的。”

沈鱼“哦”了一声，看着张少政出去，开始动手洗澡。

张少政回来时，沈鱼已经窝在床上睡着了，头发还是湿的，大片地铺在雪白的枕头上，整个人缩在被子里，只露了半张脸在外面，皮肤几乎与枕头一样白，只有眉眼是黑色的。上下左右的镜子里折射出她的影子，张少政不知不觉地坐在旁边的床上看她，她动了动，终于露出整张脸，粉色的唇张了张，嘟哝了句什么，又不动了。

面对张少政时，她多半是提防的表情，很少这样毫无防备，无邪而纯净的气质展露无遗。

张少政看得有些呆，不自觉地坐起身，更近地看沈鱼，手掌在离沈鱼那张脸几寸的地方停住，感觉到沈鱼的呼吸喷在自己的掌心，微微地痒，他想摸她的脸，却迟迟没有行动。

好半晌，他终于把手缩回，半躺在旁边的床上，抬起眼时，四面八方全是沈鱼的影子，雪白的被子，散开的黑发，还有粉色的唇，竟然是那么惊心动魄。

他不能自已地盯着看，猛然，沈鱼翻了个身，一截雪白的小腿露在外面，他呼吸一沉，抬头将灯全部关掉，什么都不看。

快天亮时，听到隐隐的哭声，张少政半梦半醒听了那哭声很久，一直觉得那是梦，但渐渐觉得清晰起来，确定那是邻床的沈鱼发出来的，他一股脑儿坐起来。

开了灯，沈鱼整个人蜷缩在一起，像是被人困在一个密闭的空间，奋力地挣扎，喉间发出类似哭泣的声音，隐忍着，万分难受的样子。

是做噩梦了吗？

他看着雪白的被子与她的身体搅在一起，一头一脸的汗。

“老板，我错了，不要打了，不要打。”她恍惚间说出几个字来，然后开始尖叫。

他看得心惊，爬起来，跪在床边拍她：“沈鱼，醒醒。”

沈鱼还是沉在梦里，又是哭又是叫。他不得已把她拉起来抱在怀里，她一身汗湿，紧紧将他抱着，口中道：“别死，求你别死，阿志。”

他整个人怔了一下，推开沈鱼在灯下看她的脸，她还没醒，满脸的泪，应该还是在做着噩梦，人在他怀里扭着，难受的样子。他将她圈住又抱紧在怀里，却感觉肩上一痛，她竟在梦中咬他，他痛得又将她推开，看着床上的她，眉头紧紧地皱在一起。

有时候沈鱼对他来说，就是一团迷雾，他总是不经意地触碰到，但永远都走不进去。

天亮时，有人来敲房门。

张少政睡得迷迷糊糊，转头看床上已经安静睡觉的沈鱼，让人觉得快天亮时发生的那一切就如同一场噩梦。

张少政开了门，看到两个人站在门口，愣了愣，还没反应过来，一个五十出头的男人先冲进来，看到床上还在睡的沈鱼，直接冲过去一把揪住她的头发将她扯下床，抬脚就踢："你还不学好，还跟男人鬼混，我打死你，打死你。"

一旁的张少政着实吓了一跳，刚想上去，另一个五十出头的女人也上前来，扑过去把沈鱼护住，那男人一脚没收住踢在女人的身上，相当狠。

"要打就连我一起打死算了。"女人哭叫着，死死地抱住沈鱼。

沈鱼是被吓醒的，睡得正沉，猛然就被扯跌下床，还挨了几脚，惊惶不安地睁开眼，看到眼前两人更是慌到不行，抖着声音叫道："爸爸。"

听她叫爸爸，一旁的张少政顿时吃了一惊，有些难以置信地看着那个凶神恶煞的男人。

"你还敢叫我爸？我们沈家没你这个女儿！"男人一把扯开那个女人，那女人打了个趔趄，头撞在旁边的桌子腿上，男人看也不看她，揪着沈鱼的头发又是一顿打。

沈鱼的嘴角被打出血来，像个破布娃娃一般被男人拎着头发。张少政看得胆战心惊，男人再动手时，他看着沈鱼满脸的血，眉一拧，上去一下撞开那个男人，同时挡在沈鱼面前，道："你想打死她吗？"

旁边客房的客人也被吵醒叫骂着出来看，看到眼前的情景都吓了一跳，却没有一个敢上去劝。

"姑妈、姑父，你们是来吵架还是带沈鱼走的？"总算一个少年拨开人群，先是抱住那男人的腰将他扯开，同时对身后跟进来的年轻男人道，"舅，你先带沈鱼走啊。"

年轻男人脸沉着，直接走上去，看到满脸血的沈鱼时脸更阴沉，却一点儿也不耽搁，将晕头转向的沈鱼抱起来，走出了房间。

还好沈鱼是穿了白天的衣服睡的，不然又是一场热闹。沈鱼整个人都惊恐不安，乱发中的一张脸死白，却有被男人踹出来的鼻血，流了一脸，相当恐怖。

她死死抓住男人的衣领，口中无意识地叫着："顾墨洵，顾墨洵……"

顾墨洵本来在生气，但看到沈鱼的样子又心疼到不行，出了酒店直接抱进自己的车里，一只手按着可以止鼻血的穴道，一只手抽了纸巾帮沈鱼擦鼻血。

沈鱼这才缓过劲来，一缓过劲眼泪就"啪嗒啪嗒"地往下流，顾墨洵替她擦干净鼻血，眼看着她哭。外面嘈杂声一片，他看过去，几个人被酒店的服务员推了出来，正是打沈鱼的五十多岁的男人，还有那个女人和文子骋他们。

他叹了口气，冲沈鱼道："你乖乖在车里。"说着，他下了车。

沈鱼缩在车里，看到那个五十几岁的男人吓得直发抖，眼泪却流得更凶。她眼看着顾墨洵跟那几个人说着什么，那个男人才消了火，狠狠地往沈鱼的方向瞪了一眼，被那女人拉着走了。女人额头上也有血，是刚才在桌腿上撞的，沈鱼心疼得不行，开了车门想下去，顾墨洵却正好回来，将她拦住了。

"妈妈，我妈妈……"沈鱼终于受不了，大声哭起来。

顾墨洵回身将她抱住，口中道："没事了，子骋会联系你舅舅、舅妈过去的。"

总算一干人等都散了，只剩下顾墨洵和文子骋，还有哭得没力气的沈鱼。张少政这时才从酒店里出来，脸上在刚才护着沈鱼时也挨了几下，眼角在流血。顾墨洵看到他，让文子骋先上车，自己向张少政走过去。

文子骋上了车，一阵长吁短叹，看沈鱼脸色苍白地缩在那里不停地抽噎，又难过地叹了口气，道："姐，现在没事了，姑妈、姑父都走了。"

沈鱼动也没动一下，文子骋也不知道怎么安慰她，抓着头道："姐，你以后别这样了，我的小心脏承受不起，舅都快疯了，到处找你，又连夜开车过来，从你昨天一大早失踪到现在，连水都没喝一口。"

沈鱼这才有了点儿反应，抬眼看了下车外还在和张少政说话的顾墨洵，最后视线停在张少政的脸上。

文子骋小心翼翼地朝沈鱼坐过来一些，说道："姐，你怎么会跟一个男的在一起呢？留了一句话就走了，是想跟他私奔还是怎样？姑妈说看到你留在家里的银行卡了，我和我舅就连夜开车过来。当时实在不知道去哪里找你，好不容易向你同学问到他的号码，打过去，却一直没人接，直到天快亮时他打来说自己和你在酒店，当时姑父一听到这就炸了，这不，才出这样的事。"

车外，张少政眼角的伤让他眼睛都睁不开，他实在没想到那个五十出头的男人竟然下手这么狠。

"他真是沈鱼的爸爸？为什么下手这么狠？"他忘不了那个男人一脚踢过去的狠劲，问顾墨洵时皱了下眉。

顾墨洵看着他眼角的伤，并不答他的话，道："沈鱼为什么会跟你在一起？"

张少政抬头看了看那边沈鱼坐着的车，道："巧遇而已。"

"巧遇？"

"我去家附近的高中打球，她也在那里，当时失了魂似的。"

"高中？"顾墨洵表情变了变，却没说什么。

那头张少政又道："她昨天晚上情况不太好，整晚一直做噩梦，我抱着她也不行，看我肩上，"他拉开 T 恤的领子，后颈上两道齿痕，同时表情微微有些担忧，“你能告诉我，她以前是不是发生过什么？为什么梦中这么痛苦的样子？”

听到张少政说“抱着也不行”时，顾墨洵的眼不自觉地眯起来，再看到那两道齿痕，顾墨洵的表情更难看，但他一点儿也没有要回答张少政的意思，而是拍拍张少政的肩道：“她跟你说她有病，但始终不肯说是什么病是不是？”

张少政一愣，没答话。

“我告诉你，狂犬病，记得回去打几针狂犬疫苗。”说完他便转身走了。

chapter 11

被拒绝了

meet you

回去时，顾墨洵在前座开车，他让文子骋和沈鱼坐在后座，一路上一句话也没说。

文子骋本来是个话痨孩子，但看车内气氛不对，也不敢多说话，见沈鱼手臂上有好几处淤青，就拉过来替她揉，这才看到沈鱼的手肿着，口中叫了句：“乖乖，姑父这个没人性的，是用踩的吗？”

等拿过来看仔细，文子骋才发现上面有针孔，于是他大呼小叫道：“姐，你怎么了，吊过水吗？”

沈鱼还是缩在那里一动不动，就像被主人打残抛弃的小狗，伤心得不得了，文子骋跟她说话，她理都不理一下。文子骋于是发急，冲前座的顾墨洵，道：“舅，怎么办，她好像又跟一年多前一样了。”

顾墨洵自后视镜里看了沈鱼一眼，没吭声，只是狠踩了一下油门，车子加速在路上前行。

中午时到的医馆，圆圆已经候在门口，看到车停下来，就迎上去了。

顾墨洵第一个下来，一脸的疲惫，连头发都是乱的。圆圆还是第一次看到顾墨洵这副样子，冲他道：“顾顾，怎么样，小鱼回来了吗？”

顾墨洵懒得说话，指指车里，把车钥匙给圆圆，也不管车里的人，自己进医馆去了。

沈鱼被文子骋扶着下来，浑身的伤和憔悴的样子让圆圆吓了一跳，她立马眼睛就红了，扶着沈鱼道：“小鱼，你怎么回事啊？哟，不对，怎么这么烫，发烧啊？”

文子骋是粗神经，被圆圆一说才去摸沈鱼的额头，又比了比自己的体温，叫道：“啊啊啊，果然发烧了！”

医馆还得营业，幸亏那两个实习生已经能独当一面了。顾墨洵换了身衣服正要下楼，文子骋扶着沈鱼上来，拉住顾墨洵道：“发烧了，先给沈鱼看看。”

顾墨洵皱了下眉，伸手抚了抚沈鱼的额，道：“柜子里有退烧药，给她喂两粒。”

文子骋怪叫，道：“舅，你可是中医。”

顾墨洵眼皮也没抬一下，道：“退烧药这东西要比中医配药熬药来得快。”说完，他直接就走了。

文子骋给沈鱼喂了药，看她躺在床上闭眼不动，估计是睡着了。他这才舒了口气回大厅躺在沙发上挺尸，真是累得够呛，顾墨洵那家伙竟然还能下楼继续替人看病？

他不多会儿就睡着了，恍恍惚惚间感觉有人上楼来，不一会儿又下去了，他眼皮沉得不行，实在懒得睁开，这一觉一直睡到了天黑。

屋里一片黑，他浑浑噩噩地站起来，想看看沈鱼退烧了没有。沈鱼房间的门开着，柔和的灯光自房间里透出来，有人坐在沈鱼的床前，正挖了旁边一个小罐子里的东西涂在沈鱼手臂那几处淤青上，那动作很轻柔，轻柔得几乎触到了人的心间。

文子骋看着，不知怎的没进去。

他慢慢地退回来，摸着肚子，忽然之间，好饿哦。

早餐是文子骋买回来的，还给沈鱼买了鱼片粥。沈鱼很虚弱的样子，烧昨晚退了，今天又上来了，小小的身子缩在床上，头发如瀑一样散开，还好身上的淤青已经消得差不多了。

“姐，喝粥。”文子骋小心地舀了一勺递过去。

沈鱼乖乖地张嘴吃下。文子骋见她肯吃东西，欢乐起来，伸手摸摸沈鱼的额头道：“吃完让我舅看看，这烧很快能退。”

提到顾墨洵，沈鱼的脸垮下来，忽然又眼泪汪汪，却什么话也不说。

文子骋看得心急，边喂沈鱼喝粥，边道：“姐，你这是什么表情？”

沈鱼仍是不肯说话，眼泪竟然就直接落了下来。文子骋急死了，把粥一放道：“姐，你不要不说话好不好？”说着他抽了纸巾来给沈鱼擦眼泪。

沈鱼吸着鼻子，看着桌上的粥道：“我饿，子骋。”

这算是说了话了吧，文子骋拿起粥又喂给她。她一勺勺地将粥喝完，精神总算好了些，却只看着手臂上已经淡下去的淤青，兀自发呆。

文子骋实在受不了她这样，暴躁地抓着头发，拿了碗出去了。

外面，顾墨洵正在吃文子骋买回来的早餐，看到文子骋出来道：“不加香菜，怎么还加，还有这个，咸浆，为什么是甜的？”

文子骋正心烦，把空碗往桌上用力一放，道：“不对胃口是吗？想对胃口你先把里面那位弄正常了。”

他在顾墨洵旁边一屁股坐下，道：“她现在除了发呆就是哭，只要一提到你就跟被抛弃的小狗似的，舅你理一下她好不好？”说着他抓了一块饼往嘴里塞。

顾墨洵自顾自地吃，不应他，拿起被他嫌弃的甜浆喝了一口，道：“烧退了吗？”

“还在烧。”

“那就再给她喂两粒退烧药。”

文子骋把吃了一半的饼一扔，道：“这位大叔，你可以给她亲自上药，搭个脉配点儿退烧的药会死啊？”

顾墨洵吃东西的动作一滞，缓缓地将甜浆放下，半晌才道：“小孩子家家别管这么多事。”

“拜托，她是我姐好不好，我怎么不管？”文子骋盘腿坐在椅子上，面朝着顾墨洵，表情忽然严肃起来，“舅，我问你个事。”

“什么事？”

“如果你跟我姐好了，我以后叫你姐夫还是舅舅？”

顾墨洵一口甜浆差点儿喷出来，看着文子骋，好半天才道：“什么时候发现的？”

文子骋没想到他竟然就承认了，摸着鼻子道：“司马昭之心，有眼的人都知道。”

顾墨洵不说话了，转头吃他的早餐，好一会儿才道：“有这么明显吗？”

文子骋叹息：“也只有我姐这个呆子不知道。舅，”他的表情依然很认真，“你现在是吃醋的节奏吗？”

顾墨洵又噎了一下，苦笑道：“吃醋也这么明显吗？”

文子骋翻着白眼点头：“那你要拿我姐怎么办呢？估计你吃一辈子带香菜的饼，那呆子也不会明白的，你不好意思说，要不要我找她直接说清楚啊？”

顾墨洵沉下脸，回头看着文子骋，油腻的手掌一拍，盖在他的头顶，道：“敢多嘴，明天就给我滚。”

文子骋拍开顾墨洵的手，往头上一摸，一手的油腻，气得咬牙，道：“为什么？帮你一下不是很好？”

顾墨洵轻笑：“我顾墨洵的事，不用任何人插手，你也不行。”

文子骋哼了哼，边拿纸巾擦头发，边叹气：“辈分混乱哦，我以后可要怎么活？”

到晚上下班，文子骋被差去买现成的饭菜回来，顾墨洵上楼，刚到二楼的楼梯口就闻到一股饭菜香，他愣了愣，几步走进厨房。

桌上摆了两个炒好的菜，一个小小的身影还在灶前忙碌。

是什么时候去买的菜？顾墨洵看着那个身影没说话，早上的时候听子骋说还发着烧，谁让她起来做菜的？

沈鱼烧好一个菜装进盘里，回头拿到桌上时看到顾墨洵不知什么时候站在那里看着她，她吓了一跳，拿着那盘菜有些不知所措。

“你什么时候买的菜？”顾墨洵问她。

“子骋买的，他想自己做，但失败了。”沈鱼声音跟蚊子叫似的，手里的盘子被菜焐着发烫起来，她几步冲到桌前放下，手捏着耳朵，又缩回原来的地方。

“我、我感冒了，尝不出味道，你试试看。”她小心翼翼地说。

她的脸有些发黄，脸颊两边有着不正常的红，显然烧得厉害。

顾墨洵不自觉地沉下脸，道：“谁让你做这些事的，你真当我没你就吃不下东西了，我顾墨洵连个保姆也请不起吗？”

他难得用这么重的口气说话，把沈鱼吓了一跳，她气都不敢喘一下，人不自觉地又向后退了一步，半晌才说道：“顾墨洵，你是不是很生气，是不是不想要我了？”

她的声音已经带着哭腔，顾墨洵皱着眉看着她可怜兮兮的样子，只不过两晚的时间，她本来就纤瘦的身形似乎更加瘦了，原本筑起的自信与快乐，被毁得溃不成军。子骋问他是不是在吃醋，其实远没有那么简单，他眼看着她被她父亲打，揪着头发踢，看着她无言地流泪，现在又担心被抛弃，硬撑着做菜来讨好他。她为什么要出走？为什么与那个少年睡在一个房间，是不是谁都可以，只要给她避风港，她就随遇而安？

“是你不要我，是你不吭一声就出走了。”他狠着心道，“是不是谁都可以，那个张少政只要肯收留你，你就会跟他一起？”

沈鱼被问得无措：“不、不是的，我、我真的是碰巧遇到他，没有要跟他一起，我只是怕跟万春丽一样，死的时候一个亲人也没有，我想这么久了，爸爸可能已经原谅我了，但是……但是……”她哭起来，

“但是他们还是在因为我吵架。爸爸说，如果我敢回去就打死我，我没有想离开你，我只是很难过，难过得不知道怎么办才好。”

她捂着脸大哭，人抖得厉害，显然被顾墨洵的态度吓到了。

顾墨洵看她这样大哭，微微地愣神。他本来没想质问这些，那只是他自己心里的计较，相较于沈鱼这次所受的伤害，她更应被安慰，但他确实在生气，所以这几天才故意不理会她，想等自己消了气再说。

但是，自己似乎是有点儿过了。

“过来。”他叹了口气，冲沈鱼伸出手。

沈鱼只是哭，没有动。

他只好走过去，在她面前站着。她哭了一会儿，伸手抓他的衣角，他抬手一带，将她拥在怀里。

这回她哭得更厉害，用力抱着他的腰不肯放。顾墨洵一只手拍她的背，一只手抚着她的头发。

“以后不许这样离家出走。”他说。

“嗯。”

“不能跟男的一个房间睡觉。”

“但我那次跟你一个房间。”

“我不一样。”他稍推开她帮她擦眼泪，强调道，“除了我以外。”

“子骋也不行吗？”

“子骋已经大了，也不行。”

“哦。”沈鱼非常乖地点头，眼泪还在往下掉，人却已经安静下来，抱着顾墨洵的腰不肯放，抽噎得厉害，一双眼肿得像核桃，这样子就跟走丢后好不容易找到亲人的孩子似的。

顾墨洵任她这样抱着，之前心里的计较在这时散得一干二净，双臂轻轻将她拥着，感觉她整个人贴在自己身上，完全依赖，发着烧的体温有点儿烫，却让这样的拥抱显得更真实。

他就这样静静抱了她一会儿，心里渐渐涌起某种希冀来，忍不住又问她：“沈鱼，我是谁？”

“顾墨洵。”

“还有呢？”

“舅……”怀中的沈鱼只说了一个字就不敢说了，是怕他会生气。

好吧。他叹息，看来自己的气都白生了。他心有不甘地捧起沈鱼的脸，认真地看了一会儿。

沈鱼一脸懵懂，发红的眼眨啊眨地看着他。他忽然低头，在沈鱼的唇上轻轻印了下去，见她不挣扎又稍稍地加重力道。这一次他明显感觉到沈鱼的身体颤了一下，他这才离开，看着沈鱼猛然瞪大的眼睛，道：“沈鱼，舅舅是不会这样亲外甥女的。”

文子骋回来时，看到顾墨洵已经在吃饭了，桌上三个菜，色香味俱全，他张大嘴奔过去，放下手中的饭菜，夹了一口在嘴里，顿时热泪盈眶，叫道：“舅，你做的啊，会做菜怎么不吭一声，我就不去买了。”说着他就拿着空碗去盛饭，完全不管买来的饭菜。

“沈鱼做的。”顾墨洵夹了块滑蛋炒虾放进嘴里，不知怎的语气有些心不在焉。

“我姐？不是还烧着吗？哪儿来的食材？”

“用你做废了的食材。”顾墨洵吃完饭站起来，把碗筷放进水槽，同时跑到灶边看正熬着药的药罐，调了下火。

“谁的药啊？”文子骋满口的饭菜。

“沈鱼。”

文子骋一怔，道：“不是西药见效快吗？”

顾墨洵不理他，道：“看着火，我去跑步。”说着人就出去了。

文子骋把盘里的菜全部倒进自己的碗里，看着顾墨洵出去，自言自语："吃完饭就去跑步？他不是只晨跑吗？怎么一副失魂落魄的样子？"

文子骋吃到一半，想到什么，站起来看了下灶上的火，没什么问题，这才把刚刚自己买来的饭菜打开，拨开那些油腻的菜，把一盒粥拿出来，那是他排了半小时的队才买到的，现熬的粥，他拿勺子喝了一口，温度刚好，便拿着送进沈鱼的卧室。

沈鱼拢着被子正坐在床上发呆，脸通红，盯着一处，不知道在看着什么。文子骋觉得气氛不对，搬了张凳子在床边坐下，看到她的脸吓了一跳，道："又发烧了？"说着他伸去抚她的额头。

沈鱼正想着什么，被文子骋一叫，回过神，古古怪怪地看着文子骋。

文子骋被她看得发毛，又问了一遍，道："沈鱼，你怎么了？"

沈鱼摸着自己的唇，似乎在心里挣扎了一下，这才对着文子骋道："子骋，让我亲下嘴。"

"哈啊？"文子骋手里的粥差点儿拿不住，脸一下就红了，空着的手捂着自己的嘴，"当然不行啊！虽然我长得秀色可餐，姐，你也不能做出这种违反伦常的事，我们不可能的。"

沈鱼看着他，若有所思，猛然坐起来凑近他。文子骋吓得身子往后缩，用力闭着眼道："亲脸，亲脸可以。"

半晌，没有任何动静，文子骋睁开一只眼看了看，沈鱼已经坐回床上了。他拍着胸口坐回来，心想，怎么发个烧，让这孩子性情大变呢？

"姐，你魔怔啊？"

沈鱼咬着唇不说话，半晌苦恼地说："我刚才是想亲你来着，但就算只亲脸，也觉得……"她没有把感受往下说，抬头看着文子骋，很认真地说，"可是顾墨洵亲我，为什么我一点儿也不觉得讨厌呢？子骋，他是你舅舅，我和他也是有亲戚关系的，他怎么可以亲我呢？

他会不会喜欢上我了？可这怎么可能呢？”

沈鱼说得有些混乱，脸更加红得厉害。

“啥？”文子骋的脸又一下子红了，“我舅亲你嘴了？”

“嗯。”

“那你什么反应？”

“我很认真地提醒他，这是不对的，再这样就告诉舅妈去。”

文子骋的小心脏又在用力地颤了，怪不得刚才舅那么失魂落魄的。

chapter 12

太后驾到

meet you

这几天斗光阁的病人都觉得这家的首席中医大夫，到处惹桃花的妖孽劲不在，取而代之的是一副看破红尘的样子。这是要出家吗？

三个小护士和两个实习生打赌。

“一定是失恋了，你看顾顾这哀怨的样子，这几天逗他也不理人，我赌十颗罗汉果。”圆圆说。

“师父有恋吗？恋都没恋怎么叫失恋？”陈晓肖看看旁边的黄甲，“甲子，你说是不是？”

黄甲不置可否，抬头看不远处正在喝一口水叹一口气的某人，半晌道：“可能只是消化不良，偶有便秘吧。”

“嘁！”众人散。

诊疗室里。

“顾医生，希（失）恋了吧？”老太太刚掉了颗牙齿，还没来得及装假牙，说话漏风。

“没有。”顾墨洵很专心地搭脉。

“希（失）恋就说出来，不要自己承受，会憋区（出）病来的。”

“我没失恋。”顾墨洵依然很认真。

“我老太婆也希（失）恋过，那个痛切（彻）心扉，那个难受哦。”

“我没失恋。”顾墨洵整张脸垮下来，迅速地诊完脉，迅速地开完药方，打发老太太出去。

后面进来的是个中年妇女。

她一进来，就问道：“顾医生，听说你失恋了，阿姨手上有好几个姑娘，你要不要看看？”

“我没失恋！”顾墨洵有种深深的无力感，觉得这样的情况，可以让医馆好好休息几天，或者自己放个长假，先避开这莫名其妙的流言再说。

于是，下午的时候。

小护士芳芳：“顾顾真可怜，肯定是不想留在这伤心地，所以想出走几天，一个人疗伤。嘤嘤嘤，真可怜。”

顾墨洵正好去倒咖啡，手上晃了晃，差点儿把咖啡倒在身上。

算了，不休假了。

这段时间沈鱼的身体已经养得差不多了，今天准备亲自买菜回来做。

她最近很少能看到顾墨洵，白天他总是在楼下忙，吃饭的时间他开始到外面的饭店里吃，然后由文子骋带饭回来给她，晚上他洗完澡也不太待在客厅，总是早早地回自己房间，往往好几天才会见到他一面，那一次也只是匆匆而过。

分明是住在同一屋檐下的人啊。不过，沈鱼事后想了想，她也有些不知道怎么面对顾墨洵，只要一看到他就会想到那天的事，很尴尬啊。

可能顾墨洵也觉得尴尬，所以才躲着她吧？

那天文子骋又问她，顾墨洵在她心中是什么样的身份？这个问题顾墨洵问过她几次，她脑中一般都会直接反应是“舅舅”，但这一次她却梗在那里，为什么她不讨厌顾墨洵的吻？为什么连挣扎一下也没有？有的只是吃惊，然后就是心脏失控般地狂跳？亲人会这样吗？她分明连亲一下文子骋的脸也做不到。

但是，他真的是文子骋的舅舅，也就是她的舅舅，虽然没有血缘关系，却是自己当作长辈或者亲人一般依靠着，怎么样都是不该的吧？

该不会自己喜欢上他了吧？

而他，亲了她。

也表示他喜欢她吗？

沈鱼正在挑西红柿，猛然这样想着，然后面红耳赤地拼命甩头，口中念着："哎呀，不行。"

"烂了？"摊主看着她纠结的表情，且口中念念有词，以为她在说"烂了"，古怪地看着她，"新鲜的，没烂啊。"

沈鱼根本没听到，还在纠结地摇头，最后扔了西红柿，快速地跑了。

留下可怜的摊主在一个个检查他的西红柿，看是不是烂了。

沈鱼拎了一堆菜回去，看到医馆门口停着一辆汽车。医馆门口一般是不许停车的，因此沈鱼围着那辆车转了转，看到文子骋在门口冲她招手，神神秘秘的样子。

"怎么了？"沈鱼跑过去。

"我外婆来了。"文子骋有些紧张地说。

沈鱼还从来没见过文子骋的外婆，只知道她一直跟大儿子住在美国，久别重逢不是要高兴的吗？为什么文子骋这么紧张的样子？

"外婆啊？"沈鱼仔细想了想等一下见到该叫什么，好像不能再跟着文子骋叫"外婆"了，就叫奶奶好了。她刚决定好叫什么，一个想法冲进脑子里，捂着嘴恍然大悟的样子，"那不是顾墨洵的妈妈？"

一旁的文子骋直翻白眼，无语地瞅着沈鱼，一副你终于发现了这个绝世秘密的表情。

"我外婆有点儿那个、那个太难对付，你等一下看到不要乱说话啊。"进屋时文子骋提醒她。

沈鱼"哦"了一声，拎着菜跟文子骋进去。

上了楼，沈鱼就看到一个头发全白，绾了个髻的老太太，虽然是白头发，脸上却少有皱纹，白皙光滑，保养得非常好，一身黑色的裙装，除了肚子看上去有点儿肉外，其他地方的线条竟然也没有太明显的松弛下垂迹象。听姑妈说老太太四十多岁生的顾墨洵，她这样子哪像七十多岁。

沈鱼就这么张大嘴巴看着老太太，连一开始想到的称呼也忘了。

顾墨洵泡了茶，是上等的大红袍。他平时不爱喝这些，只有有客人时才会拿出来泡一壶，看到沈鱼和文子骋进来，没管他们，倒了一杯递给老太太。

老太太喝了一口，皱了皱眉，道："好茶叶，只是泡得太烂。"说着就放到一边。

顾墨洵完全不在意老太太的话，把壶递给沈鱼，道："倒了，你来泡。"

沈鱼一直在看那老太太，觉得她有种不怒自威的气势，因此，心里不自觉有些害怕。听到顾墨洵让她泡茶，慌忙接过壶，拎着菜进厨房去了。

沈鱼倒掉了原来的茶又跑上来，在那套黑檀木的茶具上泡茶，虽然有些紧张，但手法极娴熟，泡了一壶，倒上，小心翼翼地递给老太太。

老太太看了眼沈鱼，接茶时问了一句："手洗过了吗？"

沈鱼慌张，道："洗、洗过了。"

"嗯。"老太太这才满意，接过来闻了闻喝了一口，表情有些意外，又看了沈鱼一眼，"这小保姆请得不错啊。"

沈鱼一怔，刚想纠正自己不是保姆，却听顾墨洵沉着脸道："她不是保姆。"

"是啊，外婆，她是我姑妈的女儿。"一旁的文子骋也说道，表情那是有多卑微讨好啊。

老太太想了想，才道："哦，是那个孩子啊。"眼睛又看了沈鱼一眼，把空杯子给她。沈鱼赶忙又倒了一杯，双手奉上去。

刚才沈鱼一直在脑中寻找一个形容词来形容这位老太太，现在终于想到了，那是老佛爷啊，她和文子骋一下就成宫女和太监了。

老太太又喝了两杯，就嫌那茶已经过了最合适的温度了，把杯子往桌上一放，这才抬头看向对面的顾墨洵。

“阿洵，刚才我说的你给我个答复。你刘伯伯的女儿也回国半年多了，我这次回来就是想让你们见一下，双方家长再通个气，可以定的就定下来了。”老太太优雅地抬手拢了拢鬓边的头发，“我年纪大了，本来和你爸爸旅旅游，到处玩玩，这辈子也就安然过了，可偏还有你这个小儿子让我不放心。”

顾墨洵面无表情，道：“那就旅游去吧，我自己的事自己会处理好。”

“什么话？”老太太抚在鬓边的动作一顿，“嫌我烦人了？”

顾墨洵对老太太的怒意没放在心上，道：“反正我从小到大你都没操过心，现在这事，你也就别操心了。”

老太太额上的青筋跳了跳：“什么叫我没操过心，我四十五岁把你生下来，半条命都快没有，这是没操过心？你这个没良心的，真是让我心都凉透了。”她说这话时，眼角竟然有泪，恰到好处地淌下来，甚美。

沈鱼看得瞠目结舌，顾墨洵则头疼地按了按眉心，道：“那你要我什么时候见，我见一下就是了。”

“你这是什么语气？弄得我逼你似的，你不乐意我也不逼你，二十几岁的人了，我管得了吗？”她说着又是两滴泪美丽地淌下来。

沈鱼看着那两滴泪，觉得老太太一定是为了顾墨洵受了很多苦，顾墨洵怎么可以这样对她呢？她忙不迭地拿了纸巾递给老太太，口中道：“奶奶你别哭，舅舅会听你话的。”

她不敢当着老太太的面直接叫顾墨洵的名字，想了想还是跟着文子骋叫他舅舅，却不想顾墨洵的脸抽搐了一下，狠狠瞪了她一眼。

沈鱼眼观鼻，鼻观心，只当没看到，甚讨好地往老太太身边蹭过去一些些。

老太太对沈鱼的话很满意，欣慰地抬手想摸她的头，但似乎又怕沈鱼的头脏，不着痕迹地缩回手，道：“还是女人了解女人。来，我有礼物送给你和子骋。”说着往包里掏了掏，拿出两张卡，“还好多备了一张，拿去买自己喜欢的东西，密码写在背面。”

是两张银行卡。沈鱼张大嘴，怎么有直接送钱的呢？她只敢看着却不接，文子骋却已经欢快地接过来，道：“谢谢外婆。”见沈鱼不接，他顺便帮她接过来，塞给她。

沈鱼拿着那张卡觉得像捧着个烫手山芋似的，要知道，她在这里除了学费和零花钱是舅舅给的，吃住都是顾墨洵的，她怎么好意思再拿顾家的钱？她抬头看看顾墨洵，顾墨洵脸色不大好看，却不知道是被她刚才那声“舅舅”给气的。

她小心翼翼地把卡递还给老太太：“那个……”她想着怎么拒绝。

“给你就拿着吧。”那头顾墨洵先说道。

她这才又收回来，拿在手里不好意思像文子骋那样塞进口袋里，口中道：“谢谢奶奶。”

接下来又是老太太与顾墨洵的对峙，老太太摆出一副白养了这个儿子的表情，道：“你要是不乐意，直接点儿说，我今天就回美国去。”这回没有落泪，而是一脸的伤心欲绝。

沈鱼看得心也碎了，再加上拿了人家的钱，于是坚决站在老太太一边，道：“舅舅，你就去见一下吧，也许那个人就是你的真命天女。”她也不知道怎么想到“真命天女”这个词，只是很顺利地就说出来了，心想，这样才对吧，之前那一吻将她的整个心神都弄乱了，不管他是不是喜欢她，或者她是不是也喜欢他，一切都是不应该的啊，事实上顾墨洵这样的人就该找个门当户对的女子结婚，这才是人间正道，嗯，人间正道。

她脑中想了很多，却不知那句“舅舅 + 真命天女”真快把顾墨洵气炸了，一双眼怒极反笑看着沈鱼：“你这么说，我还非得见见不可了？”

“那是，”沈鱼点着头，很真诚地说，“千万不要错过了，你年纪……嗯嗯……也这么大了。”

她说完这句，身后的文子骋不由自主地哆嗦了一下，这是找死的节奏吗？

果然，顾墨洵整张脸沉下来，死盯着沈鱼道：“你是说我老了？”

沈鱼对上他的眼，吓得忙低下头，只敢看着自己的手指道：“不是老，是……是……”

“是什么？”顾墨洵眯起眼盯着她。

“是到适婚年龄了。”

“跟你有关吗？”顾墨洵声音冷冷地道，“我找到真命天女你就这么开心？”

“那当……”看着顾墨洵的眼，沈鱼那个“然”字怎么也不敢说出口。

“滚去做饭，别让我看到你烦。”顾墨洵恶狠狠地说道。

“哦哦。”沈鱼被他忽地一吼吓得不轻，连滚带爬地站起来，往厨房冲。

身后的文子骋也觉得这里不是久留之地，跟在沈鱼身后进了厨房。

客厅里一片寂静。

“呵呵……”老太太忽地笑了一声，优雅地拿起她本来已经嫌弃的茶喝了一口，看着黑着脸的顾墨洵，轻描淡写地说，“喜欢她？”

顾墨洵一肚子的火，拿起茶壶往自己杯里倒茶：“不关你的事。”

“我不同意。”老太太放下杯子，轻皱了下眉，“辈分太乱了，你还把你姐和子骋放眼里吗？”

沈鱼很卖力地做了一顿非常丰盛的晚饭，老太太本来是要回宾馆去的，闻到菜香又看了眼摆在桌上的菜又改了主意。

“比我家厨子的水平差了那么一点儿，将就着还是可以的。”老太太难得吃了两碗饭，吃完觉得吃得太多了，便站着在那里点评。

文子骋不敢多说话，只是捂着嘴笑。顾墨洵没什么胃口，本来很喜欢的汤，没吃多少，对老太太的话不做评论。

“我看就明天，把你刘伯伯和他女儿约出来见一下，我明天来接你，顺便吃个早饭。”老太太很自然地说，又朝着沈鱼道，“最好有葱油饼，加个蛋，配上火腿丁和今天烧排骨的酱就更完美了。”

沈鱼“哦”了一声，拿了口袋里的手机认真地记下来。

一旁的顾墨洵有些忍无可忍地闭了闭眼。沈鱼不是厨子，也不是服务生，若是平时他肯定会这样提醒老太太，但此时他还生着沈鱼的气，所以什么话也不说，却没意识到，他平时也是这样跟沈鱼说话，甚至更直接，母子俩根本就是一个德行。

“其实您可以住在这里，还有空的房间，盖的毯子都是新的，我用中药熏过，有助睡眠。”沈鱼殷勤地说。

“哦？”老太太犹豫了下，抬头看看顾墨洵的表情，似笑非笑道，“非五星级宾馆的床我是睡不惯的，这小楼我已经住了几十年了，可不想再住。”

说着她叹了口气，下楼去了。

沈鱼和文子骋果然像宫女太监似的送老太太出去，楼下司机已经来接了，直到老太太上了车扬长而去。文子骋才松了口气，两人站在楼下，望着天上的一轮明月。

“沈鱼，我舅去相亲，你真舍得啊？”文子骋说。

沈鱼一愣：“为什么不舍得？他确实应该结婚啦。”

文子骋叹了口气，看来郎有情，妹无意啊，这个从来不缺女人的舅舅也有这个时候。

“那个，结了婚，你住在这里就不合适了，就算合适，你也不能每天跟着我舅。换句话说，他归别的女人管，你连帮他吹个头发都不行了。”文子骋说。

沈鱼怔怔地听着，想了想，道：“这些我都懂啊，子骋你不用专门提醒我的，我又不是不懂人情世故。”

文子骋差点儿撞墙，这叫懂人情世故吗？懂的话是这样的吗？

“我吃太撑了，我得去散会儿步。”勉强忍住使劲儿晃沈鱼的冲动，文子骋深吸了口气，跑出去了。

留下沈鱼一个人站在那里。外面有点儿闷，自空调的房间里出来，身上湿漉漉的，沈鱼转身准备进去，跨了一步又停在那里。

心里似乎有些闷呢。

她抬头看眼前的小楼，她在这里住了一年多，一直都过得很开心，似乎从没想过有一天要搬出去的问题。但文子骋说得没错，如果这次相亲成功，接下来顾墨洵就要结婚，那么这里的一切都不再属于她，还有顾墨洵，连伤心时安慰的怀抱也不可能再有。

心里空落落的，但这样才是对的，不能因为她的自私而反对什么，也没有权利反对。

她没有立刻上楼，而是绕到小楼后看虎牙。虎牙看到她过来，兴奋地想往她身上扑，却被链子缠住了，却还是锲而不舍地想扑上去。

沈鱼做了个手势，道：“坐下。”

虎牙就坐下来，却还是欢乐地摇着尾巴。沈鱼手一碰到它，它就站起来，扑将过去，狠命舔沈鱼的脸。

好可怕！沈鱼倒退了几步，抬手猛擦自己的脸。

算了，本来是觉得顾墨洵有点儿可怕才打算慢点儿上去的，现在看来虎牙比顾墨洵可怕，还是上楼去吧。

二楼顾墨洵在收拾桌子，他平时也不是真的什么事都不干，偶尔洗个碗也是常有的事，只是文子骋来了以后就没有再做过。

他这样收拾桌子，居然毫无违和感，头发在灯光下是咖啡色的，已经有些偏长，非常柔顺地随着他弯腰拿碗碟的角度垂着，身上的衣服是白天穿在白大褂里面的 T 恤和牛仔裤，从沈鱼的角度看顾墨洵的腿修长，伸出去拿碗叠的手臂肌肉结实而漂亮。

沈鱼不自觉地看了一会儿，这才走上去，道：“我来收拾吧。”

顾墨洵理都不理她，自顾自地把脏的碗盘放进水槽，打开水龙头开始洗。

沈鱼不敢说话，也不敢走开，乖乖地站在顾墨洵旁边。

“怎么不叫舅舅啦？”顾墨洵洗了个盘子，放在一旁，头也没回地问她。

沈鱼眨了眨眼，道：“那是尊称。”

顾墨洵手里的一个盘子差点儿从手里掉下去，吸了口气道：“别站我旁边，看着堵得慌。”

沈鱼被他这句话说得有些难受，退了一步，道：“那我帮你放洗澡水。”

“我淋浴。”

沈鱼哭丧着脸，却不敢再说什么，不情不愿地走出厨房。

走到厨房门口时，她又停下来。

“顾墨洵？”她叫他。

“嗯？”他回头，脸背着光，勾勒出柔和好看的轮廓。

“你不要生我气，我是真觉得你结个婚挺好的。”

分明是背着光，不知怎的，沈鱼竟然从顾墨洵的眼神中看到了失望的情绪，她垂下头，忽然有股冲动想问顾墨洵是不是喜欢她。

但那头顾墨洵忽然道：“明天多买点儿菜。”

“啊？”她有点儿反应不过来。

“中午请客。”

“不是去相亲？”

“就在这里相。

chapter 13

我要搬出去了哦

“哪有在自己家里相亲的哦，万一不喜欢甩都甩不掉，我舅在想什么哦。”文子骋和沈鱼在柜台后站着，看着一老一少上楼去。

老的看上去五十多岁，戴着金丝边眼镜很有风度的样子；少的是个漂亮女人，她挽着老人的手臂，一身名牌，化着精致的妆，进到楼里时往大厅里看了一眼，看到这么多病人微微有些嫌弃地皱了皱眉，这才踩着高跟鞋上楼去。

传说中的“白富美”。

“上去，我们也上去。”文子骋拉着沈鱼。

“上去干吗？”沈鱼不自觉地被他拉着走。

“看热闹。”

见面是在客厅里，老太太和顾墨洵已经等着，小护士圆圆被分派来端茶送水。老太太看了眼圆圆，皱着眉道：“不要她，让昨天的小姑娘来。”

沈鱼就躲在厨房里，听到老太太这么说，就屁颠屁颠地跑上去泡茶。

泡的还是大红袍，只有白富美要了咖啡，四个人坐在沙发上，四方会谈似的。

说的都是场面话，两方长辈互夸对方子女如何出彩，沈鱼和文子骋躲在厨房里边吃冰激凌边听。

“你说那个姐姐会看上顾墨洵吗？”沈鱼已经将白富美仔细打量了一番，很美而且气质好，身上也很香，她真怕顾墨洵会被嫌弃啊。

“问反了吧，你应该问我舅看不看得上她。”文子骋吃了口草莓味的冰激凌后又到沈鱼那里舀了勺香草味的。

“为什么？”沈鱼很疑惑。

“我舅什么人？阅女无数，能不被他妖气所控的没有几个人好不好？”文子骋说完深深地看了沈鱼一眼，心想你就是“没几个人”当中的一个。

沈鱼完全不知道他的想法，盯着顾墨洵看了一会儿，原来有妖气啊？

“那姐姐是看上他了？”她不由得跟着文子骋的思路问。

“那是当然，你没看到那个女的眼神吗？都有红心冒出来了，她这样子是恨不得吃了我舅才好。”

沈鱼张着嘴，又狠狠地将白富美打量了一遍：“是这样吗？”

“不过我看舅舅也是挺感兴趣的样子，你看，嘴角都是上扬的。”文子骋又开始分析顾墨洵。

沈鱼也看过去，嘴里含着勺子愣愣地望着顾墨洵，他已经有好长一段时间都阴着脸，看着对面的白富美时居然是笑着的，如沐春风般的迷人。她有些看不下去，手抚着胸口，那里有些闷呢。

“我去泡茶。”

她爬起来，跑去把喝完的茶重新加水泡，心里莫名地烦，而泡茶最讲究气定神闲，一不留神，滚烫的水就浇在自己手上。

火辣辣地疼，但她只是忍不住“哎呀”了一声，拿紫砂壶被烫到的那只手却并没有因为条件反射而松开，硬是放回桌上才对着烫到的地方吹了吹。

好险，幸亏忍着没松手，这个紫砂壶很贵的。她拍着胸口舒了口气，以为没有人注意到她，抬起头时却发现四双眼睛都盯着她。

呃……

“烫到了？”老太太先开口。

沈鱼把手放在身后，道：“溅了几滴，没事。”说着她用另一只手帮几个人倒茶。

顾墨洵看了她一眼，没说话，转头和白富美聊天。白富美抿着唇对顾墨洵笑着道：“你们家小保姆笨手笨脚的。”

顾墨洵不置可否，脸上笑容不变，道：“烫几下正好受点儿教训。”

“不是小保姆，是亲戚家的孩子，论辈分的话算是侄女呢。”老太太皮笑肉不笑地纠正，“确实笨手笨脚的，没有小保姆利索。”

她这话说得云里雾里，不知道在怪沈鱼还是什么，但白富美却不笑了，马上道：“烫到了没有？墨洵，你不是做中医的吗？快给上点儿药，不要留了疤。”

才聊了多久，都已经叫“墨洵”了，沈鱼想自己到现在还是“顾墨洵”整个叫，看来真的很聊得来，背后的手虽然疼得更厉害，但怎么样也不能打扰一对聊得来的男女啊，所以顾墨洵还是坐着聊天吧。

“没事，冲一下水就好了。”沈鱼退回去。

进到厨房时听到顾墨洵对白富美说：“不要紧，她皮厚，最多就是疼一下。”

沈鱼听到这句话不自觉地咬了咬唇。她进了厨房，看着自己手上的水泡，大夏天的，烫一下真的好疼啊。文子骋抓她的手放在水龙头下冲，对她说：“你这样冲着别动，我帮你下去拿治烫伤的药膏。”

沈鱼有些木木地点点头，听到客厅里白富美在笑，忽然觉得这自来水怎么是温的呢，好疼啊，分明是烫出泡来了，怎么说她皮厚呢？

结果饭也没法做了，四个人在客厅里聊了一会儿，就出去吃饭。

文子骋在家陪沈鱼，边照着沈鱼的指导做简单的菜，边小心翼翼地看沈鱼。

“姐，你心情不好？”

沈鱼用好的那只手拿刀拍蒜，道：“有一点儿啦。”

“为什么？”难道是开窍了？

“因为本来要做饭给他们吃的，现在好啦。”她垂头丧气地看着自己的手，觉得自己很扫兴。

“就为了这个？”

“是啊。”沈鱼闷闷地答了一声，一个用力“啪”的一声，砧板上的蒜头被拍得粉碎，下手非常狠。

文子骋有些被她的气势吓住了，吐了吐舌头，边翻着锅里的菜，边想了想，似乎下定决心似的说道：“姐，我跟你说个事。”

“什么？”

“我舅喜欢你。”

“啊？”沈鱼切蒜的动作停住。

“我说顾墨洵喜欢你。”

锅里的菜“哧哧”地响着，沈鱼的脸不知何时变得通红，却低着头不说话。

“姐？”文子骋的手在沈鱼的面前晃了晃。

沈鱼没反应。

文子骋又晃了晃。

沈鱼指着锅里说：“文子骋，菜焦了。”

“啊啊啊！”文子骋慌忙去翻。

“以后别再提了。”沈鱼看着他忙碌，忽然说道。

“什么？”完了，都焦了。

“我说你别再提刚才的话了。”沈鱼的脸又红起来，“这样太奇怪了，你是我弟弟，而他是你舅舅……他跟那个真命天女结婚才是对的。”

文子骋干脆放弃抢救锅里的东西看着沈鱼：“所以，你不是完全没有感觉到我舅的心意。”

沈鱼低着头，看着自己受伤的手道：“其实我一直把他当舅舅，只是那天他亲了我，我想再好的关系也不应该是这样的吧，文子骋，我又不是傻子。”

“你们没有血缘关系，沈鱼。”文子骋大体懂沈鱼的想法了，他还以为他这个姐姐已经迟钝到无可救药的地步了，“如果喜欢就接受我舅好了，他挺可怜的。”

沈鱼抿着嘴不说话，半天才慢吞吞地说道：“我喜欢啊，就跟你喜欢你舅一样的喜欢。”这个要怎么说喜欢呢？真要接受了，自己又要怎么面对舅舅、舅妈，爸爸的火气也应该会更大吧？舅妈好心把她送来这里治疗，却发生这样理不清楚的关系，到时她真的会被所有人嫌弃，这世上还有谁来拯救她？

看来，不管有没有那个真命天女，她再住下去也是不合适的。

结果下午顾墨洵没有回来上班，只是打电话过来让两个实习生多关照一下。

圆圆说：“看这样子，顾顾是相完亲直接约会去了，应该是看对眼了。”

芳芳说：“最终高富帅还是选了白富美。”

靓靓哼了哼：“胸没我大，哼！”说着她挺了挺“胸器”。

沈鱼在旁边看了看自己的胸，不自觉地叹了口气。

三个小护士互看了一眼：“小鱼，顾顾结了婚，你要住学校吗？”

沈鱼想了想，道：“嗯，下学期开学的时候，我就可以选住校了。”

三个小护士面面相觑，她们不是这个意思好不好？

晚上顾墨洵回来时，已经不早了，应该是吃了晚饭回来的，沈鱼和文子骋已经洗好澡各自抱着半个西瓜在看电视，顾墨洵走进来，还在打电话，脸上满是笑意。

两个人电视也不看了，趴在沙发后背上看他。他瞪了两人一眼，同时不动声色地在沈鱼烫伤的那只手上扫了一眼，转身走进自己的卧室去了。

“第一次见面就这样啊。”文子骋叹了口气转回来坐好，看着电视屏幕道，“结婚看来也会很快。”

沈鱼没吭声，很快结婚吗？那看来开学就可以搬到学校住，还不知道能不能跟同学合得来？她低着头默默吃西瓜，吃了一会儿，抬头看电视机旁边放着的台历，离暑假结束只剩下一个多礼拜了。

顾墨洵打完电话从房间里出来，手里拿着要换洗的衣服，嘴里还哼着歌。

“妖孽！”文子骋盯着电视忽然间说了一句。

沈鱼回过神，抬头看电视，没有在放神话剧啊，低下头继续吃西瓜。

过了一会儿，顾墨洵洗完澡擦着头发出来，身上是那件V领的深色T恤。

“风骚！”文子骋吐了几粒西瓜籽出来。

沈鱼慌忙抬头看电视，是郭德纲在说相声啊，哪里有风骚？

顾墨洵找了电吹风，进卧室去吹头发。沈鱼看着他，习惯性地站起来，要跟进去，但想想顾墨洵这段时间都不要她吹头发，而且现在又有真命天女了，应该不能再做这种肢体接触了吧。

她沉默着坐下，想着那真命天女的细长手指插进顾墨洵的发间，来来回回……那种闷的感觉就又上来了。

呃，空调得再开大点儿，这天气真是又热又闷。

顾墨洵吹干了头发出来，在沈鱼身边坐下。沈鱼知道他最喜欢吃西瓜，以为他是想吃，便站起来道：“我有留着给你榨汁，我现在就去弄。”

“不喝了，”顾墨洵道，同时冲她伸出手，“手我看看。”

“啊？”

“烫伤的手。”

“哦。”沈鱼乖乖把手伸过去。

手上本来烫了个很大的水泡，文子骋给沈鱼上药时不小心把泡弄破了，沈鱼因为做菜时手上经常溅到油，也没觉得怎样，所以没在意，让文子骋弄个纱布包一下，没让楼下的实习生再看。刚才洗澡，纱布被弄湿了，她就直接扯了，刚开始火辣辣地疼，现在疼着疼着就习惯了。

顾墨洵刚才就注意到沈鱼烫伤的地方没有任何包扎，拿过来一看，伤口一片红，那破掉的水泡成了皱起的皮贴在皮肤上。

“谁让你碰水的？”他皱着眉，沉声说了一句，站起来往楼下去了。

上来时手里拿了罐药膏和纱布。

沈鱼乖乖地让他上药，绿色的药膏被小心地涂在伤口上。比起文子骋的笨手笨脚，顾墨洵要温柔很多。沈鱼忽然有些伤感，这样的温柔以后都不会再属于她了，她应该会很想念吧。见顾墨洵帮她包好纱布，沈鱼不知为何，忍不住还是问了一句道：“顾墨洵，你会和你的真命天女结婚吧？”她分明接受了这个事实，却不明白为什么还要问一遍。

顾墨洵动作滞了滞，不知为何抬头看了眼沈鱼，那一眼情绪莫名，然后笑了一下，道：“你觉得今天那个女的是我的真命天女？”

“是啊，很美很香。”

“很美很香？”顾墨洵失笑，却并没有说什么。

他不说话，无疑像是种默认。文子骋有些受不了，凑上去道：“舅，那位真是我准舅妈了？”

顾墨洵皮笑肉不笑地瞪他一眼，反问道：“怎么，不满意？”

文子骋拍着手道：“满意满意，至少不会表姐舅妈傻傻分不清楚。”

他说完看看沈鱼。

沈鱼只是呆呆地看着被包扎好的伤口，小脸都快要哭了。

唉！他叹了口气。

顾墨洵接下来几天，天天都会出去，往往吃完中饭出去，到晚上才回来，连药馆里的事情也不太管。

开学的时间也越来越近，文子骋眼看也要回去了。

沈鱼很有些落寞，顾墨洵谈恋爱没有错，文子骋回去也没什么不对，但这世界上似乎忽然间又只剩下她一个人了。

因为文子骋要回去，所以这几天无论他提出来想吃什么，她都尽量弄给他吃，到回去的前一天，她拉着文子骋去超市买土特产让他带回去。

两人在大卖场里推着辆购物车，看了半天发现没有什么东西是文子骋那边买不到的。沈鱼想了想，不管买不买得到，心意总要到的，于是随便拿了几样东西，就拉着文子骋去生活用品区。

“子骋，你说一个人住在外面，还要准备些什么？”沈鱼拿了洗脸洗脚的盆，又拿了牙膏、牙刷、毛巾之类的生活必需品，问文子骋。

文子骋看看购物车里的东西，有些奇怪，也不回答沈鱼的问题，而是问道：“你买这些干什么？什么一个人住在外面？”

“住宿用啊。”沈鱼说。

“住宿，住什么宿？”

“就是我新学期准备住校。”

文子骋怔住，有些反应不过来，道：“你住校干什么？不是一直住在我舅家吗？”

“那怎么可以，他现在有女朋友了，我再住下去多不方便啊。”

“呃……”文子骋抓了抓头，“好像是哦。”

他看着沈鱼的表情，并没有什么赌气的神情，想想照沈鱼的脾气也不该有赌气这种情绪，但她越是这样，越是让他心里有些难受。他其实一直都搞不清楚这段时间顾墨洵到底在想什么，上次分明承认喜欢沈鱼的啊，怎么转眼就另结新欢了呢，还天天见，连班也不上了。但反过来，如果顾墨洵真的准备放弃沈鱼，那么搬出去，也不是件坏事吧？因为那天沈鱼说过她喜欢顾墨洵，但不是男女之情。

“还要这几样。”父母为了锻炼他的独立性，文子骋从高中起就开始住校了，他拿了几样必需品扔进购物车，想到什么，停下来道，“我舅知道吗？”

沈鱼摇头道：“还没有告诉他，他一直都在约会。”

“哦。”文子骋眉毛抬了抬，忽然很想知道顾墨洵知道沈鱼要搬出去时的表情，无动于衷，还是大惊失色呢？

“打算什么时候说呢？”他追着问，最好在他离开前，“今晚就说吧。”不然看不到多遗憾啊。

沈鱼想了想，道：“我过几天也要去学校报到，嗯，先问一下住宿费要多少钱。”

“这个你不用担心，我爸都会付的。”

“我知道，但住宿费我打算自己付，我有存钱，毕竟是忽然多出来的支出是不是？”沈鱼很认真地说。

“我爸又不在乎这些钱，况且你又不是外人。”文子骋急得搓手，钱有什么问题，最主要是顾墨洵的反应好不好。“今晚就说，也要让他有个心理准备啊，最后说会不会显得很不尊重他？”

“这样吗？”沈鱼觉得文子骋说得似乎有道理，用力地点点头，“那就跟他先说一下吧。”

所以沈鱼把顾墨洵要用的生活用品一并买了回去，他这么忙，以后没人给他买，他肯定忘记的。

到家时，顾墨洵竟然已经回来了，楼下还没有打烊，他也没去上班，靠在二楼客厅的沙发上，很累的样子。

他看到两个人买了一大堆东西回来愣了愣，一般生活用品还好，但还有两只洗脸洗脚的盆加上一个超大的行李箱。

“什么情况？”他眉皱了皱，盯着那个行李箱问道。

文子骋咳了咳没作声，把沈鱼推到前面。

沈鱼本来想好要说的，但不知道为什么看到顾墨洵时竟然有些不知道怎么开口。

“你晚上想吃什么？”她顾左右而言他。

顾墨洵不理她的问话：“又要去露营？”

“不，不是。”

“商场免费送的？”

“不是。”

“那是什么？”

“那个……”沈鱼吞吞吐吐接不下去。

“算了，晚上想吃鱼。”顾墨洵听她“那个”了半天也没蹦出一句话，也没耐心听了。反正不是去露营，他再怎样也想不到沈鱼会搬出去，只当那又是跟文子骋想出来的新花样，没放在心上。

他站起来道：“我先去洗个澡。”

“顾墨洵，我新学期打算住宿。”沈鱼却忽然在他身后道。

顾墨洵整个人动作一滞，半天才回头道：“什么？”

“新学期我就不住在医馆了，我住学校。”

“谁允许的？”顾墨洵的脸一下子沉下来。

“我、我自己决定的。”看他那样的表情，沈鱼紧张起来。

“为什么？”

“因、因为你有女朋友了，我住在这里不、不太方便。”沈鱼紧张得结巴。

“不方便？那以后谁做饭，谁来料理我的事情？”

“那个，其实吧，”沈鱼低着头，“你最近一般都在外面吃，而且都不要我做什么事了，你会习惯的对吧？”她这样说着又抬起头，很真心地说。

顾墨洵眯起眼：“所以你在怪我找了女朋友不管你了？”

“不，不是，当然不是。”沈鱼慌忙地摇头，结结巴巴地说，“我是希望你快点儿跟她结婚，这样奶奶也放心了啊，让她照顾你不是更好。”沈鱼觉得自己说这句话特别有道理，讨好地冲顾墨洵直笑。

那边的顾墨洵好久都没有说话，只是看着她。

沈鱼被他看着发慌，下意识地回头看看身旁的文子骋，是不是自己说错什么了？

文子骋摸了摸鼻子，他本来是想看热闹的，但这架势好像不太对劲。

“那个……”他刚想说话，就看到顾墨洵瞪了他一眼，他打了个寒战，拎起买来的东西，“我去把东西放好，顺便整理一下行李。”

屋里只剩下两人，顾墨洵还是不说话，屋里静得发慌。

沈鱼只觉得胸口闷得不行，站也不是，找地方坐也不是，顾墨洵就这么盯着她，她不敢看顾墨洵，猛然想到那天文子骋说“如果喜欢就接受我舅好了，他挺可怜的”，她的心猛然间疼痛起来，为什么忽然想到这句话呢？

“你说的是真心话？”在沈鱼急得快哭的时候，顾墨洵忽然道。

“啊？”沈鱼一时没回过神，想了想才道，“是啊，当然是真心的。”

顾墨洵却忽然笑起来：“沈鱼，原来我这么不招你待见？”

看他在笑，沈鱼却难受得不行，急着道：“待见啊，我最待见你啦。”

“待见个鬼。”顾墨洵站起来，垂头丧气的样子，眼睛看着窗外，好半天才道，“我是学中医的，中医最讲求自然，半点儿勉强说不定就伤了元气是不是？”

沈鱼张着嘴，完全听不懂他的话。

“住宿就住宿吧，但还是定期回来拿药。”说完这句，他再也不说什么，人回了自己房间。

沈鱼默默地看他的背影消失，心里忽然觉得好难受，人失了力般坐在沙发上。

chapter 14

想 念

meet you

葬礼。

顾墨洵穿了一身黑西服从灵堂出来，外面刚下过一场暴雨，空气里湿气很重。

顾墨洵松了松领带，回头看到自家老太太也走了出来，还在擦着眼泪，哀伤的样子任谁看了都觉得她与死者感情很深。

顾墨洵面无表情地看她细细地把眼泪擦干，然后道："你什么时候回美国？"

老太太瞪了他一眼，想到什么，一滴眼泪又适时地流下来："本来想看你和刘伯伯的女儿成事才回来了，没想到是来送走老朋友的。"

顾墨洵回头看灵堂里，刘伯伯和他的女儿正在家属答礼，死者正是刘伯伯的发妻。

那是一个请求，替病危的刘夫人施针，本来是相亲，老一辈定的亲，虽然在这一辈看来有些可笑，但这么多年两家的情谊还在并且有着千丝万缕的联系，不能随便反悔，刘家让他选。顾墨洵在婚事和治病之间选了治病。

那是个病入膏肓的老太太，根本无药可医，顾家独门的针灸法虽然好用，但是面对这样的病人也全无办法，勉强医治并不是顾墨洵一贯推崇的自然医术，这是他第一次破例，连施几天的针让刘夫人可以暂时走动，精神也会比平时好，让她可以和家人度过最后的时光，但死亡无法避免，最终刘夫人还是走了。

刘夫人去世的那天顾墨洵第一次体会了什么叫回天乏术，也是那天，沈鱼对他说，她要搬出去住。

很热，他干脆扯掉领带脱去西服。

“那个丫头你要怎么办？”老太太问他，“你是非娶她不可了？”

顾墨洵苦笑：“我肯娶，她也要肯嫁。”

老太太哼了哼：“没出息！”

沈鱼拎了行李“噔噔噔”地爬到五楼。

今天是报到日，顾墨洵不知道闹什么别扭不肯用车送他，只是塞了车费给她，让她打车去。

沈鱼觉得这几天顾墨洵的情绪不太稳定，听说恋爱中的人都这样，所以她决定体谅他一下，反正也没多少东西。

五楼一直走到尽头，是门号509的宿舍，沈鱼再次核对了一下门号，欢乐地拎着行李进去。

沈鱼一进屋就看到有个长发烫卷的女孩子在拖地，听到声响回头来。是个皮肤很白，眼睛很大，长得有点儿像洋娃娃的女孩子，只是很不协调的是她嘴里叼着根牙签。她看到沈鱼就停下来，打量了一下，道：“新来的？”

声音低沉，与她的形象也不搭。

沈鱼第一次见舍友，有些紧张，放下行李，人站得笔直，道：“你好，我叫沈鱼，三点水那个沈，带鱼的鱼。”

她说完走上前去就要和那女孩儿握手，那女孩儿却直接把手里的拖把递给她：“新来的就拖地吧。”说着她一屁股坐回床上，跷着二郎腿抖啊抖的。

“哦。”沈鱼听话地拖起地来，同时眼睛将屋里打量了一下。四张高低床，那女孩儿坐着靠窗的下铺应该是她的铺位，周围堆满了各种毛绒玩具，大的小的，一直堆到了上铺，还有各式包装的巧克力、化妆品、衣服、包包、鞋子……

是做批发的吗？这也太厉害了吧？沈鱼看得张大了嘴，而女孩儿对面的高低床上铺也好像有人住，挂着布帘，类似蜡染的花纹，帘口还挂着一串风铃，是串乌黑的三角风铃。

除此之外屋里其他床铺都是空的，也不知道是没人住，还是有新生没住进来？

“师姐，你怎么称呼啊？”沈鱼不知道那个女孩儿几年级，但师姐是尊称，人家总不会生气吧。

那女孩儿看她一眼，一口吐掉牙签，道：“师姐？我有这么老吗？几年级啊你？”

“二年级，师姐。”沈鱼恭敬地答。

“我也是二年级，我叫宋燕，但这个名字我平时在外面不用，你可以叫我飞鸟公主。”

“什么公主？”沈鱼有些没听清楚。

“飞鸟公主。”有人答了一句，然后那头布帘上的风铃响了响，布帘掀开。

是个清瘦的女孩子，脸色有些苍白，短发，耳朵上戴着十字架的耳环。她从上铺爬下来，从桌上拿了水杯喝了一口，才冷冷地说道：“宋燕你不是大三，跟我一个系吗？什么时候又大二了？”

一个枕头扔过来，宋燕跳起来：“要你管。”

清瘦的女孩儿轻易地接住枕头，扔回去，这才仔仔细细地把沈鱼打量了一遍，问道：“什么座的？”

沈鱼没反应过来：“什么什么座？”

“什么星座？”女孩儿不耐烦地又问了一遍。

“哦，金牛座，师姐。”

“土向星座，固执难搞，又小气。”女孩儿喃喃着，然后指着宋燕那半边的床铺道，“睡那边，别睡我这边来。”

“哦。”沈鱼应了一声，看看宋燕那边的上下铺都堆满了，看来只能睡旁边的上下铺了，于是开始动手整理行李，边整理行李边哼着歌，忽然想到什么，又“啊”地叫了一声，把正往上铺爬的女孩儿吓了一跳，人爬到一半，差点儿跌下来。

“什么事情，一惊一乍的？”女孩儿好不容易爬上去，居高临下地瞪着沈鱼。

沈鱼有些不好意思，说道：“我忘了问师姐叫什么名字了。”

女孩儿白她一眼，道：“陈紫薇。”说完钻进了布帘里。

沈鱼又“哦”了一声，有些担忧地看着陈紫薇的布帘，道：“师姐，要不要换个纱帐，大热天挂块布，不通风，里面又暗，会中暑的。还有，这层是顶楼，上铺有多热啊。”

陈紫薇从布帘里面伸出头来，道：“你懂什么，我这是聚集灵气的帐篷不是当蚊帐用的，而且睡上铺能更接近神灵。”说完她往上看看，又钻回布帘里。

沈鱼也下意识地抬头望了望天花板，喃喃道：“神灵在天花板上哦，那有多热啊。”

“哈哈哈！”一旁的宋燕狂笑，人躺在床上，双手双脚还在那边乱踢，结果不小心踢到床栏，哀叫一声，蜷缩在床角不动了。

一定很疼吧，沈鱼同情地看看宋燕，又继续整理床铺，边理边记着两个舍友的名字，可不要忘了，不然很失礼。

宋燕，陈紫薇，燕子？紫薇？为什么这么耳熟呢？

沈鱼边想着，边打开行李，开始铺床，猛然间想到这个，然后默默地看着两人。

“好巧啊……”说完，她就开始哼，“你是风儿，我是沙……”

“闭嘴！”床上两个人同时道。

沈鱼到后来才知道，原来她和学校的两个风云人物住一起了。

沈鱼所住的那幢楼是老宿舍楼，前两年改造了一下，每个宿舍修了卫生间，也给每个宿舍配了饮水机，但是因为要自己拿水票换水再扛上来，所以这扛水的任务就落在了女生们的男朋友们身上，没有男朋友的，就两个女生扛上来，算得上井然有序。

沈鱼住了一段时间才注意到，替509宿舍扛水的男生，每次都不同，还有几次，在某些男生帮509宿舍扛完水后，就有别的女人哭着跑来骂宋燕是“狐狸精”。

沈鱼当然知道那个词是不好的，只是不明白这个名字是怎么来的。她也不好意思问，但每次有人来骂后，她喝着桶里的水就会觉得这水带了股狐臊味。

陈紫薇似乎见怪不怪了，任着那些女人来吵闹，砸东西。她一个人淡定地在她的“帐篷”里更她的微博。沈鱼加了陈紫薇的微博才知道，原来她的粉丝有好几十万了，微博内容都是有关星座和占卜的，每天的咨询都回不完。

沈鱼花了几天把陈紫薇的微博都看了一遍，看完佩服得五体投地，觉得陈紫薇那是沾了仙气儿的，算什么都准。

这几天秋老虎肆虐，宿舍里没装空调根本待不住，夜自习时间，有空调的教室、图书馆早被人占了，有人就跑去校外的咖啡吧、麦当劳和肯德基里看书。

宋燕本来是一下课很少见人的，她有一车的追求者，今天这个约，明天那个约，回来就抱着巧克力、毛绒玩具，然后就在淘宝上发图片，等着买家来买。

陈紫薇总说她这样缺德，但宋燕完全不在意，自己再进了一些小东西一起卖，淘宝店生意做得红火。

今天晚自习宋燕竟然有空，更难得请宿舍里两个人一起去咖啡吧里耍。

一般这个时间，沈鱼会在没空调的教室里边喂蚊子边自习，陈紫薇则待在她的帐篷里更微博，前两天洗澡的时候，沈鱼看到她背上起了一片痱子，看来名人也不是那么好做的。

三个人去的是一家离学校不远的咖啡吧，价格偏贵，所以跑来看书的同学并不多。

咖啡吧装修得很有情调，三个人各自要了咖啡找了个角落坐下。空调吹在身上很是清凉，沈鱼舒服得直哼哼，又美美地喝了口冰咖啡。

有点儿苦，她又吐了点回去，没关系，反正是自己喝的。

陈紫薇一来就找无线网络，忙着上微博，宋燕则东张西望。

沈鱼本来想拿书出来看，看宋燕东张西望，也跟着四处望了望，问道：“公主，你看什么？”她觉得“飞鸟公主”这名字太长，所以直接叫“公主”，宋燕竟然也没反对。

“看男人呗。”宋燕还没答，一直低着头看手机的陈紫薇道，“你是没经验，我却有。这里肯定有绝色男神出没，不然你以为她会花这个钱请我们来这里耍？”

“绝色男神哦？”沈鱼又喝了口咖啡，“要看看。”

正说着本来还跷着脚抖着腿的宋燕忽然正襟危坐，连表情都不一样了。沈鱼平时看她豪迈得很，这会儿羞羞答答的，媚眼如丝地看着一个方向，跟换了个人似的。

沈鱼有些看不懂，循着宋燕的视线看过去，看到一个穿着白衬衫黑长裤的男生，一只手拿着托盘，一只手给一桌的客人递咖啡，那桌的女生表情既羞涩又欣喜，眼睛都死盯着那个男生，仿佛那是块烤得香喷喷的肉似的。

沈鱼漫不经心地嚼着咖啡里的冰块，心想，这个男生就是宋燕的绝色男神吗？似乎挺受欢迎的样子。

她这样想着，那个男生回过头来，沈鱼总算看清楚，愣了一下。

是张少政哦。

张少政显然也看到了沈鱼，原本在笑的表情，沉下来，几步向沈鱼走过来。

“他走过来了，怎么办？怎么办？我好紧张。”一旁的宋燕一个劲地拍沈鱼的腿。

玩手机的陈紫薇“嘁”一声，道：“你宋燕也有紧张的时候吗？”她嘴上这么说，竟然也放下了手机，眼睛不自觉地看向张少政，“怪不得肯花钱请我们，原来是因为张少政哦，老牛终于吃嫩草啦。”

宋燕已经没空和陈紫薇计较，人站起来，对着走过来的张少政，道：“少政，这么巧，你在这里打工啊？”

“哈哈……”旁边的陈紫薇冷笑。

张少政冲宋燕点了点头，算是回应，然后又看向沈鱼。沈鱼喝着咖啡，看都不看他。

张少政看了她一会儿，忽然招手冲旁边另一个服务员，道：“师兄，我有事走开一会儿，你帮我关照一下。”

听那边的师兄同意后，他伸手一把拉起沈鱼，道：“你，跟我出来一下。”说完他也不等沈鱼反应，拉了她就走。

“看来你晚了一步啊，”陈紫薇看着两人出去，一脸看好戏的表情，“说过你这个月运势不佳，你还不信。”

宋燕有些不甘，恨恨道：“看来我小看了那丫头。”说完她脸上原本妩媚的表情也消失了，用力地喝了一大口咖啡，又看看沈鱼的杯子，把里面的咖啡倒了点儿进自己的杯里。

沈鱼被张少政拉着走出门外，自上次酒店里挨打的事过后，她没再见过张少政，其实是没什么的，但现在看到张少政，就想到那天的事，怕他会问，有点儿不知道怎么面对他。

“你这么晚怎么会在这里？”张少政刚开口就是这么一句，“顾墨洵不会找你吗？”

“我住校了。”沈鱼小声说，手小心翼翼地在张少政的手中挣扎着，捏得有点儿用力呢。

“住校？为什么我不知道。”张少政意外地问，“你怎么没跟我说一声？”

为什么要跟你说啊？沈鱼心想，但嘴上道：“才刚开学，我还没来得及跟你说。”

“那我去你教室找你，你干吗又躲着我？”

沈鱼眨着眼：“有吗？你有找过我吗？”

张少政看她这样子，叹了口气，本来有些生气，又忍下来，把她的手拉过来，道：“为什么忽然住校，那次……那次回去后，没事吧，我打电话找过你，但你手机一直关机。”

沈鱼的手本来还在往外挣，听到张少政提那天的事，又有气无力起来，道：“张少政你能把那天的事忘掉吗，当没发生好了。”

张少政愣了愣，他本来就有些犹豫要不要提，但那天的情况实在太乱，他至今还记得沈鱼当时的表情，像是快死了一般，让他忍不住想关心一下。

“好，我不提，那你为什么又住校了，顾墨洵把你赶出来了？”

沈鱼其实也不太想提顾墨洵的事，但想了想，还是答了，道：“顾墨洵要结婚了，我住在那里总是不合适的。”

“要结婚了啊？”张少政听到这句话似乎很愉快的样子，连声调也不自觉地抬高，“那不错啊，沈鱼，住校多好，以后在学校，我罩着你吧。”

沈鱼不置可否，半晌，懵懵懂懂地点头，道：“哦。”

结果张少政那天请假早退，请沈鱼、宋燕她们吃隔壁店里的甜品，说是贿赂一下沈鱼的舍友，让她们好好照顾沈鱼。那口气有点儿像女方家长或者男朋友的意思，让宋燕很不爽，拉长着脸狠点了店里最贵的甜品，最后还要打包一份。

张少政半句话都没有，一一付了钱。沈鱼看着那掏出去的钱，看着都肉疼，心想，这些甜品她也能做，下次也可以开一家的。

从店里出来，九月的天气，夜晚竟然有些凉风，张少政和沈鱼走在后面，前面陈紫薇在哼那首《流光风舞》，很老的歌了，没想到竟然唱得不错，清冷的曲调在这个夏夜的夜晚听来有种奇幻的感觉。

张少政侧头来看沈鱼，沈鱼今天披着头发，与平时随意绾个髻活泼的样子不同，眉眼带着丝婉约的温柔，睫毛很长，风一吹，美得炫目。

他不由得定定地看着，脚下踩到一个小小的坑也没发觉，人趔趄了一下，旁边沈鱼下意识地拉住他，叫道："小心点儿啊。"

他不以为意，被沈鱼拉住的手臂垂下来拉住沈鱼的手，冲她笑，道："怎么就换过来了呢，应该是英雄救美才对。"

前面的宋燕冷哼了一声，陈紫薇则嘿嘿地笑。沈鱼看看张少政，路灯光下，这个少年帅得有些不真实，高挺的鼻、流光溢彩的眼、扬起的嘴角。

沈鱼忽然想，自己为什么不喜欢他呢？分明是这么帅的一个人啊！就像顾墨洵找到门当户对的真命天女，自己跟眼前这样一个同龄的少年恋爱，才是正确的事吧？

一想到顾墨洵，沈鱼抬起头看头顶的天空，忽然之间就很想顾墨洵和文子骋，尤其是顾墨洵。他在干什么？没有她做饭，他吃得惯吗？不对，他应该和真命天女在一起，应该在和真命天女吃烛光晚餐。

心情，忽然间就不好了，前面的陈紫薇还在唱："……静静看着流光飞舞，那风中一片片红叶，惹心中一片绵绵……"

沈鱼不知不觉地挣开张少政的手，竟然有些想哭。

好想顾墨洵啊！

顾墨洵很久没有去夜店了，好像是自沈鱼住进来以后，他就没去过了。

一年之后再来，完全陌生，隐隐的冲突感，但不变的是他随时都有美人关照，请他喝酒的，让他请喝酒的，一晚上遇到好几个。

他突然觉得有些无趣。

出夜店时他点了根烟，原来，他是抽烟的。他看着指间的烟，心里想，还是回去吧。

小楼里静悄悄的，没有灯亮着，没有人在等他。

他忽然又不想回去，绕到楼后面看虎牙。

虎牙听到声音站起来，不是沈鱼的气味，它有点儿陌生，侧着头看顾墨洵，顾墨洵在它旁边的台阶上坐下，

一人一狗相顾无言。

沈鱼住得惯吗？有恶舍友欺负她吗？她现在，在干什么？

一静下来他就会忍不住想，顾墨洵觉得自己像个孩子第一天上学的父亲，焦灼而难耐。

圆圆曾问过他，如果沈鱼离开了，他要怎么习惯。

不习惯，怎么会习惯？

“要不要我去找她，跟她说没有什么该死的真命天女？要不要牵她回来，拴在我身边，不管她愿不愿意都不放她走了？”他自言自语，又像是在问虎牙，人干脆躺在台阶上，虎牙被拴着，触碰不到他，只是响亮地叫了两声。

“算了。”好久，顾墨洵轻轻地说了一句，比起强迫，他宁愿放任她，如果注定不是他的，他也绝不勉强。

他就这样躺着，忘记自己有洁癖，忘记自己不喜欢有毛的动物，就这么看着头顶上的天空。

但是，真的有点儿想她呢……

他苦涩地想。

chapter 15

我要开始恋爱了！

meet you

张少政那次后就经常来找沈鱼，拉着她一起吃饭，一起上晚自习，弄得沈鱼都有点儿怕他了。

每次张少政打电话过来，说在楼下等她，她就烦恼地躺在床上乱滚。

“张少政约耶，你干吗这副上断头台的样子？”宋燕一脸的看不惯。

“我也不知道啊。”沈鱼爬起来，跑到宋燕的床边，“公主，你帮我分析一下是为什么，反正我觉得他对我太好，对我越好我越有压力，越想躲着。”

宋燕白她一眼，推开她道：“去去去，别显摆。”

沈鱼泪目道：“我没显摆啊。”

宋燕跷着二郎腿，正在和淘宝的一位买家聊天，又聊了几句后，她打了个响指：“交易成功。”她这才开心地转过身，看一脸愁苦的沈鱼，看上去好像真的不是显摆。

“这有什么压力的。”宋燕道，“对你好，就接受呗，又不会少块肉。你看我，这么多人对我好，送我东西，我要是都有压力，那不上吊几回了。”

“你这个厚脸皮，能跟小鱼相提并论吗？”陈紫薇从布帘后伸出头来，冲沈鱼道，“小鱼，别理她，你有压力，是因为……小鱼，你是不是没谈过恋爱？”

沈鱼点头：“没谈过呢。”

“那就对了。没谈过，所以不知道怎么回应追你的男生，要我说啊，张少政很不错，你试着接受看看。”

“接受，怎么接受？”沈鱼一脸恐慌。

这回宋燕与陈紫薇互看一眼，各自叹了口气。宋燕从床上翻了翻，扔了本时下流行的言情小说给沈鱼：“看看，好好学，照着做。”

沈鱼接过来，看了下书名，照着读出来：“《总裁大人的第七十六房小妾》？”

上晚自习时，沈鱼把作业做完，就开始捧着那本《总裁大人的第七十六房小妾》看，她看得很快，看了一会儿，整张脸就变幻莫测起来。

张少政买了两瓶冰镇过的香蕉牛奶回来，看到沈鱼满脸通红地看着书，凑近看了一眼，伸手抢过来。

沈鱼正看得入迷，忽然书被抢，抬头一看是张少政，整张脸更红，结结巴巴地说：“把、把书还我。”

张少政翻到封面看了一眼，乖乖，这书名真是……他又回到沈鱼看的那一页，只看了几眼，就笑着开始读：“总裁大人手指伸到若兰的身后，只是一钩，若兰身上仅剩的一件衣服便松开了，那对……”

他还没读完，沈鱼已经冲上来捂住他的嘴，嚷道：“张少政，你够了。”

张少政本来就打算读到那里，再读他也不好意思了，他看着沈鱼脸红得快烧起来，又看看周围看向他们的同学，放低声音道：“这书谁给你的？”

“宋燕。”沈鱼也放轻声音道。

真是教坏人。张少政把书往旁边一扔，道：“以后不要看了。”

“为什么？”

“把你教坏了。”张少政把买的香蕉牛奶给她，“乖乖喝了这个，不许再看。”

“哦。”沈鱼喝了口香蕉牛奶，有些不甘愿地看了眼躺在那里的《总裁大人的第七十六房小妾》。她还是第一次看这种书，看得有些小激动。她不由得看向一旁的张少政，脑中开始胡思乱想，如果张少政是总裁，他有七十六个小老婆，而自己就是那第七十六个，他用手轻易地挑开了她的衣服。

Oh,no！沈鱼一口香蕉牛奶喷出来，抚着胸口在那里狂咳。

“你在想什么？”张少政前面的课本一片狼藉，他回头看沈鱼还是满脸通红，心里明白了几分，凑近沈鱼道，“你不要告诉我你在 YY 书里的内容。”

沈鱼正手忙脚乱地用纸巾擦那些书，被张少政一说，人定在那里，半晌，站起来，道：“我回去了。”说着她抱起自己的书走了，连同那本《总裁大人的第七十六房小妾》。

张少政当然是追出去。

“沈鱼，你想找个地方偷偷看那本书是吧？”

“没有，我累了，回去。”

“你好色，沈鱼。”张少政还在开她玩笑。

“我没有。”沈鱼停下来，很认真地瞪着张少政。

张少政一只手抱着书，一只手放在头上，看着沈鱼的样子，笑起来，笑了一会儿又敛起笑容，道：“沈鱼，跟我谈恋爱吧。”

沈鱼本来在生气，听他忽然这么说，一愣，一时不知道怎么答，低下头，看着自己开学时刚买的白色凉鞋。她其实并没有太吃惊，因为他不止一次地表明心迹，但之前一直觉得他是开着玩笑的，这次似乎很认真的样子。

陈紫薇说：张少政？多好的恋爱对象，你是没谈过恋爱，所以才不知道怎么处理。

宋燕说：你如果不要，那我可要穷追不舍了。

沈鱼有些迷惑，脑中却无端地想到顾墨洵，想起他似笑非笑教训她的表情，想起他要跟他的真命天女结婚了。

她觉得难过，却为什么还要搬出来？说到底，她只是做了自己该做的事。她离开了只有顾墨洵的日子，终于像个正常的大学生一样生活，现在又有一个很不错的男生说要跟她谈恋爱，一切都在往对的方向走，就像顾墨洵终于准备娶妻一样，他做了正确的选择。

身后路灯昏黄，她终于自那双白色凉鞋抬起头看着张少政，他正望眼欲穿地等着她的回答。

“我没谈过恋爱，所以……”她停在那里，脑中实在混乱得一塌糊涂，但还是继续往下说，“所以，你要给我时间慢慢地学习一下。”

张少政在听沈鱼说这句话时，表情有些变幻莫测，但最终嘴角轻扬，道：“嗯，我们慢慢来。”

周末的时候沈鱼回医馆去拿药，她准备拿了药就走，下午张少政的篮球队跟其他学校还有场篮球赛，她答应张少政去加油的。

走到斗光阁门口时，不知怎的，她有些紧张。看着医馆里如往常一样忙忙碌碌，她站了一会儿，决定先到楼后面看看虎牙。

虎牙看到她就兴奋地想往她身上扑，沈鱼远远地站着，有些嫌弃地看着它。虎牙因为碰不到沈鱼，而发起急来，在那边“呜呜呜”地叫，末了还吠了几声。

“叫什么啊，又怎么了？”身后有人声。沈鱼回过头去，却看到圆圆跑了过来。

“小鱼？”圆圆看到沈鱼吃了一惊，随即冲过去一把将沈鱼抱住了，“小鱼亲亲，我想死你了。”说着她就往小鱼脸上猛亲了几下。

虎牙这时反而静下来了，有些疑惑有些委屈地看着两人，它也只是想舔一下小鱼的脸而已啊。

顾墨洵不在办公室里，病人都是在两个实习医生那里排队。

“又去约会了啊。”沈鱼看着空荡荡的办公室有些闷闷地问，她以为今天可以看到顾墨洵的。

“跟谁约会啊，那个所谓的真命天女没戏了。”一旁的芳芳说。

“啊？”沈鱼张大嘴，半晌才回过神来，喃喃道，“顾墨洵这么花心啊。”

三个护士互看了一眼，也只有你这条笨鱼才觉得那女人是真命天女好不好。

“你来了就去看看顾顾吧，昨天大概被病人传染了，发高烧呢，正在楼上躺着，昨天到现在什么东西都没吃，”圆圆说，“孩子似的，一直闹脾气。”

“好可怜哦。”芳芳和靓靓同时说。

“哦。”沈鱼点点头，被三个护士推着上楼去了。

“你说顾顾看到小鱼会什么反应？”芳芳看着小鱼上楼，问道。

“能什么反应，再开心也是死扛，什么也不会表示。”圆圆道。

“早知道小鱼来，就给顾顾下点儿药。”

“什么药？”

“自己想。”靓靓嘻嘻地笑。

其他两个人也跟着笑起来。

沈鱼上了楼，屋里静悄悄的，顾墨洵没有把她的拖鞋收起来，甚至没有放进鞋柜，像往常一样摆在门口的地方。她盯着拖鞋愣了一下才穿进去，然后又看着旁边顾墨洵通常穿的宽松布鞋发了会儿呆，这才进屋去。

顾墨洵的房门虚掩着，她小心地推门，房间里的窗帘拉着，光线有些暗，她走进去，屋里全是属于顾墨洵的味道。平时因为一直在这样的环境下，她不觉得，现在猛然闻到，安心的、带着药香的、属于顾墨洵的、谁也替代不了的，让她不由得深深地吸了口气，然后看着床上的人发呆。

顾墨洵是背对着她睡的，身上只盖了条毯子，光着的脚露在外面，呼吸声有点儿重。沈鱼小心地替他把脚盖住，看他睡得很沉，没有打扰他，先出了屋。

沈鱼进了厨房，往冰箱里看了看，是空的，还好米还有。她弄了点儿洗了一下，放进高压锅里煮粥，然后跑下楼去。

不一会儿，沈鱼又回来，手里是从附近超市买的鸡蛋、火腿还有些咸菜。她怕吵醒顾墨洵，关了厨房门，手脚麻利地烧了两个适合配粥的小菜，看高压锅的时间差不多，开锅又烧了一会儿，等粥雪白浓稠，便盛了一碗晾在旁边，再小心地装了两碟咸菜用托盘拿到顾墨洵的房间。

顾墨洵闻到饭菜香迷迷糊糊地醒了，却没力气睁开眼，似乎听到沈鱼在叫他，他干脆用毯子盖住头，幻听而已。

沈鱼拉开窗帘，刺目的阳光照进来，然后又把空调关掉了，开了窗。九月的天气还是很热的，一股热气吹进来，顾墨洵在毯子里虚弱地喊："圆圆，出去！"

屋里没有人应他。顾墨洵在毯子里闷出一身汗，这才掀开毯子，视线因为高烧有些模糊，他看到一个小巧的身影站在旁边，粉色的T恤，短裙，头发在头顶的地方盘了个松松垮垮的髻，整个人可爱得要命，不是沈鱼又是谁。

他的眼睛定定地看了沈鱼半晌，头又落回枕上，手放在滚烫的额头上，道："你怎么来了？"

"拿药。"沈鱼说。

"不是给了你药方，现在中药店都可以代熬中药的。"

沈鱼垂着头，上次顾墨洵说要定时回来拿药的，但真正走的那天却给了她一张药方，就这么嫌弃她吗？她很有些难过，道："我只是有些想你了，不成吗？"

她这么一说，顾墨洵顿时就不说话了，定定地看了她一会儿才撑着床想坐起来。沈鱼忙拿了枕头垫在他身后，两个人一下子凑得很近。沈鱼的眼睛仔仔细细地看了顾墨洵一遍，顾墨洵瞪她一眼，抬手把她的脸推开，道：“想传染啊？”

“顾墨洵你瘦了啊。”沈鱼坐回床边上说。

顾墨洵不理她，自己拿起旁边的粥来吃，夹了小菜塞进嘴里，根本没有像圆圆说的闹别扭不肯吃东西，吃了一碗，道：“再给我盛一碗去。”

沈鱼“哦”了一声，也不拿碗，奔出去，不一会儿把高压锅拿来了。

顾墨洵又吃了两碗才停下来，沈鱼拿纸巾给他擦嘴，看他一头一脸的汗又要去拿遥控器开空调，一把抢过来，拿着毯子将他整个人盖住，道：“不能吹空调，闷着出身汗就好了。”

顾墨洵的头都被盖住了，哭笑不得地说：“你总该让我露个脸。”

沈鱼这才松手，见顾墨洵真的只是露出脸没有把毯子拿掉，她又跑到橱柜里找了条较厚的被子出来，扔到床上把顾墨洵整个压住，道：“发汗就好了。”

顾墨洵一头黑线，道：“沈鱼，你是医生还是我是医生？”他却没多少力气挣扎，任她把自己裹成个粽子，在九月的天气下，汗如雨下。

沈鱼陪在床边没有走，顾墨洵热得睡不着，与她大眼瞪小眼。

顾墨洵并没有问沈鱼在学校里过得怎样，是沈鱼自己在说，比如宋燕，比如陈紫薇，眼神中多少有一些找到朋友后的神采飞扬。

顾墨洵一直没有说话，他从来都是希望沈鱼能够交到朋友的，但此时他忽然间又有些不是滋味，就如同他一直囚着沈鱼，让她在有限的空间里只能依赖他，而如今她看到天有多高，对他的依赖也变得微不足道了。

她再也不会哭着抱住他说，顾墨洵，你别不要我。

沈鱼口袋里的手机此时响起来，沈鱼拿起来接。

“不来了，顾墨洵病了。”沈鱼对着电话说。

那头不知道说了些什么，沈鱼在那边傻笑：“我今天有照你的意思打扮漂亮了，但是下一次吧，他们总会看到我的。”

然后她又聊了几句才挂了电话。

顾墨洵这才注意到，沈鱼今天化了妆。

心口猛然间被揪了一下，他是个太聪明的男人，不用问也知道电话那头的人是什么身份，本来热得难受的被子里，此时却似乎一下子没了温度。

“我困了，你问圆圆拿了药就走吧。”他还是刚才的口吻，却忽然间有种拒人于千里的感觉。

沈鱼怔了怔，道：“我不走啦，我今天住这里，周日回去好不好？”

顾墨洵没吭声，只是背对着沈鱼，摆摆手让她出去。

chapter 16

阴阳失调的顾先生

沈鱼晚上煮的饭菜很清淡，但都是顾墨洵喜欢吃的。

顾墨洵被沈鱼裹在被子里出了半天的汗，到晚上竟然真的退了烧，但人很虚弱，昏昏沉沉的，没有力气，好不容易爬起来，第一件事就是先去洗个澡。

沈鱼对此很担心，看着顾墨洵的样子，道："洗澡会不会晕过去，会不会着凉哦？"

"你管我这么多。"顾墨洵恶声恶气地说。

"哦。"沈鱼就不敢说话了，举着铁铲又奔回去做饭。

沈鱼把蛋先炒了一下，再放西葫芦进去炒，炒得快出锅时，心里想顾墨洵是不是快洗好了呢？她于是快速地把菜又翻炒了几下，装进盘里，脱了围裙，拿着电吹风和大毛巾等在浴室门口，头要快点儿吹干，千万别着凉啊。

沈鱼听着浴室里的水声没停，想到屋里还开着空调，又跑去关空调，严阵以待似的，刚关掉空调就猛然听到浴室里"砰"的一声，她吓了一跳，拿着空调遥控器和电吹风跑到浴室门口，冲着里面喊："顾墨洵，你怎么了？"

没有回音。

她又问了一声，才听到顾墨洵说："滑了一下，没事。"

"啊？要不要我进来扶你？"沈鱼常听到洗澡滑一跤，摔断骨头的事，紧张地贴着门。

好一会儿，里面的人慢吞吞地说道："要。"

沈鱼慌忙开门进去，浴室里水汽缭绕，顾墨洵跌在浴缸边，上身赤裸着，但还好下身的长裤已经穿上了。

沈鱼吓得不轻，上去扶顾墨洵，因为慌张，自己也差点儿滑倒，好不容易扶住浴缸边，抖着声音：“你摔哪里了啊？”她边说，边去扶顾墨洵。

顾墨洵虽然瘦，但毕竟是一个超过一米八的男人，沈鱼手扶着他赤裸的手臂，因为还沾着水，不住地打滑，她只好走到顾墨洵的身后，从他身后抱着他的双臂想把他抱起来。

顾墨洵还是第一次这么狼狈，也怪他生了病连站的力气都没有就要去洗澡，结果昏昏沉沉的，刚穿好裤子，准备开窗透一下气时，滑了一下，腰撞到了浴缸边，人动弹不得了。

身后沈鱼还在努力，她已经是上大学的女生了，虽然娇小，但身体已经发育成熟，胸口贴着顾墨洵还有些潮湿的裸背，铆足力气往上搬，她自己没觉得什么，却让顾墨洵本来就发着烧的身体莫名有些滚烫。

这样不行，顾墨洵想，还不如让他躺在冰冷的地板上自生自灭。

“行了，你搬不动我，打电话叫黄甲他们来。我的腰扭了，也需要他们来正一下。”他扶着浴缸边努力维护着最后一点儿“尊严”，所以口气很有些不善。

沈鱼不知道他口气为什么这么不好，也管不了这么多，道：“但你不能躺地上啊，地上多冷，我扶着你先坐起来再说。”

胸口继续蹭着，非常卖力的。

“滚去打电话。”顾墨洵已经够后悔让她进来扶了，双臂抓着浴缸边，不让她碰。

两人僵持了一会儿，沈鱼这才想到顾墨洵光着上身呢，这不是要着凉？她慌忙跑出去，抱了条被子进来，将顾墨洵紧紧裹住，这才放心些，滚去打电话了。

打完电话，她就围着顾墨洵转。顾墨洵稍微想拉开些被子，她必定走上来又把他裹住，幸亏黄甲他们的宿舍离得不远，一会儿就到了。

当黄甲和陈晓肖来时，看到被包得像粽子一样的顾墨洵，两人都是一愣。他们玉树临风、超凡脱俗的师父啊，连皱下眉都帅得离谱的师父啊，怎么就成这样了？

“愣着干吗？”顾墨洵抓着浴缸边。

两人这才上去，一人一边，将顾墨洵小心地扶了起来，因为伤到腰，所以顾墨洵就连大声说话都疼，却还记得在被扶出浴室时狠瞪了沈鱼一眼。

沈鱼觉得好无辜，但又屁颠屁颠地跟上去，结果被黄甲他们关在卧室外。

“师父腰扭了，我们要帮他正一下，场面会很暴力，你就在外面待着啊。”陈晓肖始终是一张笑脸，冲沈鱼说了一句，就关上了门。

沈鱼在门口站了一会儿，心里对黄甲和陈晓肖的医术还是比较放心的，于是跑回厨房把本来关了火的粥又开火用小火熬着，人不停地往卧室那边张望。

也没过多久，黄甲和陈晓肖就从屋里出来关上门。沈鱼忙擦干手跑上去，陈晓肖一脸愁容冲沈鱼勾勾手，沈鱼马上屁颠屁颠地跑过去：“怎么样？顾墨洵怎么样？”

陈晓肖叹了口气：“之前师父一直不让我们诊他的脉，这一诊很不妙。”

“怎么了，怎么啦？”沈鱼紧张地看着陈晓肖。

“不说现在腰扭了，就诊脉的结果来看，肝火很旺，虚火盛，明摆着阴阳不调，还发着烧，这个可糟糕了。”陈晓肖摸着下巴道。

沈鱼张大嘴，听起来真的很不好的样子。她用力地眨了眨眼，拉着陈晓肖的衣袖道：“那要怎么办？”

“师父现在很需要人照顾，身边不能离人，特别是饭菜要合他胃口，但师父爱面子，有事也不肯承认，而且看不上眼的人也不让近身，这可难办。”陈晓肖很深沉地皱起眉。

沈鱼跳起来道：“我会照顾他，你告诉我要怎么办，我照顾他。”

陈晓肖看看沈鱼，道："你都住校了，照顾师父的话，师父肯定会赶你走。"

"我住到他身体康复再住校不就行了，他赶我走，我不走呗。"沈鱼想了想，顾墨洵的脾气是不太好，但是还在她可以忍受的范围。

陈晓肖点点头，很用力地拍了拍沈鱼的肩，道："那好，照顾师父的责任就交给你了，我等一下开服药，你熬给师父喝。另外，师父阴阳不调，可能是跟他上次那段恋情有关，你记得跟他说话时要温柔，尽量穿漂亮一点儿在他面前出现。"

沈鱼愣了愣："阴阳不调要这样治吗？"

陈晓肖继续说道："当然不是。药肯定是主打，但照顾他的人如果美丽动人又温柔，对他的心灵也是种抚慰，我们现代化的治疗就是要内外兼修，双管齐下。"

"哦，原来是这样。"沈鱼点头，很受教的样子。

当陈晓肖和黄甲出了医馆，从头到尾都没说过话的黄甲把头盔递给陈晓肖。

"阴阳不调？师父不就是扭了腰吗？刚才诊脉，除了有点儿发烧，没什么事，你到底在搞什么？"

陈晓肖拿着头盔，道："我不这样说小鱼能留下来照顾师父吗？再说相思病算不算阴阳不调的范畴？你没看到这段时间师父把自己给作的，人消瘦不说，连高烧都作出来了，再不治，就晚了。"

陈晓肖冲黄甲笑了笑，戴上头盔，想到什么，又道："对了，我开的药里还加了一点儿小东西，只一点点，师父应该喝不出来吧。"

沈鱼自楼下抓了药，陈晓肖说药要在饭前喝，于是先把药熬好了送进去，这才又热了遍粥。在热粥的时候，她很认真地对着镜子把之前卸掉的妆又化上了，然后试了几个温柔的笑容，觉得满意了才跑出去，拿着炉上的粥端去给顾墨洵。

顾墨洵的腰已经比刚才好一些，喝了药，人坐在床上看书，看到沈鱼拿着粥进来，想到刚才的混乱，不自觉地没有好脸色。

“来，喝粥哦。”沈鱼清了清喉咙，用很温柔的声音说道。

顾墨洵本来还低着头，听到沈鱼的声音，很快地抬起头来，道：“你的声音怎么了？”

沈鱼有些不好意思，她第一次用这么温柔的声音说话呢，但还是延续刚才的语气，道：“没怎么啊，我以后都会这样对你说话的。”说着抬头冲顾墨洵笑了笑。

顾墨洵手中的书直接掉下来，眼看着前面的少女化了妆，笑颜如花，声音轻柔，美则美矣，但为什么觉得有种很不好的感觉呢？

“粥留下，你出去。”他很快做了决定，对沈鱼摆摆手，直接赶人。

沈鱼“哦”了一声，却站在那里不动。

顾墨洵抬头瞪她，她还是笑颜如花。

真见鬼了。

“还不走？”他咬牙又说了一遍。

沈鱼说：“人家想看着你吃嘛。”这句是跟宋燕学的。

顾墨洵端粥的手烫了一下，人家？人家是什么意思？他干脆放下勺子，看着沈鱼道：“沈鱼，你到底哪根筋不对？”

沈鱼笑颜如花，道：“陈晓肖说你阴阳失调，所以用药的时候，我要帮你在心理上辅助一下。”

“阴阳失调？辅助？”顾墨洵的脸色真的很不好看，瞪了沈鱼半天，怒极反笑，冲沈鱼招招手，“你过来，我告诉你阴阳失调最好的治疗方法。”

沈鱼愣了愣，乖乖地凑上去。她刚才把头发放了下来，妩媚地打了个卷，睫毛用睫毛膏刷得很长，连唇也是涂了时下流行的粉红色。顾墨洵本来是想说些男女相悦这事吓她，她这样带着妆的脸忽然凑近，夹杂着化妆品的淡香，他这样看着，心跳莫名地加快，这丫头的化妆技巧怎么突飞猛进了呢？谁让她化得这么美？

喉结不受控制地滚了滚，他竟然没办法说出那些话，眼睛在她的嘴角眉间流连了一会儿，叹了口气，伸手，手掌盖着她的小脑袋，将她推开了。

“怎么不说了？”沈鱼莫名其妙。

“明天就回去吧。”他忽然生闷气，忍着腰的疼痛背对着她躺下来。

“我不回去，”沈鱼道，“等你病好了我再回去。”

顾墨洵声音有些闷，道：“我有圆圆她们。”

沈鱼噘着嘴，往床上一坐，道：“反正我不回去，”说着她盛好粥，“顾墨洵，起来喝粥。”她叫顾墨洵时，声音还是平常的样子，忽然想到陈晓肖的话，后面半句又温柔起来。

顾墨洵背对着她，双眼放空，身后沈鱼扯他的衣服：“顾墨洵，喝粥啦。”声音又软又黏。

他知道那是陈晓肖的恶作剧，也觉得沈鱼这样的故作温柔，笨拙而可笑，但是她这样在他身后一声声地叫，自己的心也可笑地跟着麻痒起来，让他有种翻过身去抓住她狠狠堵住她的嘴的冲动。

她的一切，果然对他全部有效。

“好，我喝。”他深吸了口气，终于投降转过身来，转身时牵动腰，疼得他皱起眉。

那头沈鱼看到他皱眉，马上放下手中的粥，道：“是不是又伤到腰了，哪里，我帮你揉一下。”说着她很快地掀开被子，手放在了顾墨洵的腰上，轻轻地揉。

一定又是陈晓肖教的，顾墨洵有种忍无可忍的冲动。他盯着沈鱼放在他腰下的手，整张脸沉下来，道：“沈鱼，谁说你可以随便掀开我的被子，碰我的？”

沈鱼一愣，看到自己的手放在顾墨洵的腰侧，他腰上的肌肉僵着，不小心被掀开的T恤下摆，露出若隐若现的肌肉线条。她莫名地就想到在浴室里时顾墨洵未着寸缕的上半身，那漂亮的肌肉，呃，《总裁大人的第七十六房小妾》，她也不知道为什么就想到那书上的情节，脸唰地红了，被烫到一般缩回手。

“我……我只是帮你按……按下腰。”她结结巴巴地解释。

“那你脸红什么？”

“我、我……”

“你都住校了，拿了药就可以滚蛋，留下来干什么？”

“你感冒了。”

“我又没残，不需要人照顾。”

“你扭到腰了。”

“那是你硬要给我盖被子发汗，我脱水才这样的。”

“我……”

“你跟那个姓张的小子谈恋爱了是不是？”

“我……”

“谈恋爱了就不要用刚才那种口气对别的男人这样说话。”

“可陈晓肖说……”

“笨蛋才相信他的话。”

“顾墨洵，你怎么了？”沈鱼眼中裹着泪，一不小心就滚下来几滴。

“你说呢？”顾墨洵觉得自己一定烧坏了脑子。他恨极了沈鱼这样没脑子，整晚上都记着沈鱼白天打电话时微笑的表情，为另一个男人化过的妆凭什么再涂上来讨他欢心，只为了他阴阳不调？

该死的阴阳不调，他现在才叫阴阳不调呢。

他觉得自己的高烧又上来了，看着沈鱼被他吓得泪都掉下来，也不知是心疼还是更生气，一把拉过她，脑中其实不知道自己要干什么，看着沈鱼粉红的唇，想也不想地吻上去。

他好想她。

唇带着比以往高的热度，感受到沈鱼的唇间是淡淡的脂粉气，那是让男人心动的气味。顾墨洵还未碰到沈鱼，心已经先沦陷，有些急切甚至横冲直撞地吻上去，四片嘴唇叠在一起，他蛮横地辗转，心里有一小片区域还是清醒，却明知故犯地想证明他心里有多想念她，他跟其他男人并没有什么不一样。

吻得太重，牙齿碰到了牙齿，而他曾经是那么擅长这些亲昵的技巧，舌尖扫过，诱哄胁迫，感受到沈鱼咬紧的牙关和浑身的僵硬，他还在沉沦中，所以视而不见，唇舌舔咬，任着自己胡作非为。终于感觉她唇齿失守般地动了动，他心中一喜，长驱直入。

沈鱼浑身都在发抖，这是怎么了？是什么情况？她的脑子停止思考了，只感觉心脏在剧烈地跳，几乎就要跳出来了。她无辜地张着嘴，脑子跟着顾墨洵吻她的节奏空白一片，人像是落进了棉花堆里，啊，不要这样，那是不对的，但她又有些喜欢。

她不自觉地向后仰，身体碰到装粥的碗，碗掉在了地板上，“哐”的一声，她猛然清醒，狠狠将顾墨洵推开，跳下床。

顾墨洵的腰使不出力，人被一推就跌倒在床上，腰扯了一下，他疼得闷哼一声，这才意识到自己做了什么，抬头看沈鱼。

沈鱼像受了惊的小兽，脸通红，唇也通红，唇膏散了嘴巴一圈，有种被蹂躏的艳丽。顾墨洵看到又是深吸了口气，果然是阴阳不调，他今天肯定是哪里出了问题，他想说些什么，但声音哑到不行。而这时候沈鱼似乎忽然缓过神来，慌张地站起来，也不管地上打翻的粥，直接就跑出去了。

“沈鱼！”顾墨洵觉得自己快疯了。他勉强下了床，却没法快步走动，人扶着门，眼看着沈鱼拿着包，逃跑似的开门走了。

他几乎绝望，人扶着墙走到窗边，看到沈鱼的身影飞奔到路边，拦下一辆出租车，飞驰而去，然后人一软，跌坐在地上。

chapter 17

一场吓死人的夜游

沈鱼扒了几口饭在嘴里，然后嚼蜡似的吃着，眼睛瞪大，空洞地看着前方。外面在下雨，淅淅沥沥的，时大时小，她完全不在意，只是狠狠地把嘴里嚼了半天的饭咽下去。

她无数遍地回想那件事，想到就有种想往墙上狠撞几下的冲动，也不知道心里是什么想法，有点儿受惊吓，觉得那个顾墨洵好陌生，又有点儿羞耻感，因为在这之前，她确实想念着顾墨洵，所以再见到他时她总是不由自主地想靠近他，碰碰他的手，摸一下他的脸的想法一直在脑中闪过，所以陈晓肖说要温柔一点儿照顾到顾墨洵康复时，她竟然是欣喜的，她算不算浓妆艳抹地勾引了他？

然而现在她又好后悔，下次又要怎么面对那个陌生的顾墨洵？

“吃饭，发什么呆？”有人拿着筷子在她餐盘上敲了一下，是张少政，“你从医馆回来后整个人都不对劲，发生什么事了？”

沈鱼垂着头，把餐盘推到前面，道：“不想吃了。”

张少政盯着她，道：“你昨天说今天才回学校，怎么宋燕说你当晚就回来了？是不是顾墨洵有了女朋友，把你赶回来了？”

他提到顾墨洵这个名字，沈鱼心里就揪一下，站起来道：“张少政，你能不能别问了？”

她那是要生气的样子，张少政还是第一次看她这样，于是就真的不问了，指着餐盘里的饭，道：“饭不吃了？”

“不吃。”

“那就走了。”张少政把两人的餐盘一叠，一只手拿着，站起来，另一只手牵着沈鱼的手，走了。

沈鱼心里还是说不出来的难受，张少政拉着她去小卖部买吃的，看她还是心不在焉，他自己也不太痛快起来，把一大袋吃的东西往她手里一塞，道：“你下午没课是吧，那你回宿舍休息吧，我去上课。”说完，他一转身，头也不回地走了。

沈鱼就这么站在那里，连拦的想法都没有。张少政走了几步，深吸了口气停下来，回头冲着沈鱼道：“沈鱼，你到底怎么回事？”

“啊？”沈鱼猛然回过神，看看张少政，又看看手中的塑料袋，愣了愣道，“你什么时候买了这么多东西？”

张少政彻底无语，一咬牙，又几步走上来，仗着自己人高，抬手往沈鱼肩上一搭，道：“走，陪我去上课。”

这一节是专业课，与沈鱼的专业无关，张少政怕她无聊，从女同学那里拿了几本小说来，看看都是言情小说，他皱了皱眉，最后总算挑了本《白夜行》扔给沈鱼。

沈鱼拿着书，盯着书名，道：“我看过了。”

“那就再看一遍，乖。”张少政摸了下沈鱼的头发。

沈鱼看着张少政把那几本言情书还回去，撇了撇嘴，拿着《白夜行》坐了下来。

开始上课了，沈鱼不得已只好翻开那本《白夜行》看。她之所以看这本书是因为有一阵子顾墨洵经常捧着看，顾墨洵除了医书，很少碰其他书，对《白夜行》感兴趣是因为有病人将书落在医馆了，被顾墨洵捡到，空闲时看了一点儿，来了兴趣，第二天那病人来问书在不在，他死活说没看到书，这样，那本《白夜行》就归他了。

沈鱼后来拿来看，越看到后面越觉得心惊胆战，虽然非常好看，却不想再多看一遍，所以她现在的进度就一直停留在前面几页上，脑子一闲下来，便又开始想那天在医馆里的事情。

旁边的张少政伸手过来握她的手，她竟然没发觉，眼睛盯着书发呆，直到被张少政狠狠捏了一下才反应过来，回头看向张少政，张少政则盯着黑板，专心致志地听课。

沈鱼用力地挣了挣，没挣开，想想既然答应试着当人家的女朋友，便只好作罢，但多少有些不自在，过了一会儿，还是挣开了，这次张少政没有强迫。

老师在台上讲着，沈鱼百无聊赖，只好把手中的《白夜行》随意地翻着，她向后翻了几页，看到里面夹着一张卡片，也不知道是不是当书签用的。她没在意，准备翻过去时，看到卡片上的字：万圣节大冒险。

什么大冒险哦？她拿着卡片看，旁边的张少政忽然伸手过来，抢过卡片，看了一眼又扔还给她，凑过来轻声道：“要不要去？”

“什么？”

“这个，”张少政指指卡片，“学校的‘英才楼’要拆，这周的万圣节准备召集人夜游‘英才楼’，一起去吧。”

“夜游英才楼？”听上去很好玩的感觉，沈鱼想了想，点点头，“好哦。”

“什么？”沈鱼张着嘴盯着正在涂指甲油的宋燕，“你说‘英才楼’是鬼楼？”

“可不是，你不会连这个都不知道吧？”宋燕吹着未干的指甲油，“那楼可有名呢，有几十年历史了，以前底下三层是教室，上面两层是女生宿舍，十多年前因学生乱用电暖器，起了场大火，烧死了十几个学生，这事闹得可大了，大楼里因此阴气特重，生人勿近，晾了十多年，现在才敢推倒盖什么图书馆，你竟然还敢在万圣节去，胆子真大。”

“啊？”沈鱼吓得人都发抖了，一个劲地往后缩，“那我不去了，紫薇你一个人去吧，我不去了。”她还把陈紫薇往外推。

陈紫薇白她一眼，说了句“德行”，说完人就走出去了。

陈紫薇今天穿了件黑色的大斗篷，打扮得跟吉卜赛女郎似的，她是准备在微博上做一个现场直播，听说几万粉丝在线候着呢。

沈鱼眼看着陈紫薇斗篷飘飘，下楼去了，心里既害怕又有些好奇，心想，要不看看微博就行了。

只是沈鱼刚这样想，张少政的电话就来催了。沈鱼好说歹说都不肯下楼去，从楼上眼看着张少政往楼上张望，有些不好意思，但想到宋燕说那幢楼的可怕，又从窗口缩回去了，冲着手机结结巴巴地说：“张少政，我们不去夜游那楼了，我请你喝咖啡吧。”

旁边的宋燕听到，冷哼了一声，也说了一句：“德行。”

电话里，张少政的声音听起来有些无奈，但还是同意道：“好，那就喝咖啡。”

沈鱼这才肯下楼去。

宋燕还在涂指甲油，看着沈鱼下楼去，哼了哼道：“也不知道打扮一下再下去，跟柴火妞似的，张少政耶，怎么就不懂珍惜呢？”

沈鱼可没听到宋燕的话，估计听到也没什么反应，下了楼看到张少政，还有些心神不定，拉着张少政道：“那楼的事是真的吗？”

“什么真的？”张少政莫名其妙。

“起火，烧死人的事。”沈鱼道。

张少政这才反应过来抬手揉了揉沈鱼有点儿乱的头发道：“你就被这事吓得不敢去了？”

沈鱼点头，道：“我胆子小。”

张少政没想到她直接就承认自己胆小，笑起来，道：“你害怕就不去了，我不是答应你去喝咖啡了吗，走吧。”

张少政带沈鱼去他打工的那家店喝咖啡，却只给她点了果汁。沈鱼也不计较喝什么，看着咖啡吧里专门为万圣节做的各种装饰，想到陈紫薇的微博直播，拿出手机来看，刚拿出来就被张少政抢过去，道：“约会就约会，别开小差。”

沈鱼只好放回去，本来还想着那幢楼的事，但听到张少政说，约会就约会，人忽然又有些紧张起来。算起来，她答应张少政做男女朋友后，两人还没真正意义上的单独约会过呢，她眼看着张少政从对面的座位上站起来，坐到她旁边，她不由得往旁边缩了缩。

咖啡吧里还有其他的情侣，都是并肩坐着，有的拥在一起，有的靠在桌上头对头在窃窃私语，张少政跟她坐在一起似乎并没有什么不妥。沈鱼眼睛只敢看着桌上的果汁，心里慌张，张少政下一步会做什么？

她刚想着，张少政一只手就伸过来。沈鱼以为他要搂她的腰，整个人都僵了，然而等了半天，也没感觉张少政的手落下来，她哆哆嗦嗦地回头看一眼，张少政的手放在后面的沙发背上，正笑着看她。

“干吗？”她心虚地问了一句。

张少政反问道：“你干吗？”

沈鱼看看他：“我没干吗啊！”

张少政道：“没干吗你人慌张成这样？好像我要非礼你似的。”

他拿了自己的咖啡喝了一口，忽然问道：“沈鱼，你真的没有谈过恋爱吗？”

沈鱼现在觉得他问什么都暧昧，不太自然地答道：“没有啊。”

张少政盯了她的表情一会儿，道：“哦。”然后人向后靠在身后的沙发背上，望着挂在不远处的南瓜灯，“我有没有跟你说过，我有个比我大一岁的哥哥？”

沈鱼不知道张少政怎么就忽然转了话题，但总算不是什么暧昧的话题，她慌张的心稍稍定下来，道：“没有啊。”

张少政眼睛看着前面的灯没有动，继续道：“我十岁时父母离的婚，我妈带着我，我爸带着我哥，各走各路。我妈能干，所以我过得不错，但我爸酗酒，又不上班，经常打骂我哥，我哥过得苦。”他边说，边用手指轻轻地敲着桌子，“我和我哥感情很好，分开后起初一直有联系，但后来我哥忽然不再回我的消息，也许他恨我过得比他好，也许他是不想让我知道他过得多苦，反正我们就这么断了联系。”

他继续说道：“直到一年多前，我忽然听到噩耗说我哥死在外地，是和一个女孩儿私奔，遇到了坏人，结果女孩儿自己跑了，我哥哥却被那帮人打死了。”

他说完侧头看沈鱼，道：“换作你，你会不顾自己喜欢的人先逃吗？”

沈鱼用力地眨了几下眼睛，脸莫名有些苍白，嘴张了张，正想说话，之前被张少政抢下来放在桌上的手机却响了起来。

是宋燕打来的。

“紫薇有没有找过你啊？”电话一接通，宋燕劈头盖脸就问，语气难得有些慌。

“怎么了？”沈鱼被她的语气也弄得慌张起来。

“夜游‘英才楼’的事被学校知道了，说是危楼不能进，活动临时取消，所有人都回来了，只有紫薇没回来，打她电话也不接，你说她会不会因为想直播，偷偷溜进楼去了？”

“啊？”沈鱼站起来，“那、那会不会有危险啊？”

“我也不知道，要不你先回来，叫上张少政，我们去找找，我一个人可不敢去。”

“好，我马上回来。”沈鱼挂了手机，拉着张少政就往外走。

宋燕早就等在楼下了，她和陈紫薇虽然平时一直斗嘴，但其实感情很好。看到沈鱼和张少政回来，她拉着沈鱼道：“她最新的微博是在半个小时前发布的，上传了几张一楼的照片，说要上二楼看看，之后就没有新的微博。”

沈鱼也有些慌，尤其听到这幢楼的历史后，结巴地说道：“那、那你有没有通知学校，帮着找找啊？”

“我有病啊，告诉学校，说不让进，你偏进，那不是找处分吗？再说也不一定出什么事，我们先找找，没找到再说。”

沈鱼回头看看张少政，张少政皱着眉，道：“先找了再说吧。”

英才楼在学校最南角，那片基本没什么人去，之前说的夜游也被取消了，这么晚，周围更没有人。

沈鱼远远地看到昏沉的夜色中一幢黑色的楼，像个庞然大物，蛰伏在那里，伺机而动。

想到里面烧死过十几个人，沈鱼就全身发抖。张少政拉着她的手，感觉到她的手冰凉，回头对她说道：“害怕的话，就别进去了，你和宋燕在外面，我进去就可以了。”

“这么大一幢楼，你一个人怎么找啊？”别看宋燕在外面妖娆精致，实际很有些女汉子，她虽然也怕，但看看沈鱼又看看那幢楼，犹豫着说，“沈鱼待外面，我和你进去找。”

她这么一说，沈鱼更觉得自己特自私没用，不得不硬着头皮道：“我也进去，三个人呢，有什么可怕的。”

张少政看着夜色中沈鱼一副赴死的表情，忽然笑起来，道：“你不会以为里面真有鬼吧？”

他刚说完，几乎是同时，宋燕和沈鱼便异口同声道：“闭嘴！”

三人走到楼下，大门紧闭着，窗户则用木条封住，但因为空置很久的关系，木条早就朽坏了，有几处窗户露在外面，人完全可以钻进去。

宋燕在楼前先叫了几声陈紫薇的名字，声音在楼里回荡，但没有人应，又拿出手机打给陈紫薇，竟然听到有细微的手机铃声从楼里发出来。

三个人对视一眼，宋燕又叫了几声，还是没人应。

“进去看看再说吧。”张少政挑了一处好爬进去的窗口，先跳了进去，然后回头来接应宋燕和沈鱼。

楼里很黑，带着股让人很不舒服的腐朽味道，宋燕和沈鱼握紧了手，跟在张少政身后，张少政则拿着手机不停地拨陈紫薇的手机，循着铃声走。

因为是教学楼，所以有一条长长的走廊，三个人借着手机的光，在空荡漆黑的走廊里慢慢地走，脚步声在走廊里回荡，既然能听到铃声，那说明离得并不远，却好像永远走不到似的。沈鱼眼看着张少政手中的光不停地晃荡，人有些恍惚，这一幕为什么觉得曾经发生过？

远处有什么东西在亮，张少政快走几步，捡起那亮的东西看，正是那部在响的手机。

“是紫薇的，可是人呢？”宋燕认出陈紫薇的手机，人更慌了，又叫了几声陈紫薇的名字，然而只有回声，没有任何人回答。

“会不会真出了什么事啊？”宋燕的声音抖得厉害。

“她在微博上说去二楼，我们去二楼找找吧。”张少政往四周找了找，没看到人。

于是，三个人往走廊尽头的楼梯口走，好不容易走到楼梯口时，宋燕忽然大喘了口气，一屁股坐在地上，叫道：“不行了，跟被掐着喉咙似的，气都快喘不过来了。张少政，你停一下，我腿抖得厉害，走不了路了。”

张少政回过头，看着两个女孩子，道：“要不你们两人在这里等吧，我上去看一下再说。陈紫薇的手机在这里，说明她确实进来过，我怕她有危险。”

进楼前还有些底气的宋燕没想到自己会怕成那样，感觉握着她手的沈鱼虽然不发一语，手却抖得厉害，总算面子上好过些，也不好意思再拉着张少政，点头道：“你如果找到紫薇，在楼上叫一声，我们就上来。”

张少政应了一声，又看看杵在那里，连声音也没有的沈鱼，估计她是吓坏了。他拍拍她的头道：“别乱跑，就在这里，我马上就回来。”说完他快步地跑上楼去了。

四周骤然一黑，宋燕慌忙地打开了手机的电筒功能，又马上低骂了一句，道：“糟糕，没电了，沈鱼，把你的手机给我。”

沈鱼却没反应，宋燕看看她，知道她被吓坏了，却没有嘲笑她的意思。她抬手从沈鱼手中拿过她紧握着的手机，打开手机的手电筒功能，四周这才亮了起来。

两个女孩儿靠在一起，如临大敌似的，只一会儿的工夫就感觉等了很久。以前看过的恐怖片场景，现在一股脑儿全冒上来，宋燕有些受不了，开始叫张少政的名字，却没听到回音。

“会不会他也出事了？”宋燕抖着声音道，想到现在唯一可以依靠的沈鱼，紧紧握着她的手，“沈鱼，要不我们先出去，如果张少政也不出来，我们就让学校派人来找？”

沈鱼没有回应，宋燕这才意识到从进来后她就没说过一句话，以为她是吓傻了，但吓傻也应该发出点儿声音吧。

“沈鱼。”她抖着声音叫沈鱼的名字，手中的手机光也不自觉地往沈鱼脸上移，脑子里想到某个恐怖片里，女主拉着自己的朋友拼命逃开鬼的追杀，等逃到一处以为安全的地方，猛然回头发现自己拉着的就是那只鬼。

“杀人了，到处都是血。”光刚照到沈鱼苍白的脸上，一直不发声音的沈鱼忽然说道。

“你、你说什么？”听到又是杀人又是血，宋燕只觉得心里“咯噔”一下，想问清楚，忽然自旁边蹿出一个黑影来，宋燕尖叫一声，本来想拉沈鱼一起跑，但真怕会拉到只鬼，扔下沈鱼自己跑出去了。

“喵……”那黑影叫了一声，又不知道蹿到哪里去了，沈鱼因那声猫叫回过神，猛然发现四周一片漆黑，而宋燕和张少政已不知去向。

“宋燕？张少政？”她的声音带着哭腔。

……

张少政从楼里出来，远远地看到宋燕在楼外来来回回地走，他站住，看了宋燕一会儿，这才走上前去。

“怎么就你一个人？沈鱼呢？”

宋燕咬着手指，焦躁得很，看着黑漆漆的大楼，道：“沈鱼好像中邪了，我害怕，一个人……一个人跑出来了。”她后半句话多少有点儿心虚，声音不由得放轻。

“什么中邪，胡说八道，沈鱼胆子本来就小，你怎么把她一个人扔在楼里？”张少政口气不善，转身又进了楼里。

宋燕跟了几步，终于不敢跟上去，看着张少政的背影，喃喃道：“她应该就站在楼梯口，张少政下来怎么没看到她？”

顾墨洵心急火燎地赶去医院，远远地就看到几个学生模样的人在病房门口转，张少政也在那里，沉默地靠在墙上不知道在想什么。

顾墨洵走上去，张少政看到他，目光闪了闪，道：“她在里面，不太好，你看看吧。”

顾墨洵皱了皱眉，推门进去。

病房里的窗帘拉着，沈鱼抱着被子缩成一团，浑身发着抖。

顾墨洵睡到半夜接到沈鱼舍友的电话，电话里的声音一直在抖，根本听不清在说什么，最后是张少政接了过来，只说了一句：“沈鱼出事了，你来市医院。”

顾墨洵没有进病房，只是在门口看了沈鱼一会儿，然后又退出来，回头问张少政：“怎么回事？”

张少政还是靠着墙，道：“吓的。”

“吓的？”

“都怪我，是我把她扔下自己逃了，我应该拉她一起走的。”张少政还没开口，旁边的宋燕已经跑上来。她也不知道眼前这个英俊的男人是谁，但看他神情严峻，应该是沈鱼的家人。

宋燕的声音还有些抖，再想说些什么，但有些语无伦次。顾墨洵一听就知道是她打来的电话，他看都不看她一眼，而是盯着张少政说道：“你说。”

张少政情绪非常低落的样子，说道：“我们去废楼找人，沈鱼跟着一起去，结果走散了。那楼过去烧死过人，沈鱼应该是吓坏了，我们找到她时，她晕倒在四楼的楼梯口。”

顾墨洵眉一拧：“你们学校的那幢鬼楼？”顾墨洵是本地人，他当然知道学校那幢很出名的“英才楼”。

“嗯。”

顾墨洵眉皱得更厉害，冷声道：“你还配做她男朋友吗？”

张少政不作声。

顾墨洵也不再多问，看了一眼在场的几个学生，还有老师，道：“你们都回去吧，明天还要上课，我一个人就行。”

“我陪着。”张少政当然不会回去。

“我也是。”旁边的宋燕和陈紫薇也跟着说道。

“随便你们吧。”顾墨洵不想跟他们多话，转身进病房去了。

张少政看着他的背影，这个平时云淡风轻的中医大夫，板起脸的样子透着股骇人的压迫感，如同换了个人一样。

顾墨洵进去，关上门，屋里的灯昏暗，走近一些时才发现，沈鱼不止在发着抖，嘴里还哼哼着，那是恐惧的声音。

吓晕过去了。

顾墨洵知道她在怕什么。并不是胡乱想象出来的鬼，以沈鱼的想象力，就算能想象到鬼的话也不至于把她吓晕过去。他慢慢地走过去，在床边坐下，这才看清沈鱼苍白的脸，头发凌乱，眼睛瞪得很大。

“沈鱼。”他心里一揪，唤她。

沈鱼瞪大了眼闪了闪，但没有动，也没有看向顾墨洵。

“沈鱼。”他又叫了一声。

沈鱼还是一点儿反应也没有。

他有些慌，伸手去握住沈鱼的手。这回沈鱼终于有了反应，惊吓似的很快挣脱开，眼睛缓缓地看向顾墨洵。

陌生的表情。

“不认识我了？”心慌得更厉害，顾墨洵却尽量用平稳的口气道。

沈鱼神情呆滞地看顾墨洵半天，久到顾墨洵以为她真的不认识他了，才终于看到沈鱼动了动嘴唇，轻声道：“顾墨洵。”

听到自己舒了口气，顾墨洵又继续用平稳的口气道：“你怕我？”他这样问时脑子不由得想起那晚莫名的亲吻，不由得有些懊恼，是不是因为这个而跟她有了距离呢？

沈鱼的表情不承认也不否认，或者说她的注意力根本不在这个问题上，她的视线正好与顾墨洵放在床边的手平行，人还在发抖，半天才道：“我看到有人被杀了，还、还有一个死了的人跳出来问我，问我为什么扔下他自己逃了，一直追着我问，一直问，我一直逃，我……我……”她抖得说不出话来，把怀中的被子抱得死死的，闷在被子里尖叫。

顾墨洵看着她的样子，眉皱得紧紧的，刚才被沈鱼挣开的手又拉住了她的手，这回是搭在她的脉上。

非常紊乱，他之前所做的努力是不是白费了？

“死了的人怎么会追你？是你鬼故事看多了，没事，有我在。”

他也不管沈鱼愿不愿意，将她整个人抱起来，拥在自己怀里，柔着声音安慰着，“不怕，有我在呢。”他的手轻拍她的背，像以前一样。

病房门开了一条缝，张少政自那条缝里往里面看，面无表情。

“那人是谁啊？小鱼的哥哥吗？”宋燕在他后面问。

张少政没有答，眼睛定在顾墨洵的脸上，那是张担忧又带着点儿愤怒的脸。他收回视线，回身时听到宋燕在问一旁的陈紫薇道：“你说这楼里是不是真有鬼，沈鱼那样子明显是中邪了。”

“所以我才没去二楼，直接回宿舍了。”

“你还有脸说，自己回宿舍了不说一声，害我们进去找，沈鱼这样都是你害的。”

“我手机掉里面了，我怎么知道你们找我，而且你自己也说，是你不顾沈鱼，一个人跑了，你没有责任吗？”

两个人吵起来。

“闭嘴！”一旁的张少政猛地吼了一声，把两个人吓了一跳。

两个人有些惊恐地看着张少政，还是第一次看他这样。

chapter 18

启动解锁模式

meet you

早上八点半的时候，医馆的人准时来上班，没有像平时一样看到顾墨洵蹲在门口吃早饭，这是沈鱼住校后的习惯，也许是觉得一个人在楼上吃太寂寞，他总是拿着从外面买来的煎饼蹲着在大门口吃。

“怎么回事哦，不会还在睡觉吧？”芳芳边换鞋边往楼上去。

楼上寂静无声，芳芳拿出钥匙开了门，蹑手蹑脚地进屋去。

门窗紧闭，看来真是在睡觉。顾顾今天是怎么回事？他从来不赖床的。

芳芳有点儿担心，脚步便快了许多，直接往顾墨洵的卧室走。

芳芳敲了几下卧室门，没人应，她打开往里面看，床铺好像有人睡过，但床上没人。

怎么回事？

她有些茫然地往四周看看，难道是外出了？

正这样想着，便看到隔壁以前沈鱼住的房间门开了一条缝，不会是想小鱼了，在里面睹物思人吧？

芳芳恶作剧地轻声走到沈鱼的房门前，从缝里往里面看。

看到里面的情景时，顿时一愣。

有两个人相拥着躺在床上，不是顾墨洵和沈鱼是谁？顾墨洵侧躺着，沈鱼则整个人缩在他怀中。

这两个人？难道顾顾终于如愿以偿了？

“顾顾呢，你在看什么？”后面靓靓跟上来，用不低的声音问道。

这个大嗓门，芳芳做噤声的动作也来不及。床上的顾墨洵动了动，睁开眼，看向门口。

芳芳只好冲顾墨洵尴尬地笑笑，然后迅速关上门。

顾墨洵隔了好一会儿才下楼来，人有些疲惫，也不看诊，一下来就吩咐药房抓药。陈晓肖正好在药房那里，看到配出来的药堆在那里，分辨了下里面的几味药，皱眉说了一句："这么怪的方子？"

顾墨洵不理他，抓好扔给药房让里面的工人煎药，上楼去。陈晓肖站在那里想着那个方子，百思不得其解，师父果然是师父啊。

顾墨洵正要上楼，被三个小护士拦在楼梯口。

"怎么回事啊？"圆圆在里面资格最老，被其他两人推出来，只好问，"听说小鱼回来了。"

"嗯。"顾墨洵只应了一声。

"一间房，还一张床了？"圆圆其实也很好奇，"你们好了？"

顾墨洵抬手就往圆圆头上拍了一下，道："给我上来。"说着，他瞪了其他两人一眼，上楼去。

圆圆捧着头，灰溜溜地跟上去。等走到沈鱼房间，看到脸色苍白的沈鱼时，她才觉得不对劲。

"她怎么了？"她还记得小鱼刚来医馆时的样子，就像现在这样，苍白、呆滞。

"就如你想的，但没有一年前那么糟。你帮她洗个澡，以前也是你照顾她。"顾墨洵的声音有些疲惫。

"好，把她交给我吧。"圆圆什么都不问，走到沈鱼的床边。

喂沈鱼吃了药，顾墨洵放下碗，伸手又去搭沈鱼的脉，脉相稳了很多。他一早上都没吃东西，这才拿着沈鱼吃剩下来的粥，吃起来。一旁的圆圆看得有些咂舌，顾墨洵对吃很讲究，刚做出来的饭菜都难入他的眼，更别提别人吃过的东西，现在他却毫不讲究地吃着已经冷掉的粥。

沈鱼躺在床上，愣愣地看着顾墨洵喝粥。顾墨洵停下来，回头冲她笑，道：“还想吃？”

沈鱼动了动嘴，半天才道：“我吃过的。”

顾墨洵继续吃着粥，道：“嗯，我不喜欢浪费。”

身后的圆圆只翻白眼，这祖宗还不喜欢浪费，吃到不对胃口的，直接扔垃圾桶的还算少。她看看沈鱼，又看看正一口口吃着粥的顾墨洵，觉得气氛很和谐，楼下很忙吧，她想，还是下去帮忙吧。

屋里只剩下沈鱼和顾墨洵两人，沈鱼换了个姿势，看着天花板，道：“顾墨洵，这世上真有鬼吗？”

“没有。”顾墨洵想也不想地回答道。

“但是我看到了。”

“错觉。”

沈鱼抿了抿唇没再说话。

窗台上的白掌被外面的风吹着，轻轻晃动着叶子。

“今天起就搬回来住吧，不要住校了。”顾墨洵说。

沈鱼眼睛闪了闪，也不接他的话，而是道：“顾墨洵，我想起一个人。”

顾墨洵喝粥的动作一顿，放下勺子看着沈鱼：“想到什么人？”

沈鱼侧着头仔细想了想，道：“很乱，我看不清他的脸，他叫我快跑，快跑，我就拼命地跑，但是心里好难受。”

“然后呢？”顾墨洵皱眉听着她讲。

“然后……我逃跑时，那个鬼就跳出来吓我。”沈鱼回想当时的事，眼中满是恐惧。

顾墨洵放下粥，伸手握住沈鱼的手，道：“害怕就别想了。”

沈鱼的眼神又放空起来，看着天花板，道：“但我总觉得那是个重要的人，我是什么时候遇到他的？我好像把他忘了。”她皱着眉又开始想，绞尽脑汁，但渐渐地，可能是药的作用，她打了个哈欠，睡过去了。

顾墨洵眼看着沈鱼睡着，刚才握着沈鱼的手已经反被沈鱼握住了，而沈鱼睡着的样子终于安静平和起来，看来药起效了。

他另一只手很自然地在沈鱼的脸颊上滑过，她似乎胖了一些，看来住校的生活还不错。顾墨洵不知道自己是幸还是不幸，一则沈鱼现在的情况确实很糟；二则，如果没有这次突发事件，那次尴尬的吻后，他不知道何时才能见到沈鱼。

沈鱼的睫毛颤着，看来睡得并不安稳，是否在梦中还在想着那个人？

那个人？他眉头皱了起来，手轻轻地自沈鱼的手中抽回，摸出手机，站起，看了沈鱼一眼，走出了房间。

拨的电话好久才接通，那头声音懒洋洋的，却很好听。

“墨洵，什么事？”

“在不在本市？”

“不在。”

“方便马上回来吗？”

“不方便，我在西藏，有什么事吗？”

顾墨洵叹了口气，道：“小鱼的情况不太好，似乎记起一些事情来了。”

那头停顿了半晌，道：“我说过，她并没有失忆，我的催眠只是让她潜意识里不去想或者说排斥想那段时间的事，但如果有强烈的刺激发生，我的催眠就会失效，她是不是发生了什么事？”

顾墨洵在窗台上坐下来，视线穿过沈鱼卧室的门，看着躺在床上的沈鱼：“确实发生了点儿事。”

顾墨洵很少有耐心仔仔细细地说一件事，这次却是很认真地将事情说完。

那头很久没说话，过了一会儿才道：“你等一下啊，我把车停下来。”大概隔了几秒钟，那头才又说，“墨洵，你在害怕什么？”

顾墨洵眉头一皱，不自觉地又看向沈鱼，道：“什么意思？”

“我当时用催眠是因为沈鱼的精神状态实在不好，是为了辅助你的中医治疗，而你对沈鱼的治疗也已经有一年多了。她已经脱胎换骨，活蹦乱跳了，本来是时候解开催眠，让她渐渐地想起过去的事来，这也是我当时跟你商量好的治疗方案，但是一年多了，你对解除催眠只字不提，而你现在的口气完全是怕她想起来。墨洵，你在害怕什么？这实在不是一个医生该有的专业做法。”

顾墨洵握着手机的手紧了紧，眼睛没有离开沈鱼。沈鱼脸色苍白，但睡得沉静，人缩在一起，可怜又可爱。顾墨洵看了一会儿，握紧的手又松开，道：“如果那个人对你很重要呢？”

“怎么个重要法？”

顾墨洵咬牙：“要你管。”

“哈！”那头竟然笑了一声，“敢情已经爱上了啊。你小子不是万花丛中过吗？怎么喜欢这种清纯的小白菊，真没想到。”

顾墨洵，道：“方案。”

“我没方案，方案就是我们一开始说好的，当然记起过去的过程会很痛苦也会出现各种状况，但这是治疗必须经历的，如果你舍不得，想让她一直这样无忧无虑下去，我是不会帮忙的，这不是我的做事方式，你可以另请高明，但我必须提醒你，你没有权利让一个人的记忆不完……哎呀，好大一群藏羚羊，不聊啦，我要去拍照。”

那头说完就挂了，只留下电话被挂断的声音“嘟嘟”地响着。

“最好让藏羚羊顶死你。”顾墨洵看着手机骂了一句，然后脸又沉下来，看着床上的沈鱼发呆。

圆圆是做完了晚饭才走的，看顾墨洵整个人没生气的样子，几个小护士有些不放心，说留个人照顾沈鱼，被顾墨洵拒绝了。

沈鱼睡了一觉精神好了些，但没什么胃口，人还是有些一惊一乍的，对忽然出现的声音会吓一跳，或者看着某处长时间地发呆。

顾墨洵洗了个澡，边擦头发边走出来。沈鱼看着他，想到什么，从床上站起来道：“要我吹头发吗？”

顾墨洵迟疑了一下，道：“好。”

电吹风的声音“沙沙”地响着，沈鱼的手指轻轻地拂过顾墨洵的发间。那是再熟悉不过的场景，顾墨洵竟然有些怀念，他不由得又想起今天电话内容。是的，他不舍得，他宁愿沈鱼这样无忧无虑地生活下去，不开心的过往，过去就过去了。

电吹风定在一处不动了，他回过神，转头去看。沈鱼眼神呆呆的，望着一处似又在沉思着什么，顾墨洵抬手推开电吹风也没有发觉。

“你在想什么？”他拿过电吹风关掉，问道。

沈鱼这才回过神，摇摇头道：“没什么。”然后她摸了摸顾墨洵的头发，“还没干，我再吹一会儿。”说着她拿过顾墨洵手里的电吹风。

还没打开，沈鱼忽然又说道：“我明天去上学了好不好？还是住校。”

顾墨洵一怔，道：“不是让你搬回来吗？”

沈鱼的声音低下来，道：“我还是想住校。”

顾墨洵表情一沉，抬手推开电吹风：“为什么？”

沈鱼垂下头不说话了。

顾墨洵看着她的样子，皱眉道：“说话。”

沈鱼缩了缩，然后下定决心似的：“跟你住一起太闷，跟同学在一起才热闹呢。”

顾墨洵觉得有把刀在他胸口刺了一刀，太闷？跟他住一起一年多也没说闷，在学校才住几个月就忽然嫌弃他了？他不由得回头仔仔细细地看了沈鱼一遍，判断她这句话的真假。

沈鱼眼神闪烁。

是假话。

他多少有些安慰，但也并没有高兴起来。自从上次用那种冲动的方式吻了她后，他忽然间不知道沈鱼在想什么了。沈鱼不想住这里可能是这个原因也可能不是，他清楚应该找时间和她谈一下，但不是现在。

“等你的状况好一些，我们再谈你是住校还是搬回来的事。”他的语气不是商量，而是决定了。沈鱼当然听得懂，她嘴巴动了动，还想说什么，门外就传来门铃声。

来的是张少政。

张少政低着头站在门口，比起顾墨洵以前看到他一身阳光的样子，现在的他很是阴郁，也不知道是不是因为担心沈鱼的缘故。

沈鱼看到张少政明显慌张，眼神闪烁就是不肯停在张少政身上，最后干脆躲在顾墨洵身后，这让顾墨洵很是不解。

一个人站在门外，两个人站在门内，都不说话，气氛很奇怪。顾墨洵咳了咳，却听张少政道：“我可以进来吗？”

他又看了眼躲在顾墨洵身后的沈鱼，道：“我看看沈鱼好点没有。”

顾墨洵回头看看沈鱼，沈鱼把脸都藏在了他的背后。这样的恐惧让顾墨洵有点儿意外，为什么她要怕张少政？是因为没有保护好她吗？

“她……”他张口想拒绝。

“我们出去讲。”他话还没有说完，身后的沈鱼却忽然跳出来。

她忽然的转变，让两个男人都一愣。是张少政先反应过来，道：“好啊。”

顾墨洵本来想拦，但终于什么也没说，放两人出去了。

两个人就这么走了，外面的风“呼呼”地吹着，顾墨洵看着两人的背影，转过身去不看他们。

沈鱼飞快地走在前面，张少政跟在身后，好几次想伸手拉沈鱼，都被沈鱼躲开了。他眉皱了一下，终于没有再跟上去，站住，叫她：“沈鱼。”

沈鱼人抖了抖，停下来，与张少政离得很远。

天已经黑了，张少政站在一处树影下，沈鱼只能看到他修长的身影和那双发亮的眼睛。

两人都不说话。

半晌，张少政动了动，往前一步，道：“你没事了吧？”

沈鱼却直接退了一步，警惕得连声音也有些抖，很直接地问道：“你那天为什么要吓我？”

张少政一怔：“你说什么？什么吓你？”

沈鱼这次反而不抖了，盯着张少政道：“那幢楼里，吓我的人是你，我看到你的脸了。”

“我看你是吓傻了，我怎么会吓你？”张少政皱眉道。

沈鱼抿了抿嘴：“我那时在楼梯口等你，你从我身后跳出来，你故意用吓人的声音问我，为什么要撇下你逃走，还一直追着我跑。我之前是吓糊涂了，什么都想不起来，但现在静下来，我清楚地记得那个人是你。”

沈鱼说得确定而认真，张少政盯了她半晌，身上那股在沈鱼看来本来还算温和的气息突然变得冷冽。

“既然你看到是我了，那你为什么吓成这样，为什么要逃？”他竟然就承认了。

“我……”沈鱼再一次抖起来，抖得厉害，“因为我看到很多血，听到有人叫我快跑，我、我是不是杀过人？”

沈鱼脸上露出迷惑又恐惧的表情来，人不由自主地蹲下来。

“这几天我总在做噩梦，总有血，还有一个死掉的人，睁着眼望着我……我是不是杀过人，所以我爸爸才这么讨厌我，所以我要被藏在这里？你说顾墨洵是不是在包庇我？”她失控地叫着，“我可不想牵连他。”

张少政立在一旁看着她，看着她快要崩溃的样子，忽然脸上现出决绝的表情，上前一把扯住她，将她拉起来：“跟我走。”

沈鱼被张少政这忽然的举动吓到，挣扎了几下，却挣扎不开，只能被张少政扯着走。

两人又回到斗光阁的门口。

顾墨洵还站在原处，看到沈鱼狼狈地被扯了回来，一愣。顾墨洵走上去几步，刚想拉开张少政，张少政却自己松开沈鱼，指着沈鱼对顾墨洵大声道：“你对她做了什么？”

顾墨洵扶住沈鱼，莫名其妙地问：“什么做了什么？”

“你不是医生吗？她失忆了，想不起以前的事了，你不知道吗？”张少政一直是笑着的、温和的，这一次说话的声音却很大，这在顾墨洵看来，有些莫名其妙的愤怒，“还是你对她做了什么，让她记不得以前的事了？”

他指着顾墨洵。

顾墨洵的表情沉下来，他回头看沈鱼，沈鱼则是一脸的不明所以。

“沈鱼，你能先进去吗？”顾墨洵拉住沈鱼说道。

沈鱼没有动，只是慌张又疑惑地看着顾墨洵。

“我的催眠已经失效，她会想起一切。”

顾墨洵想起电话里好友的话，一瞬间竟然有些绝望，他越是要藏起她，一切越是要被揭开吗？

“沈鱼，你能先进去吗？”他又说了一遍。

“害怕让她听到吗？你控制了她，抹杀了她不该忘记的记忆。”

张少政在一边冷笑。

顾墨洵眉一拧，道：“你到底是谁？”

张少政依然是冷冷的表情：“我有个哥哥叫宋宇峰。”他说“宋宇峰”三个字时是看向沈鱼的。

只见沈鱼眼睛猛地瞪大，身体抖得厉害，整个人瘫坐在地上。

“宋宇峰，宋宇峰……”她嘴里不停地念着。

下了一晚上的雨，顾墨洵翻来覆去地睡不着，他坐起来，走到窗口开了一扇窗，外面潮湿的空气就飘进来，他又关上，听到客厅里有声音传来，一愣，开门走了出去。

一个小小的人影坐在冰箱边上，不用猜也知道是沈鱼。他叹了口气，开了灯，看到沈鱼抱了一大桶的冰激凌，坐在冰箱边的地上正一口口地往嘴里塞，那是以前沈鱼吵着买的，放在冷冻柜里已经很久了。

他眉头一皱，走上去就把冰激凌抢过来，跟着坐在沈鱼旁边道：“你高烧刚退，这是要找死吗？”

沈鱼脸色苍白地靠在冰箱上，道：“我脑中一直在想宋宇峰是谁，停都停不下来，我想得难受。

“那就别想了。”他把冰激凌桶往地上一放，把沈鱼的头拨过来靠在自己的肩上。

两人就这么靠着墙坐着，外面的雨声不停，很长一段时间谁都没有说话。

半晌。

沈鱼道：“张少政说的是真的吗？”

顾墨洵深吸了口气：“哪个？”

“你抹杀了我的记忆？我真的忘了很多东西？”

“那你想记起来吗？”他没有正面回答，而是问她。

沈鱼的手指不自觉地扯住顾墨洵睡衣的衣角，很久才答道：“我不知道。”

“那你怪我藏起了你的记忆吗?

她盯着开始融化的冰激凌，说道：“我不知道。”

顾墨洵靠在墙上，长长地叹息。

早上，沈鱼醒来，眼睛还没睁开就闻到葱油饼的味道，她吸了吸鼻子，睁开眼，发现自己躺在客厅的沙发上，身上盖着毯子。

她坐起来，看到顾墨洵拿着刚做好的葱油饼和新榨的果汁从厨房里出来。他头发有些乱，围兜随意地系在腰间，脸上带着倦容，看样子像是一夜没睡，以至于下巴上的胡楂冒了出来，看上去有些玩世不恭，但依然帅气得丧心病狂。

沈鱼就这么盯着他看。是了，她差点儿忘了他其实也是会做饭的，只是从来不做。沈鱼之所以知道，是因为刚来这里时有一段时间她身体很差，他为了照顾她才做了一段时间的饭菜给她吃，想想已经一年多前的事了。

沈鱼还是目不转睛地看着他，他知道，却当没看见，只是用刀切了一块葱油饼往嘴里塞，这才看向沈鱼道：“起来刷牙吃早餐。”

沈鱼有些不习惯，以前都是她做好早餐叫顾墨洵吃的。她慢吞吞地站起来，慢吞吞地去洗漱，出来时看到顾墨洵正在整理行李，她傻傻地站在旁边，忽然有些慌张。

“你要去哪里？”她问道。

顾墨洵埋头整理，头也没抬，道：“出远门。”

沈鱼心里难过起来，道：“我没有怪你藏起了我的记忆，我今天就搬回学校去了，你不用出远门啊。”

顾墨洵终于停下手上的活儿，抬头看她，看她大大的眼瞪着他，山雨欲来的趋势，道：“你先吃早餐，吃完早餐也把你自己的行李整理一下，我们一起出远门。”他后面半句说得有力，笑盈盈地看着沈鱼。

沈鱼张着嘴道：“去哪里啊？”

顾墨洵拉上行李箱，站起来，道：“找回你的记忆。”

chapter 19

那段记忆，我们再走一次

他忽然间就这么想开了，而有些事想开了，就有种豁然开朗的感觉，如果一切终将记起来，还不如他帮她想起。

动车缓缓地启动，沈鱼看着窗外迅速向后的景物，反而有些怕了。顾墨洵问怪不怪他藏起了她的记忆，想不想记起一切时，她当时还有些无所适从，她真的失忆了吗？她忘记了什么？忘记的东西是好的还是坏的？她一直在想，万一都是些不好的记忆自己该怎么办呢？

眼睛看得有点儿晕，她这才从胡思乱想中回过神来，身旁的顾墨洵闭着眼，也不知道是睡着了还是清醒着，之前列车上的乘务员已经来问了好几次要不要水，要不要瓜子，要不要零食，顾墨洵一一拒绝了。最后他干脆闭上眼不理人，那几个乘务员这才消停，却还是有意无意地走过。沈鱼并不是第一次跟顾墨洵出去，看到这情景早已心知肚明，也不理会，默默发自己的呆。

坐在顾墨洵另一侧的女人化着精致的妆，长得不错，之前看了顾墨洵好几眼，见顾墨洵看也不看她，就高傲地转开了。此时她看沈鱼转过头来，隔着顾墨洵道："看你年纪还很小，你们不会是情侣吧？"问得直接而且没礼貌。

"我们……"

沈鱼一听到情侣，刚想否认，那头顾墨洵长臂一伸，将她拥住，头靠在她的肩上，眼睛却还是闭着，道："是啊。"

女人眼中透出明显的失望，却还端着架子，笑道："不会是骗未成年小妹妹私奔吧？"

沈鱼被顾墨洵拥着，有些抱歉地冲女人笑了笑，也不知道为什么抱歉，很认真地向那女人纠正道：“我成年了。”

女人哼了一声别开头去。

顾墨洵头靠在沈鱼肩上，眼睛还是没睁开，嘴角却是扬了起来。

下车的站竟然是沈鱼的老家，坐动车只要一个小时不到的城市。沈鱼看着站台，想到上次回家的经历，人怕得厉害，站着不动，顾墨洵来拉她，她道：“我不想回家。”

顾墨洵，道：“不回家。”

“那去哪里？”

顾墨洵回头看她，忽然放下刚才云淡风轻的表情，正色道：“沈鱼，这次不会轻松，你要做好心理准备。”

沈鱼被他的神情弄得紧张，朝后缩了一步道：“那我不想找记忆了，我们回去吧。”

顾墨洵叹了口气道：“催眠已解锁，你总会想起一切的，像这几天那样现实和记忆不分，你不觉得痛苦吗？与其这样，还不如主动记起来。”

沈鱼还是觉得怕，道：“那就再催眠。”

顾墨洵无言，这是他之前的想法，此时，他想通了，眼前这个当事人却想负隅顽抗。

“我会陪着你的。”他拉过沈鱼的手，不给沈鱼犹豫的机会，拉着她往站外拖，“走，我们先去宾馆再说。”

他们入住的宾馆就在沈鱼以前就读的学校不远，是普通的商务宾馆。前台小姐看到顾墨洵和完全学生样的沈鱼进来时，一脸的心知肚明，直接报钟点房多少钱，弄得沈鱼很尴尬。

顾墨洵却搂着沈鱼的肩道：“钟点房时间不够用，先帮我订一晚的，一间双床。”

沈鱼就这样在前台小姐有点儿不解的眼神中别扭地进了房间，进了房间她才回过神，道："顾墨洵人家误会了啦，你怎么还订一间房？"

顾墨洵瞪她一眼道："省钱。"

"哦。"他说这种鬼话，沈鱼竟然就相信了，可能是长期跟顾墨洵"同居"的缘故，两个人共处一室并不会让她太局促，而且此时她也根本没有心思想这些，脑中全是似真似假搅在一起有关记忆的事。

两人放了行李出去吃饭，还是学校旁的美食街，沈鱼对里面上次让她拉肚子的美食很有些忌惮，还好顾墨洵找了一家有店面的小炒店，炒了几个菜跟她一起吃，油腻，不算好吃。分明是顾墨洵点的，结果他只吃了一点儿，就摆着臭脸，不想再动一下筷子了，好像跟那些菜有仇似的。

他们吃完饭就闲逛，一路上看到很多旁边高中的学生三三两两地出来逛，沈鱼混在其中觉得熟悉又陌生。

"小鱼，你喜欢宋宇峰吧？他不好啦，成绩这么差，我上次还看到他跟校外的人混在一起。"忽然有人在沈鱼的耳边说了一句。

沈鱼一惊，回过头去，身后除了顾墨洵就只有路人。

是幻听吗？她这样想着，心里却无端地觉得不安，放缓脚步与顾墨洵并排，一只手下意识地拉住他的衣角。

天色暗下来，美食街上的人却越来越多，沈鱼与顾墨洵顺着人流走到美食街的尽头。那里是个十字路口，很多人站在路边等着绿灯，沈鱼心不在焉，直接就往前走了，身侧的一辆轿车发出尖锐的刹车声。

沈鱼回过神，人已经被顾墨洵拉到身后，惊魂未定地看着伸出头骂人的司机。

后面的车在按喇叭，司机还想骂几句，看到顾墨洵冷冷地瞪向他，哼了一声，这才开车走了。

顾墨洵回头看躲在他身后的沈鱼，叹了口气，摸摸她的头，看到已经跳转了绿灯，道："走吧。"说话间他已经不是任着沈鱼拉着他的衣角，而是牵起了她的手。

两人牵着手，穿过几条马路，行人少了起来，不远处有淡淡的水汽飘来带着凉意。

“这里离江边码头不远了吧。”顾墨洵望着水汽飘来的方向，“走，我们去看看江景。”

他说着也不等沈鱼答应，拉着她往江边方向走。

越走风越大，人也越来越少，本来就不是什么景点，只是运货的码头，沈鱼不自觉地跟着走，心里没来由地觉得恐惧。

水汽夹着江水的腥味扑面而来，偶尔有几声船的汽笛声，周围路灯昏暗，有几处的灯还是坏的。沈鱼又跟着走了一段，忽然停住，挣开顾墨洵的手道：“我不想去码头。”

“为什么不想去？”

“我……我怕……”

“怕什么？”

“我不知道。”沈鱼说话时人开始发抖，眼睛望着码头旁几间黑沉沉的仓库，“那里、那里……”

“那里有什么？”顾墨洵用冷静甚至是冷漠的语气问道。

沈鱼哭起来，拼命摇头：“我、我不知道。”

江风很大，四周并没有行人，只有一个女孩儿快崩溃似的哭，另一个男人袖手旁观。

良久，顾墨洵看着那几间仓库，道：“两年前这里发生过一桩凶杀案，死者为男性，是这一带的小混混。本来这样的凶杀案也没什么，但是跟着这桩凶杀案一起消失的还有两个高中生，曾有人目睹那夜他们先后进入过案发现场。”

沈鱼的哭泣忽然间就停了，脸上现出惊讶的表情，像是在思索着，又似乎极度地恐惧。

“小鱼，你快走，别在这里……”

“不行，今天谁也别想走……”

耳边有人这样说着，沈鱼似乎看到一个人倒在血泊中，一把刀插在那个人的胸口，衣服的前襟已经被血染红了。

她看向那几间仓库的方向，人抖得厉害，是谁在说话，是谁死了？她好怕，好怕。

她又求饶似的看向顾墨洵，叫道：“顾墨洵，我们回去吧。”同时她伸着手想要顾墨洵抱她。

顾墨洵没有动作，只是道：“想到什么了吗？”

沈鱼却不回答顾墨洵，继续伸着手要顾墨洵抱。顾墨洵本来想再逼她一下，但眼看着她小脸苍白，在夜风里整个人发抖，显然已经放弃回忆了，心中不觉升起一股重重的无力感，终于轻叹了口气，伸手道：“过来吧。”

沈鱼整个人扑进顾墨洵怀里，也没有放声哭泣，只是不住地发抖。顾墨洵抱紧她，在她耳边道：“能想起什么吗？”

沈鱼却只是不住地摇头。

顾墨洵有些痛恨自己的心软，也许不管她，她会想起一些来，但是真的看到沈鱼这个样子了他又狠不下心。

沈鱼的手将他抱得死紧，似乎怕他会离开似的。

顾墨洵拥着她小小的身体，看着远处江面上一艘船缓缓驶过，人有些挫败。沈鱼就像是某种背着壳的生物，遇到事情就缩进壳里，此时此刻也好，他想表白心事时也好，都是逃走，都是避得远远的，反正第二天太阳照常升起，而他恰恰是帮助粉饰太平的帮凶。

所以她现在的逃避是怪他吗？

“我想回家。”怀中的人闷着声音说了一句，听声音似乎是平静了些。

他回过神，低头看看她，点点头，道：“好。”

又一次粉饰太平。

沈鱼回到宾馆，整个人憔悴而疲惫，连澡也不洗就倒在床上睡着了。

顾墨洵在宾馆附近的酒吧要了杯酒。他已经很少喝酒了，沈鱼搬出去后，他偶尔会喝，似乎那晃动的液体能让他平静一些，因为今天的尝试让他忽然觉得自己高估了自己，是的，他想通了，但他是否忍心眼看着沈鱼回忆起这段痛苦的记忆？

电话那头很吵，比起此端的轻音乐，那边入耳全是摇滚的声音。

“啥事？”电话那头男人的声音听上去有些不耐烦，似乎影响了他的好兴致。

顾墨洵也不跟他多废话，道：“我带她故地重游了。”

“沈鱼？”

“嗯，照你的方法做的，但她很抗拒。”

“正常，因为那段记忆并不美好，不过我很高兴，你终于想通了。”

“说实话，我没多大信心……”顾墨洵修长的手指敲着玻璃杯，不经意地抬头，对面一位身材火辣的美女向他扬了扬酒杯，他没太在意，又低下头去。

“相信我，她不这样做，全靠自己想会更痛苦，而且大脑会造成错误的记忆，这些错误记忆必须要等她全部想起来后才可能被纠正，狠点儿心，朋友，但也不要太急，她的心理状况也要考虑。”电话那头传来男人往嘴里灌酒的声音，“墨洵，这间酒吧不错，跟你说，妞儿超正……”

这头顾墨洵直接就把电话挂了，看了眼手机上的时间，想着等喝完酒就可以回宾馆去了。

顾墨洵抬起头，对面高脚凳上的美女已经拿着酒杯一步三摇地朝他走来。他心里叹气，拿起桌上的酒杯，一口喝尽，然后冲那美女抱歉地笑笑，走了，只留下一脸恼怒的美女。

房间里，沈鱼不在床上，顾墨洵一慌，叫沈鱼的名字，没人应。

他扔了房卡，冲进卫生间，还好沈鱼正坐在浴缸边上发呆，浴缸的水快满了，卫生间里雾气缭绕。

他松了口气，上去关上水龙头，坐在沈鱼旁边道：“发什么呆？”

却不想沈鱼一把将顾墨洵抱住，道：“你去哪里了？”人轻轻发着抖。

顾墨洵差点儿被她那一下力推进浴缸里，这才发现沈鱼身上只穿着睡衣，而且前襟和衣袖竟然是湿的，带着凉意直接贴在他身上。

胸形毕露，看来连内衣都没穿，顾墨洵喝了点儿酒，此时这卫生间里又水汽缭绕，他一下觉得热起来，心里喊了声：真要命。

他定了定神，推开她，道：“你要么现在洗个澡，要么把身上的湿衣服换掉去睡觉。”

沈鱼人还没有回过神，听顾墨洵这么说，点点头，她竟然就当着顾墨洵的面开始脱衣服。顾墨洵呼吸一滞，站起来道：“我出去帮你拿睡衣。”

人刚站起来，手臂却一把被沈鱼扯住。

“我想回家，顾墨洵。”沈鱼道。

顾墨洵站住：“哪个家？”

沈鱼被他的反问弄得一愣：“斗、斗光阁。”

顾墨洵的声音有点儿冷淡：“那是诊所，不是你家，你家在这座城市。”

“不，不是的。”沈鱼摇头。

顾墨洵转过神，看着沈鱼：“斗光阁不是你用来逃避的地方，你住宿的学校也不是，我也不可能庇护你一辈子。”

沈鱼道：“我不要回忆了，好痛苦。”

“你现在不回忆，以后也会逐渐地想起来，我说过催眠已经失效，我们现在这样做可以让你不那么痛苦。”

“那就再催眠。”沈鱼固执地说道。

顾墨洵叹气：“沈鱼，那只是恶性循环。”

沈鱼哭起来：“不好的记忆为什么要记起来，没有意义。”

顾墨洵蹲下来，按着沈鱼的肩膀道：“催眠，药物，只能说明你是个病人，你想一直做病人吗？而且催眠也有局限，不可能重复再重复，它只是治疗的手段，如果你认为那是逃避的方式，没有一个医生会帮你。”

他语气很重，把沈鱼吓到了。沈鱼眼睛眨了眨，一滴眼泪粘着睫毛淌下来，就这么呆呆看着顾墨洵。

顾墨洵骤然间有些后悔，刚才朋友在电话里说不可以太急，此时却被沈鱼逼得发起怒来，他作为医生的耐心呢？才开始这段旅程，他就已经开始失控了吗？

“换好衣服去睡觉。”他拍拍沈鱼的头。

清晨时，顾墨洵醒来，发现沈鱼并不在隔壁的床上，他一下跳起来，跑到卫生间，沈鱼不在。他太阳穴突突地跳着，找到手机准备打电话，却看到沈鱼的手机就在床头。

他瞪了那部手机几秒，一定是自己昨天对她太凶了，但她又会去哪里？他拿了房卡准备出门，而两张房卡都在，他不由得又担心沈鱼不过是出去一下，自己跑出去了，她万一回来怎么办？

他从来没有这么纠结过，站在房门口竟然不知道是该出去还是待着，而这时，房门忽然被敲响了，他愣了愣，回过神，开门。

沈鱼就站在门口，手里拎着两个葱油饼。

葱油饼的香味飘进鼻端，他顿时觉得心里一松，几步上去，一把将沈鱼拉过来，狠狠道：“你去哪里了？”

沈鱼只觉得手腕被抓得发痛，结巴道：“去、去买早餐。”

“为什么不事先说一声？”

“看你睡得熟，本来想等你醒了，但是你不吃早餐会生气，所以……”

顾墨洵有些哭笑不得，事到如今她竟然还记得他不吃早饭会生气的事？她不是昨天还一副魂不守舍的样子吗？

“这家的葱油饼是美食街上最有名的，你应该会喜欢，我排了一个小时，还热着的，尝尝看，还有豆浆，咦，豆浆呢？糟了，忘拿了，我去拿……”

沈鱼转身要回去拿，脚还没跨出去，人已经被顾墨洵自身后抱住。

“以后不许不说一声就离开。”

“可你睡着了啊。”沈鱼被抱着，顾墨洵的一只手臂横在她的胸前，用力地紧了紧，她人颤了颤，手中的葱油饼掉在地上。

“睡着也要叫醒我，你最好记住了。”顾墨洵的声音在她的头顶上方响起。

沈鱼竟然没有想到要推开他，只是呆呆地点点头。

顾墨洵这才放开她，将她转过来，看着她发红的脸，似乎还想说什么，但最终手指在她额头上弹了一下，道：“豆浆不喝了，葱油饼捡起来，我们吃早餐。”

两人坐在床上，边看电视边吃早餐，沈鱼看着电视上的节目，吃着吃着，神志又开始游移。

顾墨洵三两口把早餐吃完，看她盯着电视发呆，道：“在想什么？”

沈鱼像是被惊醒一般，低下头又咬了口葱油饼，盯着地面，道：“顾墨洵，你终究还是离开我的吧？”

“什么？”顾墨洵觉得一早上沈鱼都十分古怪。

“但这段时间你能陪着我吗？”沈鱼终于抬头看他，眼神中是满满的恳求。“我会很乖，我会听你的话，这段时间你陪着我好吗。”她又重复地问了一遍。

她似乎很努力地在组织语言，手不自觉地拉住顾墨洵的衣角，道：“我知道我现在的样子让你讨厌了，你不要生气，我下次会忍耐，我会努力去回忆……”

她停了一下，看看顾墨洵的表情，问：“你会离开我吗？”

顾墨洵看着她，半晌也没有说话。他感觉沈鱼的身体因他的沉默又不自觉地发起抖来，脸上是想哭却隐忍的表情。

看来，昨天还是吓到她了。她一早上的表现，并不是从昨天的恐惧中恢复过来，她只是更恐惧他会离开，所以才一早起来替他买早餐，想让自己表现得正常一些来讨好他。

他的心疼痛起来，却又莫名有种被需要的喜悦，说不出是什么感觉。

“沈鱼，”他拉她的手，“我不会讨厌你，一辈子也不会。”

chapter 20

记忆原来这么残忍

meet you

去另一个目的地的路上，沈鱼平静了很多，似乎顾墨洵那句话起了大作用，飞机在高空的压力让耳朵有一瞬间的失聪，带着发动机的轰鸣声，很难受。

沈鱼坐在靠窗的位置，木木地看着机舱外的朵朵白云，与坐火车时一样，机上的空姐还是在顾墨洵的位置边来回走，顾墨洵只当没看见，扯着沈鱼马尾上的一圈头发在手指上绕，沈鱼察觉后回头看顾墨洵，两人视线对了对，顾墨洵笑了笑，道：“要不要靠我身上睡一会儿？”

沈鱼“嗯”了一声，人靠向顾墨洵。

顾墨洵的身体温暖，沈鱼哼了哼，却没有睡，眼睛还是睁着，闻着顾墨洵身上好闻的草药味道。

顾墨洵很少让她这样靠着的，除非是她情绪不稳定时，或者说，发病时。

对他来说，她就是个病人吧，从来就是个病人。

“那个。”她忽然开口，小心翼翼的。

“嗯？”顾墨洵翻着手中的旅游杂志。

“为什么没有和那个姐姐结婚？”

顾墨洵放下手中的杂志：“哪个？”

“奶奶介绍的那个。”

听到她叫奶奶，顾墨洵心里一阵烦躁，将杂志一扔，道：“什么奶奶？谁允许你叫的？”

他这么一说，怀中的沈鱼身体一僵，几乎是马上道歉：“我错了，你不要生气。”说着就想站起来。

顾墨洵大大的手掌盖在沈鱼的头顶上，让她的脸埋在自己的胸口不能起来。

“沈鱼，那天我吻你是当真的。”

沈鱼的身体又僵了一下。

“所以抛开你那些狗屁亲戚关系，我不爱听。”

怀中的人不说话，她感觉顾墨洵手上的力道慢慢地松开，才像只乌龟一样，缓缓地挣扎着坐起来，正襟危坐，很久，忽然长长地舒了口气。

那是种很直接的反应，沈鱼需要他，几乎是恳求一样让他陪着她，但提到爱情，她又尴尬地逃开，没有爱情的依赖，那只是亲情和友情了吧。

顾墨洵苦笑着想，抬头看看正好经过的空姐正向他微笑，他礼貌地笑了笑，别开头去。

下了飞机，太阳很大，顾墨洵和沈鱼在机场吃了饭，坐长途车，往一个偏远的小城去。

环山而行，山路颠簸，加上气压的问题，让人昏昏欲睡。

湿气加重，沈鱼看着窗外如画的风景，人有些恍惚，这里她似乎来过，又似乎完全陌生。

“别睡着，不然醒来会很难受。”有人在她耳边说道。

沈鱼一惊，回头看身边的顾墨洵，却发现他正闭着眼睡觉。

“我们马上就到了，沈鱼，我们会赚很多钱，到时我会还了我爸的债，谁也不会欺负我了。”那个声音还在说。

“沈鱼，对不起，连累你跟着我来这里……”

是谁在说话，是谁？沈鱼忽然胸闷得厉害，她心慌地往车厢四处看，但除了顾墨洵，其他人的脸都是陌生的。

“这里休息十分钟，想上厕所的快上。”正在此时，汽车停下来，司机冲车里的人喊。

原来是到了休息站。

休息站只有一排厕所，非常简陋，几个看上去像游客的人围着一个仅有的卖煮玉米的摊子议论，却没有人出钱买。

顾墨洵拉着沈鱼上去看，玉米很没有卖相，放在大大的锅里，冒着热气，怎么看都没有食欲。

“很甜，比美国甜玉米还要甜。”沈鱼看了一眼，说道。

旁边的几个游客回头看沈鱼。

“真的假的，小妹妹你吃过啊？”

沈鱼愣了愣，顿时有些慌，她吃过吗？什么时候吃过？

“对，甜得很，来两根，老板。”顾墨洵掏钱给卖玉米的人。

其他游客马上也跟着买了。

玉米果然很甜，两人坐在山路边看脚下的山谷。

沈鱼没有吃，看着手中的玉米发愣，顾墨洵也任她发呆，不动声色地将手里的玉米啃完。

“顾墨洵，我真的来过这里吗？”沈鱼呆呆地看着手中的玉米。

“你觉得来过吗？”

“我不记得了，但……”

“但什么？”

“但是，又觉得有些地方很熟悉。”她说“熟悉”时，声音低下来，似乎不太确定用这个词是否正确，她说完有些求救似的看向顾墨洵，希望他能给她解答。

顾墨洵道：“如果我知道你的经历我就告诉你了，但我只知道个大概，一切还得靠你自己慢慢想，有熟悉感，不是好事吗？”

沈鱼一脸懵懂，还沉在思绪中，那头司机在叫上车，顾墨洵拍拍她的头道：“走吧，路上慢慢想。”

一直到晚上，车才来到目的地，是个建筑风格还停留在七八十年代的小镇，镇上只有一个旅店，沈鱼看到旅馆门口挂的两个大红灯笼，人忽然就紧张起来，手死死地抓着顾墨洵的衣袖。

两人要了一间，房间简陋，但还算有两张床，洗澡要跑到楼下的公共浴室，这回反倒是顾墨洵不习惯了，他有一点儿洁癖，更不喜欢一个喷头下挤两三个人的洗法，看到是公共浴室，整张脸都黑了，但灰头土脸走了一天又不可能不洗，于是一个人看着沈鱼跑下去洗澡，一脸的不高兴。

沈鱼其实也不习惯跟一堆人挤在一起洗澡，但她没有顾墨洵讲究，再加上住宿的关系，所以也不觉得什么。还好旅馆的女客人不多，三个喷头虽然挤，但是多等一会儿就有了。

几个女人光着身子在一起洗澡，其他几个是认识的，嘻嘻哈哈边开玩笑边洗，水溅得到处都是，沈鱼小心翼翼地躲在角落里，然后听一个女人叫她。

“妹妹，你大腿上的伤是刀伤吧？”

沈鱼一愣，低头看大腿根部，接近臀部的地方有一道长长的疤，她心里一颤，道：“不、不是，以前走路不小心剐的。”以前宋燕也问过她，她就是这样回答的。

“骗谁呢？剐的能这样吗？根本就是匕首割的，这么重口味啊？”

女人说话流里流气的，沈鱼不知怎么的，心里难受，可能是浴室太闷，她有些喘不过气来，还是否认道：“不，不是的。”说完，她也不准备再洗了，用毛巾快速地擦干身体，跑了出去。

像逃跑一样，直到跑出浴室，她才松了口气，自己也不知道为什么要逃跑，反正每次有人问起那道疤时，她都很紧张，而其实，她也不知道这道伤是怎么来的。

是刀伤吗？她停下来，隔着裤子摸那道疤，已经没有任何感觉了，但当时一定很痛吧？

“哼，一定是刀伤，问问又怎么样啊？”后面传来刚才那女人的声音，看来也洗好澡了。

沈鱼一惊，也不停留，拿着东西，迅速地跑回自己的房间去。

房间里顾墨洵正躺在床上看书，见沈鱼头发还在滴水，衣服凌乱地跑回来，愣了愣，道：“后面有鬼追你吗？”

沈鱼没说话，自顾自地拿着毛巾擦头发。旅馆里没有电吹风，她狠命地擦了几下，觉得不滴水了才放下毛巾，坐在床上，手不自觉地又按在那道疤上，对顾墨洵的调侃像没听到一样。

顾墨洵放下书看她，道：“怎么了？”

沈鱼想了想，决定不告诉顾墨洵刚才的事，总不可能脱下裤子让他看自己腿上的疤吧，于是道：“没什么，就是……就是浴室好脏。”

顾墨洵听到脏，一脸的厌恶，本来仰起的头又靠回枕头上，不说话了，但过了一会儿他又抬起头看向沈鱼，看沈鱼发呆，却没再问什么，又靠回去了。

沈鱼还在想着伤疤的事，想来想去想不出个所以然来，回头拿手机想网上查查刀伤的伤口是什么样子的，却看到手机上有未接电话，打开看，是张少政。

她心里不自觉地又沉了沉，翻了翻，果然还有张少政的未读短信，发了好几条，都是问她在哪里，怎么请了这么久的假，身体好点儿了没有。

沈鱼看得烦躁，反而忘了伤疤的事，也不想回消息，抬起头看顾墨洵将书盖在脸上，也不知道是不是睡着了。

“你不去洗澡吗？”她问顾墨洵。

顾墨洵哼了哼，翻个身背对她。

“明天去的地方也差不多是这样。”沈鱼很自然地说道。

顾墨洵拿下脸上的书，看她，道：“你怎么知道？”

沈鱼一愣，自己也不知道为什么说这样的话，想了半晌，冲顾墨洵笑了笑，道：“我也不知道啊。”

她笑得有些勉强，顾墨洵盯着她看了一会儿，一下子坐起来，看看时间道：“现在应该没人了，脏就脏吧。”说着他拿出自己洗漱的东西出去了。

临要出去，他回头又看看沈鱼道：“待在房间里，不要乱跑。”

等沈鱼木木地“嗯”了一声，顾墨洵才出去。

浴室没有想象的脏，顾墨洵却还是嫌弃，很快地洗完，去问前台有没有电吹风。前台此时换了个女孩子，看到顾墨洵，眼睛在他还在淌水的领口看了半天才反应过来，脸一红，在桌下的抽屉里找了下，翻出个粉红色的电吹风来，递给顾墨洵。

“是我用的哦，用完记得还，帅哥。”她暧昧地把电吹风递给顾墨洵，手指不知是有意还是无意地在顾墨洵接过时碰了他的手指一下。

顾墨洵全当没发觉，展颜笑了笑，道了声“谢谢”就走开了。

“我今天整晚都值班哦。”女孩子在后面喊。

顾墨洵头也不回地走了。

旅馆只有两层，他慢慢地爬着楼梯，走到二楼快到自己的房间时，猛然听到似乎是自己房间里传来尖叫声。他一惊，本来缓慢的脚步猛然加快，拿出钥匙开门进去。

沈鱼躺在自己的床上，一头长发散开，人抓着被子在尖叫，眼睛闭着，也不知道是醒着还是睡着的。顾墨洵看到她的样子，慌忙扔了电吹风，冲过去。

像是在做噩梦，沈鱼眼睛紧闭着，脸上全是汗，像是被人掐着喉咙似的，整个人扭在一起，口中叫着：“不要，求你了……”手同时在乱抓乱推。

顾墨洵上前几步，按住沈鱼，同时叫沈鱼的名字，叫了半天，沈鱼才神志不清地睁开眼，看到面前的顾墨洵，也不等看清他，又是一声尖叫，把顾墨洵整个人往外推，力气大得惊人。

顾墨洵差点儿被她推下床去，他一咬牙，抓着沈鱼的手腕，在沈鱼某个穴道的地方用力按下去，沈鱼一阵剧痛，当即就清醒了。

沈鱼眼睛定定地看着顾墨洵，胸口因为激动，剧烈地起伏，半天才回过神，无力地叫一声："顾墨洵。"

"你怎么了？"顾墨洵也累得半死，喘着气坐在床边。

沈鱼脸色苍白，眼睛眨了下，几滴眼泪掉下来。顾墨洵这才看到可能是她刚才咬过唇，现在嘴唇上有一道深深的齿印，并且已经破皮，流出血来。他看着心疼，想找纸巾给她擦，却听到外面有急促的敲门声，他一怔，站起来去开门。

门口站着好几个人，还有刚才在门口值班的女孩儿，见开门的是顾墨洵，愣了一下，也不经顾墨洵允许，直接从顾墨洵的手臂下钻过，冲进房间，口中嚷道："怎么回事？怎么回事？是不是出人命了？"

她一进来就看到沈鱼坐在床上，睡衣的领口敞开着，头发凌乱，唇上带血，脸上还淌着泪。她愣了愣，冲着沈鱼道："你没事吧？是不是他打你？我们这里可不能出人命，小本生意。"

说话间，外面的人也硬挤了进来，看上去是旅馆的客人来看热闹。

沈鱼反应不过来，根本不知道她在说什么，嘴巴张了张，身后的顾墨洵却上来，拉过被子将沈鱼盖住，同时搂住沈鱼，冲那女孩子道："我怎么会打她，疼她都来不及，没什么的，只是我跟我女朋友喜欢玩点儿刺激的，不会出人命。"他完全可以照实说，但是如果刚才那是噩梦也太激烈了些，不会有人相信吧？何况沈鱼刚才的样子似乎像是记起了什么，并不是全然的噩梦。

他说的玩点儿刺激的，有脑子的人都懂，几个人一脸暧昧地看着两人。那女孩子则直咂嘴，看着顾墨洵，见他身上的T恤被扯得歪在一边，头上还在滴水，脸上也被抓破了一道口子，冷笑道：“你就这么急啊，不是刚借的电吹风吹头发？至少要等电吹风把头发吹干吧，嘿嘿。”

顾墨洵笑得有些不自然，却点头道：“确实急了点儿。”

同时他转头向众人道：“不好意思，吵到大家，我们一定注意。”他站起来，走到门口，意思是赶人了。

看热闹的人中有跟沈鱼一起洗澡的几个女人，这回认出沈鱼，一脸“我就知道”的表情，边往外走，边冲身边的同伴道：“我就说吧，她那道疤是玩重口味的，还不承认，哈哈哈！”

一群人总算出去，屋里一下子静下来，顾墨洵抓了抓还在滴水的头发，锁好门回头看沈鱼。沈鱼已经清醒过来，人却还在发抖，抬头看顾墨洵，顾墨洵脸上有道抓痕，泛着血光。

虽然是小伤，但沈鱼看来却触目惊心，她不知道该说什么，难过地看着顾墨洵，道：“对不起。”

顾墨洵捡起被扔在一边的电吹风，也不问她刚才是怎么了，道：“过来，先帮我吹头发。”

“你的伤口？”沈鱼爬起来。

“吹干头发再说。”头发上的水顺着发梢流进他的领口，他觉得又腻又难受。

“好。”沈鱼顺从地拿过电吹风帮顾墨洵吹头发，拂过顾墨洵头发的手指还在轻轻地发抖。

两人都不说话，只有电吹风的“沙沙”声，顾墨洵这才想到沈鱼破皮的嘴唇，抬头看了她一眼。血在她唇上，血红一片，却有股莫名的诱惑力，顾墨洵不自觉地伸出手去，修长的手指轻轻地划过她的唇。

沈鱼一愣，停在那里，任着顾墨洵的手指在唇上来回扫过。

“刚才是怎么了？”顾墨洵终于开口问她。

沈鱼回过神，人又开始发起抖来，半晌，轻声说道：“我记起来，我来过这个旅馆，在这个旅馆里，有个男人想、想……”她说到这里停下来，连嘴唇都在发抖了。

顾墨洵几乎猜到她想说什么，脸色变得难看至极，本来留在沈鱼唇上的手指按住她的唇，道：“不想说就别说了。”声音有些生硬。沈鱼的过往他只知道大概，但并不知道所有细节，具体发生过什么只有沈鱼清楚，他以为是残忍的过往，却原来这么残忍，他带着沈鱼找记忆，对沈鱼是痛苦，那一点点记起的过往，对他何尝不是随时爆发的折磨？

沈鱼刚刚止住的眼泪又流下来，继续道：“他用匕首想划开我的裤子，我反抗，结果……”她拉下顾墨洵放在自己唇上的手，牵引着他靠近臀部的地方，隔着薄薄的睡裤还能摸到那道长而突兀的疤痕。

顾墨洵的手指划过，不知是沈鱼的手在抖还是他自己的，从疤痕的最上端一直划到最下端。他忍无可忍地握紧了拳，抬头看到沈鱼淌下的泪，抬手一把将沈鱼抱在怀中。

“好了，别说了。”他抱紧沈鱼。

沈鱼却继续道：“我满身是血，但是，我忽然就不怕了，我干脆将自己对着那把匕首，说，你不如直接杀了我。结果，那个男人……那个男人被我存心找死的样子镇住了，刚好当时外面有人听到声音叫来了旅馆的老板，那个男人只好罢手，只是狠狠地又打了我一巴掌，但我眼睛也没眨一下，因为我当时真的连死都不怕了。”

沈鱼就这么全身发抖地说出来，但说到最后半句时竟然带着丝难得的坚强。顾墨洵深深地吸了口气，算是置之死地而勉强逃脱吗？他从不知道发生过这些，现在听来才发现他比沈鱼更受不了这样的回忆，他忽然又开始害怕后面的旅程，沈鱼的记忆里到底还有哪些？会让他只是听着就觉得痛不欲生，而沈鱼想起这些真的好吗？

他松开沈鱼，看着她道：“你怕想起这些事吗？”

沈鱼木木地点头，却又摇摇头，道：“顾墨洵，这些记忆会让你讨厌我吗？”

顾墨洵有些摸不透她此时的想法，摇头道：“当然不会。”

“就算我可能是杀人犯，就算被男人……你也不会讨厌我吗？”

“不会！”

顾墨洵想也没想，沈鱼看他答得毫不犹豫，想了想，道：“那我就不怕，顾墨洵，我有点儿想知道我到底发生过什么了，因为在那个男人想对我做什么的时候，我好像看到有另一个人拼命想救我，他也被那个男人刺伤了，满身是血，而我却把他忘记了，是不是很不应该？我在想，那忘记的固然可怕，但如果我一心不想记起来，是不是也会有某个重要的人被我忘记了？”

她说这些时又无端地流下泪来，顾墨洵看着她眼中现出哀伤的情绪，心中莫名一滞。

晚一点时楼下的女孩子来拿电吹风，说是拿电吹风，其实是再来确认一下是否平安无事，开门做生意的最怕出乱子。顾墨洵一开门，女孩子就冲进来，看到沈鱼好好地躺在床上才放心，拿了电吹风想走，忽然想到什么，回头把沈鱼仔细地瞧了一遍，道：“妹子，你以前是不是在这里住过？”

“我们第一次来。”沈鱼还没开口，顾墨洵就先说道，同时开门让那女孩子出去。

女孩子悻悻地想瞪顾墨洵一眼，但抬眼看到顾墨洵英俊的眉眼，又马上笑了笑，道：“帅哥，晚安。”

chapter 21

沈鱼，不要害怕

meet you

第二天，下起雨来，旅馆有车去那个边远的小镇，沈鱼和顾墨洵吃完早饭站在旅馆的大堂里等车。沈鱼回头看了下，竟然住进这个旅馆的人几乎都集合在大堂里等车了，而那些人打扮长相不一，很难确定他们是干什么的。

“我们要去的是哪里？”沈鱼问站在旁边的顾墨洵。

“下一站的小镇。”

“怎么这么多人去？”

顾墨洵向周围看了一眼，道：“都是想发财的。”

雨停时，旅馆的车才出发，是一辆早就该寿终正寝的大公交车，车一启动冒出阵阵黑烟，缓慢地往目的地而去。

车上的司机放着歌，中文或者英文的，高雅或者通俗的，混在一起轮流播放，枯燥的路上竟然也不嫌吵闹。

沈鱼起初还算安静，但越接近那个小镇，越觉得不安。最后她拉着顾墨洵的手道：“这里，这里我来过。”

这是她在这段回忆的路程中第一次这么肯定地说一句话。

顾墨洵点点头，道：“这是我们的目的地。”

小镇很偏远，却空前的繁荣，说它繁荣并不是外观多现代化，而是人气旺，街上各处人来人往。

沈鱼从车上下来，看着眼前的繁荣却只觉得全身冰冷，回身不自觉地抓住顾墨洵的衣袖。顾墨洵也是第一次来这种地方，有些新奇地看着眼前的一切，见沈鱼伸手来抓他的衣袖，很自然地握住，道：“我们去逛逛。”

街上各色人等，沈鱼和顾墨洵的气质更像是异类，路人各种打量，却并没有人接近。两人起初是并肩走，但走着走着，就变成顾墨洵跟在沈鱼的身后。沈鱼不断打量着四周，根本没有发现顾墨洵松开了她的手，她只是凭着某种感觉往前，而顾墨洵则一路跟着。

她边想边往前，最后在一个小店门口停住了。那小店是个杂货铺，一个黑瘦的中年男人坐在门口在吸旱烟。

“师傅。”沈鱼看了那中年男人一会儿，怯生生地叫道。

那男人抬头，用生硬的普通话问道：“啥事？”

“这里，”沈鱼看着那个店的招牌，“这里以前是家小饭店吗？”

男人一愣，忽然有些戒备地看了沈鱼一眼，道：“你一个外乡人怎么知道，来过啊？”

沈鱼被他一问，表情一阵慌乱，摸着头道：“我也不知道，就是觉得是家饭店啊。”

男人鄙夷地看了她一眼，道：“年纪轻轻，神神叨叨的，走开，走开哦。”

男人一凶，沈鱼就被吓了一跳，往后退了退。顾墨洵上前，扶住沈鱼，拿了一张纸币递给男人，道：“帮我拿两瓶饮料，不用找。”

男人看了下他手上红色的大票子，没说话，回身从柜台里拿了两瓶饮料递给沈鱼和顾墨洵。顾墨洵拧开盖子递给沈鱼，然后抬头看了眼店内，随口道：“我女朋友去年来过这里，给我介绍说这家本来是小饭店，做的菜挺好吃，没想到关了。”

男人嘿嘿笑了笑，道：“这里可不是游山玩水的地方，至于那个小饭店……”他故意拖长尾音卖关子似的，“去年的时候因为进行不正当活动老板被关起来了，你们该不是假借想吃东西，要找那个老板吧？来晚了。”

顾墨洵不承认也不否认，笑着问道：“什么不正当的活动啊？”

男人也笑笑，道：“客人你不要跟我装蒜，来这里的能是什么不正当活动，还不就是……嘿嘿。”

他没继续往下说，看来是不想说了。顾墨洵也不追问，抬头看到竖在门口的招牌，看着上面的字问道：“这里还提供住宿？”

男人吸了口烟道：“提供啊，只是条件没有别家旅馆那么好，而且大间被住掉了，只有一个小间。”

条件果然是挺差的，男人带两人看了一下所谓的“小间”，没有想象中的那么小，却只有一张大床，没有卫生间，洗澡要到隔壁澡堂，上厕所更是要跑到楼下去。

顾墨洵很不满意，非常不满意，有点儿想改变主意，转身看看沈鱼。沈鱼打量着四周，没头没脑地说了一句：“这里的格局都变了。”声音却是发着抖。

顾墨洵眉一皱，咬牙道：“就这间吧，住了。”

“我不要住这里。”沈鱼却道，也不管顾墨洵，转头就出了房间，走得飞快，害怕似的。

顾墨洵跟出去，眼看着沈鱼跟一个女人撞在一起。那女人手里抱着一袋子东西，被沈鱼一撞袋子里的东西掉了一地，是一些蔬菜和水果。

沈鱼失魂落魄，根本没管那个女人，还想继续往前跑，被那女人拉住。

“是你吗？小鱼？”那女人看着沈鱼道，脸上的表情难掩激动。

沈鱼听到那声音一愣，抬头看那女人，直接朝后退了一步，愣在那里。

“你是？”她有些陌生，不敢确定地看着那个女人。

“是我，林阿湘啊。”女人开心地握住沈鱼的手，“他们说你逃出去了，看来是真的。”

四个人坐在杂货店后面的院子里，男人站在一边，林阿湘、沈鱼还有顾墨洵则坐在石桌旁。

“你还记得这里吗？”林阿湘指着这个院子，“我和你就住在这一间小屋里，经常在井边洗衣服。”

沈鱼看着那口井微微蹙起眉。

“我只是他们请来做杂工的，老太婆一个，也没什么，你可不一样，年轻、漂亮，他们除了经常打你、骂你，还喜欢对你动手动脚的。于是，你拼命地把自己晒黑，头发晒成枯黄，也不洗澡，整天臭烘烘的，于是又被那帮人打骂，但你一点儿也不在意。”林阿湘边说边叹气，但又转而喜悦道，“幸亏你现在已经恢复了，而且变得这么漂亮，太好了。”说着，她不自觉地流下泪来。

沈鱼也不知道为什么，竟然也跟着哭，抓着林阿湘的手问道：“还有呢？”

林阿湘转头看看旁边的顾墨洵，道：“小鱼，你真的发失忆症了啊？唉，其实那些事情忘了也就忘了，又不是什么好记忆。”

沈鱼犹豫了下，也看看顾墨洵，态度不那么坚定地说道：“我来这里就是想记起一切的，总不能就这样回去了。”

林阿湘叹了口气，站起来，道：“你再想想要不要想起一切吧，你看你恢复得这么好，还有……还有疼你的男人。”她说后半句时是对着顾墨洵说的，并且冲他友好地笑笑，“这家店的老板被抓起来后，我就跟我老公盘下了这里，你们放心在这里住，我去做饭给你们吃。”

沈鱼也不好再问，有些失魂落魄地坐在那里。旁边的顾墨洵一直没有说话，他只是看着坐在树影下的沈鱼。虽然这几天的折腾让她显得苍白而消瘦，甚至有些一惊一乍的，但还是漂亮的，皮肤很白，头发黑亮而柔顺，而他还记得她刚被送来的样子，黑、脏、头发枯黄，他是花了多长的时间才说服她把自己洗干净，养成天天洗澡的习惯？

原来这就是原因。

可能林阿湘说来只是唏嘘，沈鱼听来只是莫名，而自己却觉得心疼，就如他在前一站旅馆里的认知，这段回忆对他无疑也是折磨，因为他在意眼前这个女孩子，所以不可能以一个医生的心态，或者以一个旅伴的心态，旁观一切。

“沈鱼，不要害怕。”他看着沈鱼道。

沈鱼一愣，但似乎立刻就理解顾墨洵这句话的意思，默默地点点头。

饭菜很丰盛，林阿湘的手艺也不错，都是当地菜，偏辣。顾墨洵吃不惯，只吃着当中的一个素菜。林阿湘看出来了，笑道：“是不是不合口味？说起来，做饭的话沈鱼才是高手，当时就是因为她做的饭菜好吃，才让她少受了些苦，为此她还拼命地琢磨那些人的口味。”

顾墨洵不说话，他想起沈鱼住进斗光阁后也是一副完全讨好的样子，也时常琢磨着他的口味。他果然很多事都不知道，他一直以为那是两人无伤大雅，一个愿打一个愿挨的相处方式，他有些不开心了。

“饱了，”他放下碗筷站起来，“我出去走走。”

“我也去。”沈鱼现在的状态是绝计不肯离开顾墨洵的，一路上时不时冒出的那些记忆，让她如履薄冰，只有在顾墨洵身边她才会觉得心安。

顾墨洵不理她，自顾自地走在前面，沈鱼忙跟在后面，身后同时传来林阿湘的声音：“这里不比大城市，别走太远，不安全。”

外面竟然还有夜排档，还有人在打牌，意外的热闹。顾墨洵自顾自地往前走了一段，感觉沈鱼紧紧地跟在身后，他故意停下来，果然沈鱼直接撞在他的背上。

他叹了口气，人已经清醒过来，知道现在并不是生气的时候，这次的目的是帮沈鱼寻找记忆，任何其他的情绪都可能影响到她。于是，他回身拉住还在揉自己鼻子的沈鱼，道：“刚才的菜太辣，你陪我点一些不辣的菜。”

沈鱼“哦”了一声，看看前面的一家夜排档，道：“就这家，你多花点儿钱，我做给你吃。”

多花钱果然是可以自己动手的，店家既收钱又省了力何乐而不为，而满场的客人就看着沈鱼在那里麻利地翻炒着菜，短短的时间内做出三菜一汤，也张大了嘴。

顾墨洵已经太久没有吃到沈鱼做的菜了，看她把菜端上来，便毫不客气地动起筷子，刚才的不愉快顿时消散不少。

沈鱼看着顾墨洵狼吞虎咽，渐渐地，眼神有些迷离。

“沈鱼，你做饭真好吃。”

“沈鱼，只要有我在，我就会保护你。”

“沈鱼，在这里要么变得跟他一样坏，要么就像我们这样被打到鼻青脸肿。”

“沈鱼，我保护不了你了，我不想再做好人，好累。”

“沈鱼……”

……

“沈鱼！”

沈鱼以为那一刹是幻觉，却感觉到有人在拍她的肩。

“沈鱼，发什么呆？”顾墨洵又拍了她一下。

沈鱼回过神，看着顾墨洵道：“好像、好像有个人坐在这里跟我说过话，我也常常炒几个菜给他吃。”

“什么样的人？”

沈鱼想了想，道：“不知道，但应该是很重要的人吧，因为想到他时心里很难受。”

顾墨洵放下手中的碗筷，借着昏黄的光看沈鱼的脸，道：“沈鱼，你有没有想过，你以前非常喜欢一个人？”

“非常喜欢吗？”沈鱼表情有些疑惑，是那个人吗？虽然看不清那张脸，但总是能想到有关他的片段，他说的话，他是自己喜欢的人吗？她不知道。

宋宇峰。

这个名字不期然地自脑中跳出来，是个男孩子，只是形象模糊看不清他的脸，想到他时，心里一阵阵疼痛，竟然忘记了呢？时时地想起，应该是很重要的人吧？

她猛地站起来，就要离开。

“去哪里？”顾墨洵叫住她。

“去问阿湘一个人。”说完，她就往林阿湘的小店走。

顾墨洵有几秒的停顿，然后跟了上去。

“阿湘，我想听宋宇峰的事情。”

林阿湘在厨房里洗碗，听到宋宇峰的名字，手中的动作停了停。

“你想起他了？”林阿湘放下手中的碗，“他死了啊，沈鱼，你忘记他好了。”

“我一定要知道。”沈鱼难得这么坚持一件事，连后面跟着进来的顾墨洵也愣了一下。

林阿湘看着沈鱼的表情，斟酌了一下，还滴着水的手在身上擦了擦，道：“你跟我来吧。”

林阿湘从床底下拿出一个行李箱，指着它对沈鱼说道：“这是宋宇峰的行李箱，重要的东西已经被警察拿走了，剩下几件他的随身物品，也不知道给谁，一直留在这里。”

行李箱有些破旧，并不算大，沈鱼盯着看了很久，才有勇气走近并打开它。

只有几套衣服、一双球鞋，沈鱼往下翻，翻到了一套校服、一本学生证，学生证上一个男孩子表情冷冽，却意外的英俊。

“宋宇峰”三个字写在姓名栏，沈鱼盯着那张照片和那三个字，人有些眩晕。

“你放我走吧，我只是劝宋宇峰回去上学，我什么都没看到，什么也没看到。”

“她看到我杀人了，宋宇峰，你杀了她，表明一下你的决心。”

“带上她吧，带上她，她就没办法去报案。”

那个昏暗的码头仓库里，表情冷冽的少年跪在那里求满脸凶狠的男人，男人手上身上全是血，旁边是一具满身是血的尸体。

这就是噩梦的开始了。

非常喜欢过一个人。

顾墨洵前几分钟问过她的话又冒出来，非常喜欢，对，那个叫宋宇峰的男孩子，学校里的不良少年，却有很多女生喜欢，她也喜欢，暗自喜欢，所以当她得知他不想上学时，她很担心，才会在大晚上跟着他去那个码头仓库。

沈鱼觉得头更晕，但脑子却似乎第一次这么清楚。

她被他们强行带着一起走了，为了保命，为了不被杀人灭口。

一路来到这里，这个到处充满犯罪的小镇，好几次有人想强暴她，都被那个叫宋宇峰的人死命护着。他成了她生命中唯一的依靠，唯一的光。

但是有一天，他说，他累了，命运到此没什么可抗争的，况且何苦要抗争，他本来就不是好人，本来就准备做坏事，以此出人头地。从那天起，他就变了，变得跟那些人一样。

沈鱼也变了，变得更会在夹缝中求生存。她剪掉了头发，晒黑了脸，一身臭味，比镇上任何一个女人都丑，而且总想逃走，所以总是被打，然后又学会了讨好。

宋宇峰总是隔很久才回来一次，每一次回来人都不同，越来越瘦，越来越没有人样，有人说他碰了那东西，以那个东西害人的时候，也害了自己。有一天他也想逼着沈鱼去碰那东西，说他们是一起来的，没理由就让他一个人堕落，他已经疯了。

沈鱼拼了命地反抗，头就撞在这个院子的井沿上，满脸的血，昏迷前，宋宇峰说："快逃，沈鱼。"

宋宇峰去报了案，大批警察冲进来，沈鱼和林阿湘被当成人质，那帮人的老大最后一枪本来是向着沈鱼的，但宋宇峰跳了出来，说是自己报的案。沈鱼和林阿湘幸免一死，但宋宇峰却死在老大的枪下。

宋宇峰的血溅了沈鱼一身，沈鱼当时觉得那血滚烫，烫得她觉得皮肤都被灼痛了。

记忆像一面血色的墙，满眼的血红，像瀑布一样自墙面一点点地滑下，腻滑而血腥，而血墙倒下时，她看到了里面的一切。

目睹杀人，被带离原来的城市，差点儿被强奸，无数次被打，宋宇峰死在她的面前……这些残忍的回忆历历在目，沈鱼眩晕的感觉更强烈，她不自觉地捧住头，回头慌张地寻找顾墨洵的影子，人刚想站起来，眼前一黑，晕了过去。

chapter 22

疗程结束

“还得等她醒来再看看，应该是触动了记忆的关键点，如果不出意外的话，她醒来时我的催眠应该全部解锁了。”电话那端的朋友打了个哈欠，“墨洵，丽江真是好地方，艳遇不断……”

顾墨洵直接按掉了电话，回头看看床上的沈鱼，紧闭的眼，可以看到眼皮下的眼珠还在不停地滚动，看来还在回忆着那些记忆。

“原来你是医生啊。顾医生，小鱼到底要不要紧？早知道她会这样，我就不给她看宋宇峰的遗物了。唉，也怪我，人都死了，又不是什么好人，早该扔掉的。”旁边的林阿湘担忧地看着沈鱼。

顾墨洵的一只手还搭在沈鱼的脉上，道：“我们来这里就是想让她想起一切的，不怪你。”他稍稍迟疑了一下，松开搭着脉的手，“那个宋宇峰，跟沈鱼到底是什么关系？”

林阿湘一怔，道：“我听小鱼说，他们是高中同学，小鱼在学校里时一直很喜欢他，但不敢说，而宋宇峰也不怎么爱答理她，后来来了这里，我看倒是宋宇峰比较喜欢小鱼，而小鱼却渐渐越来越怕他了，看到他回来就躲得远远的。”

她说到这里忽然想到什么，笑了笑，道：“顾医生，你不用担心，小鱼来了这里都是跟我住一起的。”

顾墨洵听林阿湘这么答，他愣了一下，也笑了笑道：“原来这句话醋味这么浓啊？”他从善如流，倒不是真的在吃醋，而是好奇那个他从未见过面的宋宇峰在沈鱼心里到底有多重的分量。

林阿湘看着顾墨洵这样笑，身上带着从容舒服的气质，迷人却疏远，又看看床上的沈鱼，道：“一个人喜欢另一个人本来就是很明显的事。”

顾墨洵微微动容，却没有说话，听林阿湘往下讲。

林阿湘继续道："我看你平时应该是个和气但与人保持距离的人，这种人最要命，得不到也舍不得放，因为太和气，所以以为还有希望。"说到这里，她的眼神变得遥远，似乎忆起什么往事，但马上又收回神，"但还好，那个追着跑的人不是沈鱼，而是你。

顾墨洵失笑："但我却比较痛苦了。"

林阿湘不解，道："为什么？小鱼那么依赖你。"

"依赖，但不是喜欢吧。"

林阿湘还想说，床上的沈鱼忽然哼了哼。两人看过去，沈鱼的五官纠在一起，很难受的样子。顾墨洵一只手搭着沈鱼的脉，另一只手放在沈鱼的额头上。

"沈鱼。"他轻轻地唤。

沈鱼又哼了一声，人整个扭在一起，两滴眼泪自眼角流下来，口中叫道："宋宇峰，别死！"接着就是大哭。

"她是醒了吗？"林阿湘在一旁焦急地问。

顾墨洵摇头，抬手一用力把沈鱼抱在怀中，自己靠在床上，沈鱼脸埋在他怀中，不停地发着抖。好半晌，也许是顾墨洵身上熟悉的中药味，沈鱼才静下来，整个人开始放松。

林阿湘看着沈鱼的样子，叹了口气，又看顾墨洵全然保护的姿态，又放心下来。她抬手拍拍顾墨洵的肩，站起来道："我去拿热毛巾给她擦擦脸。"

林阿湘出去后，顾墨洵看沈鱼安静下来，又将她放回床上，刚放到床上就看到沈鱼的眼睛睁着，看来已经醒了。

"醒了？"沈鱼脸上的泪水未干，顾墨洵看到她的神情，不知怎的竟然有些紧张，她都记起来了吗？记起来后她对他、对过去又会是什么想法？

泪水还在从沈鱼的眼角不断地淌下来，沈鱼狠狠地吸了口气，道：“顾墨洵，我头好痛。”

顾墨洵将拇指放在沈鱼的太阳穴上，轻轻地按。

“顾墨洵。”沈鱼又叫他的名字。

“嗯？”

“我想回家。”

“嗯。”

“不是斗光阁。”

回去的时候，林阿湘让沈鱼带了很多土特产，却并没有叫沈鱼再来玩，因为没有必要再回来，这样的地方早点儿忘记更好。

沈鱼抱着那一大包土特产浑浑噩噩的，人半靠在顾墨洵的身上，从那辆冒着黑烟的汽车窗口看着外面的风景。

“宋宇峰家里条件不好，所以他想退学跑出去挣大钱；宋宇峰说，他一直被他爸爸打，所以不想再看到我被别人打，他要保护我；宋宇峰有一次哭着对我说：‘沈鱼，我在学校里多神气啊，又坏又霸道，看谁不爽就打谁，但在这里我是什么，瘪三。沈鱼，我保护不了你了，因为我不想就这样被打死，我有大把的钱还没挣到。’宋宇峰还说：‘沈鱼我喜欢你了，你怎么就不喜欢我了？是不是我跟他们一样了？那我跟他们一样打你，占你便宜呢？你会反抗吗？’”沈鱼一遍遍地说，“我打了他一巴掌，我骂他是浑蛋，他要灌我吃那些东西，他说：‘不如我们一起堕落吧。’我反抗，用砖头打他的头，他满头是血。”

沈鱼说到这里又流下泪来。

顾墨洵伸手擦她的眼泪：“那你喜欢他吗，沈鱼？”

沈鱼没有答，只是不停流着泪，说道：“他临死前对我说：‘怎么办，沈鱼，因为你的缘故，我还是没做成坏人，好人就是短命啊。’”

最后半句泣不成声，顾墨洵抬手将她抱住。

喜欢的吧，顾墨洵想。

回去的路程似乎比来时要快，后面几天沈鱼终于不再哭，只是变得沉默，几乎不跟顾墨洵说话。只是在机场，就在坐飞机离开时，沈鱼看着起飞的飞机自言自语：“真奇怪，前几天刚想起的东西，怎么忽然又变得模糊了呢？”

“自此疗程结束。”那位心理学朋友的最后一句话跃入顾墨洵的脑中，因为暂时无法接受现实，崩溃，送来治疗，催眠，封住记忆，一年多的药物治疗，解锁，想起，接受记忆，平复，疗程结束。

这是他们当时制订的治疗方案，从未偏离，除了他自己，所有人，包括病人在内，都当他是个治疗者，是他一厢情愿地任着自己脱离了医生的位置，且越走越远。

一厢情愿。对，他从未有过这样的挫败感，沈鱼害怕，发抖，在为别人哭，而他只能是个治疗者，即使现在，他还是，他不能猛摇着沈鱼的肩说，去他的记忆，你只要知道我爱你就可以了，不许想那些事，不许为其他人哭，不要把我当成一个旁观者。他不能，因为比起自己的感觉，他更在乎沈鱼的想法。

“回到家准备干什么？”他叹了口气，问她。

“跟爸爸说，我记起来了，我不是跟人私奔，我是硬被人带着走的，让他不要再生我气了。”

“然后呢？”

“然后……继续上学。”

“不住在斗光阁了？”

“我的病好了，”沈鱼说，“不能再麻烦你了。”

似乎，恢复记忆的沈鱼变得冷漠了，顾墨洵想。

一路送沈鱼回到她自己的家，那会是另一种折磨，至少顾墨洵是这么认为的。因为在顾墨洵看来，沈鱼父亲对沈鱼的厌恶不是一句解释就可以化解的，但沈鱼却急着想回家解释，她觉得只要爸爸知道她并不是跟人私奔，并没有做出让父母丢脸的事，一切都会恢复原样。

门却紧闭着，沈鱼敲了好一会儿门都没有人应，直到旁边的邻居伸出头来，看到沈鱼，愣了一下。

“是小鱼吗？”

“你好伯伯，我爸妈呢？”

邻居叹了口气，道：“你爸住院了。”

“住院？为什么住院？我爸生什么病了？”沈鱼着急地问。

“不是身体上生病，是这里，这里……”邻居为难地指指自己的头，“你爸可能精神上出了问题，不仅打你妈，别人也打，还去原来的厂里闹，把厂长也打伤了，医生说他有妄想症。”

沈鱼一下愣在那里，手足无措地回头看看顾墨洵。

“现在人在哪个医院？”顾墨洵问道。

跑去医院，医院却说病人已经被带回家休养了，但家里确实没人啊。沈鱼无头苍蝇一样，打了几个电话都没人接，慌得不行，还是顾墨洵打了个电话。

“你姐夫给安排了一个地方疗养去了，早说他不对劲，哪有这样打女儿的，还把降职的事也推到她身上，看看，果然是妄想症。你们也别去找了，现在刚开始接受治疗，一见到小鱼估计又发疯，既然来了，至少住一晚再走。”那头完全是不给商量的语气。

顾墨洵本来想拒绝，但看看沈鱼的样子，只好答应下来。

顾墨洵来姐夫家来得不多，一个是不在同一座城市，而且他也不喜欢住在别人家里，不自在。

文子骋早早地就在门口迎接了，看到两人从出租车上下来，欢天喜地地跑上去，也不理顾墨洵，直接奔向沈鱼，像大狗一样抱住沈鱼，故意奶声奶气地叫道：“姐，姐，我好想你。”

顾墨洵在旁边一把将文子骋拎开，口中骂道：“你没看到我这么大一个人杵在这里吗？”

文子骋不理他，看沈鱼一脸憔悴，人生生地瘦了一圈，惊道：“你怎么回事？人怎么憔悴成这样？”

沈鱼默不作声，低着头道：“舅舅、舅妈好吗？”

“活蹦乱跳的，早上刚揍过我，鸡毛掸子都打断一根了，怎么不好？”文子骋边说边提起地上的行李，另一只手拉着沈鱼进屋。

顾墨洵被晾在一旁，咬牙切齿：“这个恋姐情结的小变态。”

进了文家，顾墨洵在书房将这次的旅行大体说了一下，沈鱼则倒在床上便睡。

顾墨颖听顾墨洵说完拉着丈夫的手直叹气，道：“我们小鱼为什么要受这种苦呢？”

文斌拍拍妻子的手，看向顾墨洵道：“让她住家里是不可能了，要不让小鱼在我这里休养一段时间，等真正恢复了再让她去上学。至于她父母那边，她妈是没问题，她爸那边再慢慢地接触吧，把女儿妄想成迫害他的人，真是病得不轻。”后面半句简直是从鼻子里哼出来的。

顾墨洵点点头，他确实没有理由再把沈鱼留在身边了，只是表情不自觉间有些愁苦。顾墨颖最了解这个弟弟，转身对丈夫道：“你出去看看子骋，不要吵到小鱼了。”

文斌自然知道妻子有话想单独跟顾墨洵说，点点头，出去了，关上门时却是意味深长地看了顾墨洵一眼。

屋里只剩下两人，顾墨颖看了眼因为这次旅行同样瘦了很多的顾墨洵，想了想，直接开门见山地说：“妈在电话里把你和小鱼的事跟我说了。”

顾墨洵早猜到她想说这些，并没有觉得意外，拿起茶杯等顾墨颖往下说。

“说实话，很困扰。”顾墨颖抓抓头，“你跟小鱼说过没有，她什么反应？”

顾墨洵瞬间有些颓废，看着矮几上的那盆多肉植物，道：“准备放弃了，你弟在情场上第一次跌了个大跟斗，相信你会很开心，正好，困扰没了。”

顾墨颖对顾墨洵的话有些吃惊，她这个弟弟算是得天独厚，好东西不用多费劲，就手到擒来，因此性格难免刁钻任性，这回还是第一次听他用这么失落的语气直接说放弃。

“这事我不鼓励，也不反对，我比妈开明，但既然你放弃了，那就没有说下去的必要。”顾墨颖果然是有些得意的，倒不是因为这事成不了，而是没想到她弟弟竟然还有这么颓废的时候，难免幸灾乐祸。

那头顾墨洵直接站起来：“疗程结束，我功成身退，人也原样奉还，我走了。”

顾墨颖也不拦，道：“不看一眼再走？”

“不看。”顾墨洵走出去。

chapter 23

冰释

meet you

·
·
·

眼看连秋天也过了，秋天本来就短，到了冬天风就狂刮，连日的阴雨，让整座城市都变得萧瑟。

沈鱼下了出租车，看到眼前门上的“斗光阁”几个字，人有些恍神。

舅舅本来要送她的，但她说不用。这学期快结束了，差不多三个月没去上课，那几门课肯定要重修了，高中已经重读了一年，这半学期的课又全得重修，沈鱼都快哭了，本来想在舅舅家待到下个学期开学，但宋燕她们给她留言让她出来聚聚，她竟然就同意了。

只为一个聚会就从一座城市跑到另一座城市，文子骋说别开玩笑，不过是处了个把月的舍友，至于这么情深义重吗？

沈鱼也不争辩，下了火车，却直奔斗光阁。

她承认自己是想顾墨洵了，自从知道他不告而别，她就觉得心里空落落的，如同失去了一个依靠，但渐渐地她还是习惯了跟舅舅一家在一起，似乎又有了新的依靠，只是偶然想起顾墨洵，但是前两天文子骋找出小时候的照片给她看，有一张是顾墨洵抱着文子骋的照片，还是初高中生的样子，青涩，英俊，不改的是面对文子骋时一脸的不耐烦。

沈鱼盯着照片看了很久，其实之前的那段时间她一直沉浸在自己的记忆里，回忆，受折磨，再回忆，似乎除了把顾墨洵当成是根救命稻草，完全地忽略了他，以前的讨好，他的情绪，他的胃，她统统都忽略了，现在慢慢平静下来，看到这张照片，就像是刚想起还有这个人，然后心里想念的感觉就翻腾起来

门口小护士圆圆端着一盘狗粮出来，应该是要去喂狗，远远地看到沈鱼傻傻地站在那里，愣了一下，等确定那个人真是沈鱼时，尖叫

一声，扔了盘子就扑过来了。

“小鱼,真的是你,你想死我了。”圆圆抱住沈鱼在她脸上一阵猛亲，像养在屋后的虎牙。

沈鱼好不容易挣脱开,有点儿后怕地看看圆圆,退了几步才轻声道:“圆圆姐，你别这样，我脸上都是口水。”

圆圆看着沈鱼呆呆的样子，忍不住又抬手拂了拂沈鱼的头发，道:“你总算知道回来了，行李呢？我帮你拿进去。”

沈鱼摇头道：“我不是要搬回来，我来……我来只是……只是想看看你们。”

“我们？”圆圆玩味地笑了笑，“我们就免了，你是来看顾顾吧，可惜啊，顾顾不在。”

沈鱼一愣，抬起头：“不在，去哪儿了？”

圆圆叹了口气,道:“自从上次跟你去旅行以后,他似乎爱上旅行了，人没回来，直接打了个电话说要出去玩几个月，这已经快三个月了，除了有明信片寄来报平安，连电话也没有一个。小鱼，”圆圆很认真地看着沈鱼，“你们两人到底怎么了？他只说你在舅舅家疗养，其他一概不说,但他肯定心情不好,寄回来的明信片全是黑白的,阴郁得很。”

沈鱼不知为何，心里听得难受，人不自觉地蹲下来，像是失去力气似的。圆圆也跟着蹲下来，看着沈鱼的脸，道：“你是不是很想顾顾啊？”

沈鱼点头，圆圆鼻子一酸，竟然吧嗒吧嗒地流下泪来，道：“我们都好想他啊。”

沈鱼本来不想哭的，看到圆圆哭，吸了几下鼻子，正想哭，圆圆忽然抓住沈鱼的手道:“给顾顾打电话,我们打他都不接,你打他肯定会接。”

沈鱼愣了一下，傻傻地问：“为什么啊？”

“因为他心里有你啊，他可以不理所有人，但你他是肯定会理的。”

沈鱼被她这么一说，不知道该怎么反应。她不是傻子，圆圆话中的意思再明显不过，何况顾墨洵对她是什么想法，如果那一吻她还有些惊讶，那么之前找回记忆的旅程中，顾墨洵放下他的脾气，寸步不离，又哪是一个医生或者是亲戚能做到的？

沈鱼想到这里，心里似乎被揪了一下，并不是疼痛，却有种闷着喘不过气的感觉。

“小鱼，你打打看嘛，发什么愣？”圆圆在一旁推了她一下。

沈鱼回过神，“哦”了一声，拿出手机来。

然而电话那头却是传来“对方已关机”的提示。

沈鱼失落地握着手机，一旁的圆圆叹了口气，道：“算了，可能他在外面手机忘了充电。”她拉起沈鱼，“走，跟我进去，大家也都想你了。”

在斗光阁待到约定时间才离开，没有见到顾墨洵，沈鱼整个人垂头丧气，看看时间到了，只好背着包离开，离开时圆圆拉住她，看看她背上那只大大的双肩包，似乎塞满了东西，问道：“小鱼，里面确定不是行李？”

沈鱼僵了僵，摇头道：“不是啦。”

聚会的地方在学校旁边，人到门口，沈鱼往里面一望，看到宋燕和陈紫薇都已经到了，还有另一个人也在。沈鱼看到他，有点儿想转身就跑，心想怎么就答应这次聚会呢？虽然早知道他也会跟着来的，但还是有种想打退堂鼓的冲动。

沈鱼在店门口犹豫了很久，还是宋燕先看到她，跑出来拉她，道：“沈鱼，你怎么不进来啊，一个人在店门口磨叽什么？”

沈鱼看到里面的张少政在看到她时人站了起来，这张英俊又有些冷漠的脸此时再看，确实跟宋宇峰很相像，透过那张脸，她似乎又看到宋宇峰倒在血泊中的样子，对着她说：“沈鱼，快跑。”

已经平复了三个月似乎淡去的记忆，又一下清晰起来，她有些无力地蹲在那里，人不住发战。

这时张少政跑了出来，站在那里看了沈鱼一会儿，才伸手把她拉起来，口中道：“你发给我的邮件，我看过了。”

沈鱼花了两天的时间把记起的事情，尤其是宋宇峰的事情写下来，然后发给张少政。张少政对她有误会，而且作为宋宇峰的弟弟，他也有权知道所有的一切。

张少政一直都没有回复，今天看到他，他是什么样的态度？而记起一切后要怎么面对和宋宇峰相似的那张脸，沈鱼心里全没底。

沈鱼被拉进店里，四个人靠窗坐，宋燕和陈紫薇其实并不知道发生了什么，只是觉得气氛有些不对，张少政一直盯着沈鱼，表情严肃，沈鱼脸色苍白，始终低着头。

于是，两个女孩儿只问了下沈鱼的近况就不敢说话了，倒是沈鱼终于抬起头来，把那个装得满满的双肩包往桌上一放，三个人都看着她。

她把拉链拉开，一堆的零食，一双全新的球鞋，一只手表，甚至还有几本色情杂志。沈鱼一样样地放到张少政面前，非常郑重非常认真。

“我问过我弟，他说男生就喜欢这些，我准备了好久，尤其那几本，几本……”沈鱼有点儿不好意思说，“我好不容易买到的，你都收下吧。”

张少政本来一脸的严肃，一看那些东西，脸抽搐了一下，完全搞不清状况，道：“你这是干什么？”

沈鱼眼神游移了一下，半天才道：“讨好你。”

宋燕一口汽水喷出来，道：“沈鱼，你什么毛病？”

沈鱼有些不自在。

张少政看着那些东西，有些哭笑不得：“你这是示好？”

“嗯。”沈鱼很认真地点头。

“是因为我哥？”

“嗯。”

“就凭这些东西？”张少政收起惊讶的表情，语气不冷不热。

“你还喜欢什么，我可以去买。”沈鱼急着说。

“我喜欢你，”张少政的口气依然不冷不热，“你给不给？”

“啊？”沈鱼愣在那里，旁边宋燕哼了哼，陈紫薇则乱笑。

“看来我们得先走了。”陈紫薇边笑边拉宋燕起来。

宋燕别扭了一下，还是跟着陈紫薇走了。

桌旁只剩沈鱼和张少政，张少政还是盯着沈鱼问：“你给不给？”

沈鱼有些手足无措，半天道：“我又不是东西。”

张少政却冷冷一笑，向后靠在椅背上，看着沈鱼，道：“你觉得是我哥救了你，保护了你，所以你想对我示好是不是？但是，如果没有他，你也不用被迫离开家，受那些苦。沈鱼，你没有必要对我示好，如果是因为这个，我不稀罕。”

沈鱼垂下头，道：“我记得宋宇峰提到过你，说你长得比他帅，学习比他好，他有时候会不甘，但又很开心，因为总算受苦的不是你，他说他是哥哥，等他挣了钱会来找你，给你买很多你喜欢的东西。”

沈鱼说这些话时不过是在陈述一个事实，并没有加什么情绪，然而张少政却不知不觉收起脸上的冷笑，眼角似乎有泪光，带着倔强之色，半晌道：“你用不着做这些，从一开始我就对你不怀好意，我想报复你，是我武断地只凭报纸杂志上的内容就觉得是你抛弃了我哥哥，不管他的死活一个人逃命去了。我刻意接近你、观察你，甚至幼稚地勾引你，想让你尝尝反过来被人抛弃的感觉。”

说到这里，他冲着沈鱼苦笑了一下，道：“可惜我没得逞，但我确实不是个好人，还有那幢废楼的事……你应该讨厌我更合理吧？”

“不讨厌，真的。”沈鱼听他这么说，马上否认。

张少政有些冰冷的眼神，因为她这句话暖了暖，道：“其实不管你有没有给我发那封邮件，就算没了解真相，我都准备放弃了。”

“放弃？”

“放弃报复你，那天你被吓晕过去，脸色苍白地躺在医院里，我并没有什么得逞的快意，相反，我的情绪没有比当时的顾医生好多少，后来你一直没来上学，那段时间我总是想，幸亏你那次逃走了，不然跟我哥哥一样死掉，那有多可惜，如果我喜欢你，我也希望你不要管我快跑吧，我为什么因此而恨你呢？我越想越觉得自己是傻瓜，后来……”他说到这里眼神忽然清明，看着沈鱼。

沈鱼被他看得有些慌，结结巴巴地说道：“后来怎么样？”

“后来我想通了，我想我没勾引到你，却反过来被你勾引了。”

“啊？勾引？我没有，没有……”

张少政本来表情认真却忽然又笑起来：“开玩笑的，你还真好骗，如果我说我爱上你了，你也会相信？”

沈鱼表情一慌：“你别开玩笑。”

张少政脸上的笑容渐渐苦涩：“果真很好骗啊，还好我说的是如果。”他说着人站起来，“好了，我今天来这里想说的都差不多说完了，我了解了一切，你走出了梦魇，咱们以后可以好好地做朋友吗？”

“当、当然。”

“那这些我都收下了，谢谢你代我哥哥把它们送给我。”张少政把桌上沈鱼带来的东西都收起来，最后拿起那几本色情杂志时，扬唇笑了笑，“这个很不错。”说完他深深看了沈鱼一眼，转身走了出去。

外面阳光灿烂，张少政脸上的笑容却消失无踪。

两个人影从门边走出来，宋燕在张少政肩上拍了拍，道：“太逊了吧？求我们请小鱼出来聚会，就为了收这些东西？大名鼎鼎的张少政耶，无往不利的张少政，太逊。”

张少政苦笑，却什么也不说，把那一大包东西往肩上一扛道：“你们吃好喝好，都算我的。”说完，他头也不回地走了。

沈鱼晚上住在学校宿舍里，三个女生关了灯在被窝里聊天，终于说到沈鱼的过去。沈鱼照着说了一遍，听得其他两人都沉默了半天不说话。

过了好一会儿，宋燕才开口说道：“沈鱼，那你是喜欢顾医生还是张少政啊？”

沈鱼一惊，什么喜欢顾医生还是张少政？但竟然只是惊了一下，然后就平静下来，脑子里想到顾墨洵的样子，头闷在枕头里没有说话。

“顾医生不是沈鱼的亲戚吗？什么喜欢不喜欢的？宋燕你没问题吧？”那边陈紫薇在叫。

“又没血缘关系，而且哪个亲戚或者是医生会这么有耐心一路陪着找记忆的？那必须得是真爱好吗？”宋燕人一下子坐起来，有些激动。

陈紫薇也坐起来冷冷地说道：“你不是看惯风花雪月吗？还相信真爱？”

宋燕火了：“为什么不相信，凭什么不相信？我是看惯风花雪月，但并不说明就一定遇过真爱啊！”

两个人在那里吵，沈鱼在那里听，手里抓着手机，人翻身过来仰躺着，看着手机屏幕，屏幕上显示着顾墨洵的手机号，要不要再打一次呢？

她喜欢顾墨洵啊，那是想也不用想的，只是……

“沈鱼，你说，你不在乎那些繁文缛节。”沈鱼正自顾自地发愣，宋燕不知什么时候跳上床，钻进被窝冲沈鱼道。

“啊？什么繁文缛节？”沈鱼被宋燕吓了一跳，人不得不往床里面缩了缩给宋燕让出位置。

“你和顾医生是无血缘的亲戚关系啊，你应该不会在乎这个吧？”

沈鱼正想着这件事情，没想到直接就被问在不在乎，一时有些不知道怎么反应，半晌才说道：“宋燕，你不要乱说。”

“看吧，就你脑子里全是小言思想，沈鱼根本没往那方面想。”

陈紫薇在那里冷哼。

宋燕在被窝里抓着沈鱼的手臂摇：“怎么可能，这么帅，对你又这么好。”她摇了一下又停下来，忽然很认真地说，“你如果真不喜欢顾医生，那就介绍给我吧，我很喜欢啊。”

“啊？”沈鱼张大嘴。

“嘁！”陈紫薇则哼了一声。

因为学校要考试，沈鱼第二天一早就准备离开，她不好意思再打扰宋燕和陈紫薇，没让她们送，自己去火车站。

出校门时，张少政等在那里，手里拎着早餐，看到沈鱼就走上来递给她。沈鱼正犹豫着要不要接，张少政把早餐往沈鱼手里一塞，转身就走了，走了几步，沈鱼听到他说：“下个学期见。”

坐车的人不算多，沈鱼坐在候车室里，手机屏幕亮着，上面还是显示着顾墨洵的手机号。沈鱼想再拨一次试试看，手指在拨通键上，游移了一会儿，脑中想到宋燕昨天在她耳边说的话。

昨晚宋燕跟她挤在一个被窝睡，陈紫薇后来已经睡着了，沈鱼也睡得迷迷糊糊，却听到宋燕用很低的声音在她耳边说，呢喃一般：“知道我爸爸是干什么的吗？杀人犯，现在还在牢里呢。我觉得特别抬不起头，‘杀人犯的女儿’像烙着印的，所以我把青梅竹马的那个男孩子赶跑了，因为觉得配不上他，没想到他后来就跑去混流氓，说流氓应该跟杀人犯的女儿相配了吧？最后却因为打群架重伤死了。沈鱼，现在想想，那些面子，心里自认为的距离，都是狗屁，真的，等到明白这些时，什么也来不及了。”她说得越来越轻，沈鱼抬手一摸，摸到一手的泪水。

醒来时，沈鱼觉得像做了一场梦。宋燕还是花枝招展地出门，楼下已经有仰慕的男生在等了，什么事也没发生一样，陈紫薇跟在后面，出门时回头对沈鱼道：“其实宋燕昨天说的是对的，胆子大点儿，沈鱼。”

chapter 24

我们在一起吧

meet you

“胆子大点儿，沈鱼。”这句话还回响在她耳边。

沈鱼回过神，手指还在拨通键上没按下去，却发现手机正在手中不停振着，是斗光阁的电话。

难道顾墨洵回来了？沈鱼接起电话。

那边是圆圆的哭声。

“不好了，沈鱼，顾顾出事了。”

沈鱼火急火燎地冲进斗光阁，一个陌生男人坐在大堂里，人看上去非常健壮，皮肤被晒得黝黑，圆圆、芳芳她们都围在旁边，都是一脸的焦急。沈鱼一下子冲到他们面前，喘着气道：“顾墨洵怎么了？”

那个男人看到沈鱼站起来，道：“你先别急，还不一定是出事了。”

“怎么会没事啊，整辆车都翻下山崖去了。”圆圆有些激动，边说边又哭了。

沈鱼觉得有些站不住，眼睛看着那个男人，道：“到底怎么回事啊，你又是谁？”

“哦，我是上次帮你催眠的那个医生，我叫侯天，这段时间顾墨洵都是跟我在一起旅行，但三天前我回来了，顾墨洵却说要继续往西北走。结果今天一早，我一个当地的朋友跟我说，顾墨洵坐的那辆大巴翻进路边的山谷里了。”侯天平时应该是个不疾不徐的人，此时却显出明显的焦躁。

而沈鱼听他说完，整个人站不住，口中叫了声“顾墨洵”直接跌坐在地上。

圆圆、芳芳她们又在哭，侯天把沈鱼扶起来，沈鱼猛地抓住侯天的手臂道：“在哪里翻的车，带我去，就现在。”

她说着眼泪就像决堤了一样流下来，宋燕那句“等到明白这些时，什么也来不及了”，一直在她脑中回响，汽车翻下山崖还能活吗？顾墨洵，顾墨洵……

飞机一路往西北飞，然后就是整日整夜的长途车，沈鱼一直不肯睡，睁大了眼睛望着窗外，眼里都是血丝，本来就显得苍白的小脸，此时完全没有生气，她没有再哭，就是沉默，脸上全是焦躁，巴不得马上出现在事故地点。

侯天一直在看相关的新闻，说目前还在往崖下搜救，搜救到的人没有幸存者。他深深叹了口气，按掉手机，回头看沈鱼，眉始终皱着，脸色枯黄，嘴唇干裂，不过才一天而已。

“睡一会儿吧，顾墨洵不一定出事，你不要在没找到他前先把自己搞没了。”他冲沈鱼道。

沈鱼木讷地摇摇头：“睡不着。”

“那就吃点儿东西。”

“吃不下。”

侯天把一瓶牛奶放上吸管硬塞给沈鱼，沈鱼这才勉强喝了一口，又放下了。

“顾墨洵说你根本只当他是个亲戚而已，我看不对。”侯天又叹了口气道。

听到他说顾墨洵，沈鱼回过头看他。

侯天继续道：“听到自己的父母出事，也不过是你这样的反应，何况只是处了一年多关系这么远的亲戚，他在你心里的地位已经不止亲戚那么简单了吧？”

沈鱼不说话，看着手中的牛奶，沉默了半天，似乎想说话，眨了眨眼，眼泪就流下来了。侯天举手投降，他本来想分散一下她的注意力，但显然没成功，再这样下去，这姑娘会把自己逼死。

“好了，好了，我们什么都不要说，你再喝几口牛奶，来，乖。”他推着沈鱼的手，把插在牛奶里的吸管送到沈鱼嘴边。

沈鱼抹了把眼泪，又勉强喝了几口。

隔了一会儿，沈鱼靠在侯天的肩上睡过去了，侯天这才舒了口气，看来牛奶里放的安眠药起作用了。

一直到第二天蒙蒙亮，他们才赶到出事的路段。离事故地点还有一段距离已经不让进去了，很多汽车被拦在外面，看上去是记者和过路行人，还有一些也可能是家人。

沈鱼睡了一会儿气色好了一些，还迷糊地看着眼前的一堆人，有些不知所措，她人来了，但不让进，还是无法确认顾墨洵是死是活。

“你在这里别动，我过去问问看。”侯天对沈鱼说道。说完，他便和当地的那个朋友一起上去问情况。

天气很冷，山风很大，空气也稀薄，沈鱼却什么也感觉不到，旁边就是悬崖，沈鱼站在崖边，看着下面的万丈深渊，不寒而栗。她又焦躁起来，拿着手机一遍遍地打给顾墨洵，但没有信号，直接就断了，眼泪又跟着下来，她现在除了流眼泪真的没有别的办法。

顾墨洵，你别死，我可以用自己的命来换你平安的。

她边哭边一遍遍地在心里说，心揪在一起，疼痛不已。

侯天过了一会儿回来，看到沈鱼的样子，忙跑上去，将她扯离悬崖一些。沈鱼抓着他，问道：“顾墨洵怎么样？”

侯天摇头：“还在搜救，没有消息。这里太冷，我这个朋友家就在附近，我们不如到他家等消息。”

沈鱼摇头，非常坚决地说道：“我就在这里等。”

她一向迷糊，一向胆小又怕事，自己从来没有主见，第一次这么坚决。侯天看她的样子，点点头，道：“那也不能总在外面，我们在车里坐着好吧？”

沈鱼这才点点头。

然后在车里一待又是一天一夜，不停有人被救上来，但只有一男一女还活着，并不是顾墨洵，照旁边的人说，天气这么冷，没找到的人就算掉下去时还有一口气在，被冻了一天一夜也应该活不成了。

沈鱼一直保持一个动作睁大眼看着车窗外，每听到外面有动静就冲出去看，然后又回来，如此往复，这样一天一夜下来，连侯天也受不了了，他劝了沈鱼几次，沈鱼像是没听到一样，最后一次沈鱼冲出去看，人在崖边晃了晃，差点儿摔下去，侯天与那个本地朋友硬是拖着沈鱼，离开了崖边。

回朋友家的路上，沈鱼不哭不闹，沉默不语，侯天虽然不了解沈鱼平时的性格，但他直觉这情况比一年多前给她做催眠时还糟，他正想着找话开解，却听到沈鱼道：“侯医生，我求你件事。”

“什么？”

沈鱼干涸的嘴唇动了动，又闭上，然后又张开，似乎花了很大的力气，才道：“如果顾墨洵真的死了，你能帮我再催眠一次吗？不然，我想我受不了的。”说这句话时她没有哭，平静至极。

侯天看得心疼，才多大的姑娘啊，已经经历过一次可怕的事了，还要经历一次。他只能点头，道：“我试试看。”现在他也只能这样先安抚她。

车在黑夜中慢慢地行驶，侯天想着沈鱼那句话，还在难受，车却忽然停了。

“怎么了？”他问朋友。

朋友道：“前面好像有车抛锚了，要帮忙，我下去看看。”说着他下了车走过去。

侯天借着车前灯往前看，果然看到不远处有辆车停在那里。他只想早点儿回去安顿沈鱼，现在看来还得先等等。他回头看看邻座的沈鱼，在昏暗的光线中只能看到她的双眼还是睁大着，看着窗外。

“沈鱼，能睡一会儿吧？”他拍拍沈鱼，碰到她的手愣了一下，手迅速地盖上她的额头，滚烫。

该死！他真的粗心了。

不能待在这里了，得马上回去。他站起来，下车去，想催朋友快回去，刚下车，就看到朋友拉着一个人快步往这边来，车前灯只照到那个人大半个身形，并不能看清脸，但那身形似乎熟悉……他瞬间变得激动起来，但又不敢确定，往前跑上去，等看清那人的脸，几乎哭出来，哽着声音，大力地在那人肩上拍了一下，骂道：“你，真是……”

沈鱼有些神志不清，似乎才意识到车里一个人也没有，她勉强坐直了身体，看到车外有三个人站在那里，其中有一个身形很熟悉。她看了半天，心想，一定是自己太想念那个人了。她定定地看着那个人，直到那三个人影往回走，然后车门一下子被拉开，冷风直灌进来。

“沈鱼。”有人叫她的名字。

一定是幻听了。她想，眼泪却同时掉下来。

“沈鱼，”叫她的人叹息了一声，又叫了一遍，然后有人上了车，弓着身子，坐在她旁边，“沈鱼，是我。”那人的手有点儿凉，一下子盖在她的额头上。

“怎么烧成这样？”声音带着担忧。

沈鱼一直定定地看着那个人，不作任何反应。那人似乎被她的样子吓到了，本来放在她额头的手，划过她的脸，摸到一手的眼泪。他心里揪着痛起来，将沈鱼一拉，用力地抱在怀里。一抱入怀中，怀里的沈鱼才似惊觉，人颤了一下，忽然“哇”的一声，大哭起来，双手回抱住他，用力地环住，口中道：“顾墨洵，真的是你，你没死。”

顾墨洵几乎被抱得透不过气来，心中五味杂陈，手轻轻拍着沈鱼的背，道：“是我，我没死。”

沈鱼被送去医院吊了好几天水，体力透支再加上高烧让她昏睡了好几天。

“我是半途下的车，因为临时改变了路线，一路上没有网，车祸的事我是到后面几天才知道的，本来想打电话报平安，但是除了斗光阁，你和侯天的手机都打不通，所以我又跑回来了，因为圆圆说，你和侯天去了事故现场。”顾墨洵边给沈鱼削苹果边跟她解释，抬头看到沈鱼瘦了一圈的脸，叹了口气，心里只觉得愧疚，“回去得让我姐给你好好补回来，瘦成这样。”

“我不回舅舅家了。”沈鱼说。

“那回哪里？”

“顾墨洵，”沈鱼说，“我要和你在一起。”

顾墨洵的手抖了一下，刀片直接划过手指，血从指尖冒了出来，他任着血在那边流，抬头看沈鱼，道：“你说什么？”

“我要和你在一起。”沈鱼又说了一遍，爬起来，抓着顾墨洵流血的手指塞进嘴里吸。

这回顾墨洵另一只手里的苹果直接掉在地上。

侯天在机场与顾墨洵和沈鱼告别，本来是从同一座城市来的，这回是要回不同的城市。临分别前，他跟顾墨洵在抽烟区抽烟。

顾墨洵没有抽，看着侯天在那里吞云吐雾。

“看来这次是因祸得福啊，早知道这样能成，你就早点儿跳崖，何苦自虐成这样。”侯天还是忍不住调侃顾墨洵。

顾墨洵不置可否，忽然认真地问侯天：“你说，这回算是稳定了吧？”

“什么稳定？你怕她是一时冲动说出这样的话？”侯天吸了口烟。

“嗯，从恢复记忆到现在，她的情绪一直都不稳定，你是专家，你替我分析分析。”

“看来谈恋爱这种事，果然连顾墨洵此种人也变得患得患失，俗不可耐。分析，有什么好分析的，我走了，可就你俩了，先生米煮成熟饭，就算不稳定也来不及了。”

顾墨洵直接踹了侯天一脚：“我没你下流。”

“那就别来问我，我这下流坯就这招，也不分析，感情事，再分析也是鬼。”侯天忽然想到什么，惆怅地冲天花板吐了口烟，然后看了眼手表，直接掐灭香烟屁股，“时间不早，我得去我那个登机口了。”

顾墨洵目送侯天离开，忽然兀自叹了口气，道：“你也何尝不是在自虐？”

沈鱼只一会儿工夫没看到顾墨洵就已经开始东张西望了，自这场事故后，她黏顾墨洵黏得紧，只要一段时间不看到他，就慌得不行。

她手里拿着水杯，瘦小的身子在原地走来走去，拿出手机已经准备打给顾墨洵。

“我回来了，你不用打电话。”顾墨洵从她身后的方向走过来，拍拍她的头。

沈鱼迅速地回头，看到顾墨洵笑了笑，露出两个小小的酒窝，很漂亮。

顾墨洵定定地看她，她脸一红，慌慌张张地把手中的水杯递给他，道：“喝吗？我刚去倒的，温的。”

顾墨洵接过来喝了一口，拉着沈鱼坐下来，然后拿起本来就放在那里的书看起来。

沈鱼看到对面一对情侣，女的正靠着男的说话，两人的手指缠在一块，亲昵而甜蜜。她回头看看顾墨洵，又看看那对情侣，心里无端地叹气。

有些不习惯啊。

虽然那天说要跟顾墨洵在一起，但也只是这样说了一下，关系上似乎并没有什么改变，要像前面那对情侣那样吗？她脑中想象了一下，脸就红了，是不习惯啊。

“在想什么？”眼看着沈鱼的脸来来回回地红了几次，顾墨洵放下手中的书，也看向那对情侣，“你是不是希望我们像他们那样？”

沈鱼被说中心事，人几乎跳起来，摆手道：“不，不是的。”

“可是你那天说要跟我在一起了啊，在一起，不是要像他们那样吗？”

“我、不、是……”沈鱼语无伦次。

那头顾墨洵长臂一伸将她拥在怀里，同时在她额头上亲了一下，道：“不许反悔。”

沈鱼脸红得快烧起来，结结巴巴地道：“我没有，没有要反悔。”

“那就好。”顾墨洵满意地笑了笑，另一只手拿起书又看了起来。

沈鱼侧着头看他，侧面完美，鼻子挺直，嘴角微微地上翘，那是在笑吧。这张侧脸她看了无数回，却只觉得越看越好看，她也跟着那上翘的嘴角笑起来，回头，看到挂在自己肩上的手修长，似乎百无聊赖地垂在那里，她看了半晌，小心地伸出自己的手，慢慢地靠近，然后慢慢地合拢手指握住，而同时，那只手也握住她的手，她心里一跳，回头，顾墨洵在冲她笑。

下了飞机，坐出租车直接去沈鱼舅舅家，这是顾墨洵的决定。沈鱼有些慌，眼看着汽车停在舅舅家楼下，她回头看看顾墨洵，顾墨洵拉着她的手，道：“走，下去吧。”

这次没有事先说好，文家人正在吃晚饭，文家人之前看沈鱼出去聚会，一直未回，手机又不通，打电话去斗光阁才知道发生了什么事，一家人慌得不行，也准备跑去事故点看情况，幸亏后来顾墨洵打电话过来报平安，才算放心下来。

两个人站在门口风尘仆仆，手却牵在一起，那表情尽在不言中。文子骋最先看到，叫了一句：“我去，真在一起了。”

文子骋被文斌狠狠地拍了一下头，被赶进房间去了。

顾墨颖备了两副碗筷，表情不动声色。

沈鱼表情局促，站在门口动也不敢动，还是顾墨洵拉她进来，表情很是坦然。

“我没直接回斗光阁，先来你这里，就是为了说这事。我的心思你一直知道，等的就是沈鱼的决定，这回她做了决定了。”顾墨洵很少认认真真地说一件事，“不是想得到允许，而是告知。”末了，他还要吊儿郎当地说上一句。

顾墨颖看看丈夫，文斌在自家老婆肩上拍了拍，表示她说什么都支持。顾墨颖沉默了半晌，时间长到顾墨洵快要绷不住了，这才深吸了口气，道：“小鱼父母和老娘那边我会去说的。”

她说完这句，看似坦然的顾墨洵反而吃惊地看着她。

“但是，我也有约法三章。”顾墨颖继续道，“第一，小鱼不许再住斗光阁，必须住校，直到毕业；其次，做了决定就要一辈子守诺，你花名在外，我做姐的不是不知道；最后，原来的称呼不许改，怪别扭的。”

顾墨洵只有点头，唯独对“花名在外”这句话颇有微词，却也不申诉，只是道：“不能住斗光阁吗？那沈鱼开学前我就住你这里吧。”说着他拿起碗开始吃起来。

顾墨颖脸抽搐了一下：“那斗光阁怎么办？”

顾墨洵道：“每周去看一下，应该没问题吧？”

“有你这样耍赖的吗？”

“那怎么办？”顾墨洵拉住沈鱼的手，“正热恋，分不开。”

文斌和顾墨颖两人顿时脸绿了下，文斌拍拍顾墨颖，叫她别说了，免得这个小舅子说出更劲爆的话。

“好了，好了，就这么定了，吃饭，快吃饭。”

沈鱼的脸一直红着，心里想着，明天就赶顾墨洵走吧，不然舅舅家要怎么待下去，丢脸死了。

接吻不是电视剧

顾墨洵当然不会真的住在姐姐家里，一个是不习惯，一个是就算住下来，那一家子电灯泡他实在有些吃不消。

沈鱼不能带着走，他只好等医馆的休息日跑来看她，想想看，似乎从来没有做过这样的事情，从来都是女生跑来看他，他从没有心心念念地追着人家跑。

说起来，有点儿丢人。

文子骋那个恋姐小变态本来过着住校的日子，现在却天天跑回家来住，顾墨洵来时，两个人争风吃醋得厉害。

争到后面，文子骋就会指着顾墨洵叫：“老舅，你就是为老不尊。”

他以前从来不叫他“老舅”的，顾墨洵愤愤地想。

沈鱼养了一段时间，脸色好起来，再加上顾墨洵调配的滋补方，皮肤红润，显得更加美丽，以至于顾墨颖经常酸溜溜地说：“做弟弟的眼看着姐姐苍老也没见给个什么方子，小女朋友倒是养得跟水做的似的。”

而平时话最少的文家家主，这段时间竟然就充当起了严父的角色，如同天下所有父亲一样，护沈鱼护得厉害，顾墨洵来时偶尔带沈鱼出去，总是问清楚去什么地方、几点回，其间还会偶尔让文子骋这个大灯泡跟着去。

顾墨洵简直对这家人烦不胜烦，开始后悔那不成文的约法三章。

顾墨洵来时，饭总是沈鱼做，一桌菜上来，连文家人也是虎视眈眈，顾墨洵还没动几下筷子，就被抢得精光，顾墨洵真想扔下筷子拉沈鱼就走。

吃了晚饭，文子骋被赶去洗碗，顾墨颖看最近新上的韩剧，文斌去书房开一个与国外的网络会议，沈鱼坐在顾墨颖旁边看韩剧，那个男主角有几分像顾墨洵，但上次她提到时，顾墨颖却嫌弃地说：“都是整出来的，哪像我弟那样自然美，何况还没有我弟帅。”

当然，顾墨洵在时她是打死也不会这样说的。

只有顾墨洵百无聊赖，他看了两个女人一会儿，冲沈鱼伸手道：“沈鱼，我们出去走走。”

沈鱼怕等一下舅舅出来又要说女孩子不要这么晚出去，因此看看顾墨颖。顾墨颖道：“去吧，早些回来就好。”

顾墨洵拉着沈鱼走到门口。天冷了，顾墨洵把长长的围巾在沈鱼脖子上绕了几圈，看她慢吞吞地换上鞋子，眼神不自觉地变得温柔。

两人刚出去，文子骋走出来，一手的泡沫，嘴巴里还在叫：“姐，帮我把袖子撸上一点儿！”看到沈鱼和顾墨洵都不在，又叫，“出去玩竟然不带我。”说着他就将衣袖在门框上直接蹭到手腕间，又气呼呼地进去洗碗了。

顾墨颖摇头，以前婆婆在世时，沈鱼就是在这个家里被婆婆带大的，她和文斌把沈鱼当女儿一样，这回“女儿”有了男朋友，这家的男人虽嘴上不反对，却统统不淡定了。

外面确实冷，小区里除了遛狗的就没有什么行人了。

“真冷。”顾墨洵叫道。

“那为什么要出来？”沈鱼不明白，家里开着空调多暖和。

“那家里能待吗？”顾墨洵有些愤愤，“在这家里，我连牵一下你的手，那两个男人就马上目露凶光。”

“啊？有露凶光吗？”沈鱼侧着头想，脸埋在围巾里，可爱极了。

顾墨洵停下来，看着她，忽然伸手将她抱住了。她头发上有淡淡的草莓洗发水的味道，他把脸埋在她的发间，闻了一会儿，道：“沈鱼，我们私奔吧。”

沈鱼一愣，抬头看他，表情慌张：“私、私奔？”

“晚上的动车，回斗光阁应该不会太晚。”

“可是舅妈说……”

“见鬼，跟不跟我走？”

“文子骋等一下要让我给他补功课。”

“他的智商还需要别人补功课？”

“可是舅舅会对我失望。”

“失望就失望，你是要跟我在一起的，管别人失不失望？”

听顾墨洵说跟他在一起，沈鱼的脸红了红，一只脚不自觉地踢着地面，道：“可是，我们都没有钱，也没带身份证。”

“该死！”顾墨洵泄了气般。

两人在寒风中拥抱着，一只吉娃娃经过，对着两人叫，被主人牵着走了。狗主人走了几步回头，冲两人道：“找个暖点儿的地方吧，太冷了，抱着也不是办法。”说完就笑着走了。

顾墨洵有些尴尬，为什么感觉自己像是偷偷翻女生家的墙，担惊受怕地跟女生见一面的少年，他早成年了，经营着小有名气的医馆，也曾鲜衣怒马风月场中过，什么时候这么憋屈了？

他有些想发作，低下头时看到沈鱼小小的脸又愣住了。不对，那是沈鱼啊，比起前尘往事，比起自己曾经的事迹，这个小小的人才是自己一直想得到的宝贝，因此再憋屈也是值得的吧。

他轻声叹气，内心的不平也跟着淡去。他松开沈鱼，摸了摸她的头，道：“走吧，回去了，冻着了不好。”

他拉着沈鱼回家，沈鱼却没有跟着走，他疑惑，回头，却不想沈鱼踮着脚，整个人朝他扑来，他有些措手不及，伸出双臂将她接住，而沈鱼的脸也同时跟着靠近，他还没反应过来之前，两人的唇撞了一下，磕到牙齿，生疼。

两人同时退后一步，捂着嘴。

好疼。

顾墨洵沉默半晌，抬头看沈鱼，沈鱼低着头，看不清什么表情。

“是没站稳，还是……”他故意问，有些想笑。

沈鱼别扭地揉着衣角，好一会儿才找到自己的声音，结巴道：“电、电视里都是骗人的？”

“跟电视有什么关系？”这回顾墨洵反而有些摸不着头脑了。

沈鱼抱着头，慌里慌张，道：“没什么啦。”说完她就想走。

顾墨洵抓住她：“电视里怎么骗人了，说清楚再走。”

沈鱼还想逃避，而心里另一个声音却又让她要厚着脸皮，两种想法厮杀了一下，她忽然就又敢看着顾墨洵了，傻愣愣地说：“像刚才那样，电视里都能亲到男主的，顾墨洵，我觉得你很可怜，所以想亲你一下，没想到就撞了。”说完她又摸了摸唇，脸已经红得一塌糊涂了。

“可怜？”顾墨洵的脸在抽搐，心里却又有暖意涌上来，寒冷的夜里竟然觉得全身发热，就因为这小妮子说了句挑逗又让人生气的话。

“手拿开。”他嘴上这么说，手已经同时拉开沈鱼唇上的手，脸凑过去，与沈鱼的唇近在咫尺，却再也不靠近，语带笑意，“现在再试试，看会不会撞？”

“啊？”沈鱼本来以为顾墨洵想亲她，犹豫着要不要羞涩地闭眼睛，听他这么说，张大了嘴。

“你是要咬我吗？嘴别张这么大。”

“哦。”沈鱼马上闭上嘴。

“闭这么紧又要怎么亲？”

沈鱼又马上微微张着嘴，心里略有些委屈。虽然上次顾墨洵吻过她，但正式说在一起后，他都没有亲过她呢，刚才她是鼓了多大的勇气啊，现在都明说了，为什么还要让她亲他，这不都应该男生主动的吗？

她心里委屈，眼睛不由得看向顾墨洵，虽然灯光昏暗，但离得这么近，还是可以看到他眼中的流光溢彩，与平时的眼神不一样呢？像头上一方天空中的星子，迷人得让人有些喘不过气。

“顾墨洵。”她受蛊惑般，盯着他的眼，叫他的名字。

“嗯？”

“你能……”

“先亲我吗”这四个字未来得及出口，顾墨洵终于完全凑近，唇吻上她微张的嘴。

脑中像忽然爆炸了似的，整张脸通红，人也僵了。

只吻了一会儿，顾墨洵又缩回来：“能给点儿反应吗？”

“什、什么反应？”

“也来吻我，”顾墨洵马上又凑上去吻她，唇间继续又蹦出几个字，“咬也可以。”说完，这次是重重地吻上去。

脑中这回是放着礼花，爆炸，闪亮，爆炸，再闪亮……

但她牢记也去吻他，咬也可以，所以她学着顾墨洵，轻轻地亲了一下，她发誓只是轻轻地亲了一下，换来顾墨洵发了狠的吻。一定是她吻得不好，他生气了，她用仅有的一点儿理智想。

呃，好像有些站不住了。

extra 02

我终于幸福了

meet you

接下来就是春节了，在斗光阁工作的外地员工可以提早一个星期回家，虽然不像西医那样经常会有突发紧急状况，但因为还有病人尚在疗程中，医馆还是不能早早地歇业，所以余下为数不多的人就要奋战到大年三十了。

这段时间顾墨洵最忙，两个实习生已经转了正，但因为是外地的，所以都得回去，余下顾墨洵一个人，面对不算少的病人，忙得焦头烂额，算起来这两个星期都没有去看过沈鱼了。

今天是最后一天，也是大年三十，顾墨洵特意将歇业时间提早了半天，让还在上班的芳芳在下面关店，自己跑到楼上整理东西。

芳芳关好了店，半天也不见顾墨洵下来，便跑上去看，顾墨洵已经换好了一身得体的衣服，正看着桌上的一大堆保养品发呆。

芳芳靠在门上，看着顾墨洵的样子，挑了挑眉，道："顾顾，你不会是紧张吧？"

顾墨洵抬起头，道："废话！"

他想了想，又道："我长这么大还没有做过这种事，也没想过有一天会这样做。"

芳芳点点头："而且你们两家的关系又这么复杂，并不是所有人都像你姐和姐夫那样开明的。"

顾墨洵听她这么说，烦躁地朝芳芳挥挥手道："你别一再强调这些，下班了，滚回去过节吧。"

芳芳耸耸肩，道："那你自求多福吧。"说完吐吐舌头下去了。

真的是要见对方父母了啊，芳芳下了楼，脑中还想着顾墨洵到时候的尴尬样，想想顾墨洵也有这么一天，心情就很好。她拎着包出去，就看到门口停了一辆高级轿车，她觉得眼熟，正要上去看，车门就这么开了。里面坐着个鹤发童颜的老太太，芳芳一下就认了出来，失声叫道："老佛爷？"

来人正是顾墨洵的母亲，老太太看到她，一脸的不耐烦，道："你是这里的护士吧，快叫你们顾医生下来，不知道在磨蹭什么。"

芳芳应了一声，回头准备去叫顾墨洵，心想，这下可热闹了，自己能跟着去看戏就好了，正想着，那头顾墨洵拎着大包小包出来，看到门口的车和老太太也是一愣。

"你怎么来了？"上次不是已经回国外去了。

"我怎么来了？还不是因为你。"老太太口气不是很好，"上来吧，坐我的车一起去。"

顾墨洵没动，看着老太太道："你该不是去捣乱的吧？"

老太太冷哼，道："我有这么幼稚吗？还不快上来，今天都赶着回家，路上堵得厉害，再不走就晚了。"

顾墨洵还是没动。

老太太保养得很好的脸上，青筋都冒出来了，道："那孩子虽然呆了点，但也算入我眼，只是那辈分关系摆在那里，我怕你顶不住，专门跑来给你声援也错了？"

顾墨洵有些意外，定定地看了老太太半晌，然后把手中的东西往她的车上一扔，人也跳上去，道："那走吧。"

眼看着车扬长而去，芳芳看着那车开出视线，心想，这母子俩还真像。

沈鱼站在走廊里往客厅里看，人慌张得不行，舅舅把爸妈接了回来过年，她当然是高兴的，但是又害怕得很。她还记得那天爸爸是怎么打她的，她倒不是记仇，而是失控的爸爸让她很陌生，何况今天顾墨洵也要来一起过年。

想到顾墨洵，她看了下时间，也该来了。

“姐，你不进去吗？”文子骋不知道什么时候站在沈鱼身后，推了下沈鱼，把沈鱼吓得不轻。

“我，有点儿……”她不知道该怎么说现在自己的想法，又看了眼坐在客厅沙发上的父母，“我怕爸爸看到我又要发火，搞乱了气氛，我还是不要让他看到我的好。”

“姑父已经好多了，你和我舅的事我妈也跟他们提过了，要发火早发过了，你别怕，真打你，有我们呢。”

沈鱼感激地点点头，但还是不敢走进去，只是远远地望着。

很奇怪，上次的时候还口口声声说要找爸爸解释一切，倒也没觉得怎么怕，现在却怕得不行，可能是因为相比之下，她更怕自己和顾墨洵的事，爸爸的思想从来都是保守的。

正想着，听到门铃声响起，沈鱼惊得差点儿跳起来，顾墨洵来了。

果然，顾墨洵已经走了进来，比起平时的淡然潇洒，此时有些过于正经，特别是那一身正式的行头。旁边的文子骋没忍住笑起来，但下一秒就刹住了，叫道：“我去，老佛爷也来了？”

沈鱼也看到了，身体已经忍不住在抖了，这阵仗。

“姐，你还是躲起来吧。”文子骋在旁边道。

一家人显然对老太太的到来有些措手不及，几个人都局促起来，在客厅里围在一起坐着。老太太一坐定就问：“沈鱼呢？”

沈鱼听到叫她名字，回头可怜兮兮地看向文子骋。文子骋也为难地抓着头道：“这节还过不过了？”说着他拉着沈鱼出去。

“奶……”沈鱼“奶”字还没出口，就被一旁的顾墨洵狠瞪了一下，她忙想改口，但又不知道该叫什么，只好闭嘴。

“这辈分！”老太太哼了哼，又道，“我英文名叫 Susan，你以后就叫我 Susan 吧。没关系，外国人叫婆婆都是这么叫的。”

沈鱼依言叫了一声，叫完才回过神来，吃惊地看向老太太。老太太瞪她一眼，一副“你可真呆”的表情，低头喝她的茶。

老太太这算是表了态，直把众人惊得一愣愣的，是不是有些太开明了？

一方父母已经算是答应了，那另一方呢？众人看过去。

“丢脸啊，都是我们没教好孩子。”旁边一直没说话的沈爸爸这时忽然开口，手握成拳在腿上狠狠地敲了一下。

“爸爸。”沈鱼叫了一声。

“你别叫我爸爸。”沈爸爸火气似乎一下子上来了，人站了起来。

沈鱼向后退了退。

“伯父，不是你们没教好她，而是教得太好，我才会喜欢她，搞乱辈分，让她跟我在一起的人是我，沈鱼什么错也没有，所以并不丢脸。”顾墨洵此时上前来，将沈鱼护在身后。他到现在都记得沈鱼被沈爸爸又打又踢的样子，对这一点，他多少还是有些耿耿于怀的。

沈爸爸似乎对顾墨洵倒是没什么恶意，看顾墨洵将沈鱼护着，只是瞪了沈鱼一眼又被沈妈妈拉着坐下了。

顾墨洵看看身后还在发抖的沈鱼，在她背上拍了拍，安抚了一下，回头看着沈鱼父母，道：“今天团聚，正好是个好时机，我本来照着别人的意见买了很多保养品送两位，但半路时又改了主意，我觉得既然做了决定，那让两位安心才是最重要的。”

他说着从自己的上衣口袋里掏了掏，拿出一个小小的丝绒盒来，面向沈鱼打开，是一枚镶了钻的戒指。在沈鱼还没回过神之前，他向沈鱼单膝跪下了，道：“沈鱼，今天两边的父母在场，你愿意嫁给我吗？不管有没有人反对，不管多少人觉得我们荒唐……”

“这也太劲爆了吧。”一旁文子骋已经被外婆的态度惊得一愣愣了，此时忍不住道，被顾墨颖捂住嘴。

沈鱼盯着那戒指手足无措，等抬头看到顾墨洵的眼神坚定得不容置疑，她霎时又平静下来，四周的声音忽然间就听不到了。

沈鱼很慎重地盯着那戒指半晌，然后看着顾墨洵道：“我愿意啊。”说完她不知道怎么就哭了。旁边一直没说话的沈妈妈忽然也跟着哭起来，似乎已经隐忍了很久。

顾墨洵郑重地抓过沈鱼的手，拿起那枚戒指戴上了，戴戒指的手有些颤。今天真的只是打算见父母，那堆保养品还是问了顾墨颖让芳芳去买的，但刚才在半路上，他盯着那些保养品，心里想，为什么不直接求婚呢？反正是早晚的事，与其供上保养品，不如供上自己的全部，然后他就下了车买了戒指。

而那小丫头竟然就跟上自己的节奏了。想到这里，他心里一股甜意，拥住有些惊魂未定的沈鱼，对众人道：“从今天起，她就是我顾墨洵的了，谁都不许骂她、打她，不许说她不好，我会一直保护她、爱她，到我死的那天。”他说得非常认真，眼睛灼灼地扫过众人，一副宣誓主权的姿态。

众人反应不一，老太太只是笑笑，沈妈妈还在哭，沈爸爸则皱着眉不说话，文子骋被顾墨颖捂着嘴，此时竟然也开始掉泪，把顾墨颖吓了一跳，松开手看他是怎么了。

“妈，以后我也这么求婚，太酷了吧。”文子骋道。

顾墨颖在儿子后脑勺儿拍了一下，然后回头看着自己的丈夫相视一笑。

一顿年夜饭吃得惊心动魄，但隐隐带着温馨的味道。吃饭时，沈妈妈让沈鱼去给沈爸爸添饭，沈鱼盛了一碗，放到爸爸面前，沈爸爸没说什么，但还是拿起碗吃起来。

“爸爸，新年快乐。”沈鱼微微有些胆怯，在爸爸旁边说道。

沈爸爸吃饭的动作停了停，极轻地“嗯”了一声，然后继续吃。

沈妈妈一直站在沈鱼身后，看到这一切，轻轻地往沈鱼背上拍拍，安慰着。沈鱼回身抱住妈妈，在妈妈耳边说道：“妈妈，我终于幸福了。”

有一点儿吃醋

meet you

因为订了婚的缘故，所以顾墨颖允许沈鱼周末可以回斗光阁住，但平时一定得住校，因为沈鱼才上大二，她不想看到沈鱼大二就跟人同居了，虽然以前沈鱼也是住在斗光阁，但以前是病人，现在是未婚妻，性质不一样了。

顾墨洵倒没多大意见，小护士们劝他不如先跟沈鱼领证算了，但顾墨洵并不想过早给沈鱼太大的压力，与其他同龄人一样，快乐充实地过完大学生活才是对她最好的。

沈鱼之前请了好几个月假，有四门课都没有考，这个学期要一并补回来，所以一开学就忙得焦头烂额，宿舍里借来的笔记一堆，她从早到晚废寝忘食，甚至连周末也不回斗光阁，开头几周顾墨洵还算理解，后面便很有怨言了。

这周又是不回，顾墨洵放下手机后，周身都是低气压，寒冬一样的气场让他的办公室没病人敢进。

“这段时间顾医生是不是失调哦，医生也是人，也要注意调理的哦。”一个老人家边去找陈晓肖搭脉，边在那边说。

陈晓肖有一搭没一搭地说：“是啊，再不调理我们要忙死了。后面还排着很多病人呢。”

“真的失调哦，是不是因为没有女朋友啊，不会啊，顾医生长得这么帅，这么吃香，不会是喜欢……”

老人家絮絮叨叨个不停，门口顾墨洵正好出来喝水，倚在门上听到老人家的话，一口将水喝掉，道：“陈婆婆，你已经赊了两服药了。”

陈婆婆马上闭嘴，顾墨洵指指陈晓肖，道：“下午我出去一下。”

说完他转身往楼上走去。

“肯定是找小鱼去。”圆圆不知什么时候跑进来，一脸肯定地说。

陈晓肖点点头表示同意，叹了口气，开始写方子，口中道：“不调这事，得早治，不然真的是……”

顾墨洵在学校附近的咖啡馆买了两杯咖啡，一杯打包，一杯直接拿在手里喝着往学校里走。正是周末，校园里人并不多，迎面碰上几个女生正手挽手地往校门外走，应该是要出去逛街。

几个人看到顾墨洵纷纷侧目，其中一个女生停下来，冲顾墨洵叫道：“顾医生，是找小鱼吗？”

顾墨洵一愣，回头去看，看到一个皮肤很白，长相却一般的女生，围着大大的围巾，全身波西米亚风格，倒是蛮有味道。他记得是小鱼的舍友之一，那个把手机掉在英才楼里，害沈鱼受到惊吓的女生。

他手中抓着咖啡杯，淡淡地说道：“她在吗？”

陈紫薇笑着道：“现在是在，晚点儿就出去了。”

见顾墨洵没什么反应，陈紫薇继续道：“张少政知道吧？他生日，我们先去占位，等一下小鱼和张少政再一起过来，小鱼没跟你说吗？”她的语气颇有点儿唯恐天下不乱，说完笑看着顾墨洵。

顾墨洵道行不知道比陈紫薇深多少，怎会不知道陈紫薇的恶作剧。他淡淡一笑，道：“那就玩得开心。”说着他继续往校园里走。

“到底有没有生气呢？”陈紫薇看着顾墨洵的背影，有点儿小失望。

顾墨洵依然是不紧不慢地走，却并没有去教室找沈鱼，而是直接去了教师楼，上楼梯直接走到二楼，然后在转弯的第一间办公室门口停住，敲了敲门。

“进来。”里面是个女人的声音。

顾墨洵推门进去，靠在门上。一个打扮利落的女人坐在办公桌前，正在对着笔记本电脑打字，电脑边是一大包零食，看到顾墨洵，先是一愣，然后满脸惊喜。

“墨洵，怎么是你？”

“知道你来这个学校当老师，所以来看看你，咖啡。”他扬了扬手中的咖啡。

女人的脸不知不觉有点儿红，露出像少女一样的表情：“你顾大帅哥有主动找过谁吗？无事不登三宝殿，是有事找我吧？”

顾墨洵自来熟地找椅子坐，双腿交叠，很放松地靠在椅背上，优雅又自在。他拿了桌上的零食吃，吃了一块，似乎觉得不错，又拿了一块，道：“你周末的辅导课上有个叫沈鱼的吧？”

女人拿了花名册翻了翻，找了一会儿，点点头：“有，哦，对，是个很认真的孩子，怎么了？”

顾墨洵直接拿过整包的零食来吃，道：“帮我多花点儿工夫辅导一下吧，跟其他补课老师也拜托一下。”

女人一脸疑惑：“家长拜托老师吗？你可是很少求人的，就算是为了亲戚也很少看到你低下尊贵的头，不过，没听说你有妹妹啊？”

“不是妹妹。”

“那是什么？”

“未婚妻。”

“哎？”女人一口咖啡喷出来，半天才止住咳，“你……老牛吃嫩草啊？”

顾墨洵竟然是很得意的表情，一字一顿道：“我喜欢。”

只待了十几分钟，顾墨洵走出了办公室。顾墨洵并不是个爱聊天的人，女人自然知道他的脾气，也不强留，只是略略失落地看着他出去。

阳光还算强烈，顾墨洵慢慢地走。那端有学生的笑闹声传来，顾墨洵看过去，几个学生，有男有女，不知说了什么笑话，一阵大笑，同时回头看身后的人。顾墨洵也看过去，一男一女，一样的青春无敌，男生正笑着对女生说些什么，凑得很近，女生点着头，风吹拂着她的头发，竟然就笑了笑。

是小鱼和张少政。

顾墨洵停在那里，看着两人，然后收回视线，看着天空，半晌，长长地叹了口气。

沈鱼从 KTV 出来，步行回学校。已经很晚了，一大群学生，有好几个都有点儿醉意，勾肩搭背，开着玩笑。张少政也有点儿醉，被人推到沈鱼身边，他就这么半靠在沈鱼身上，身上是浓浓的酒气。沈鱼想推开他，但看他连站都站不稳，又慌忙将他扶住了，唉，有点儿难办啊。

不远处有一辆车鸣着喇叭，起初大家都没在意，直到有人觉得吵，看过去，是一辆很普通的车子，黑色。沈鱼一眼就认出来，但又有些不确定，瞪着那车没有动。

“谁啊？开辆破车还这么吵？”喝醉酒的人大骂。

车门这才打开，正是顾墨洵，站在车门口，冲沈鱼道：“回去吗？”

沈鱼傻在那里，道：“你怎么来了？”

“想你了，就在这里等你回来。”顾墨洵笑得云淡风轻，有些肉麻的话说出来竟然这么自然。

旁边几个女生羡慕地叫。沈鱼眨了眨眼，听到顾墨洵说“想你了”竟然就有点儿想哭了，把张少政小心地交给其他男生，正要跑上去，被张少政拉住了。

“我生日，你就这样跑了吗？”张少政的声音含混不清。

沈鱼道：“哦，忘了说生日快乐了。生日快乐，张少政。”说完她也不看张少政是什么表情，飞快地跑过去了。

车门关上，外面一众人看着车开走。

“算了吧，张少政，留不住的人总是留不住，你不如要我啊。”旁边有女生说道。

张少政苦笑了一下，站起身，脸上哪里还有醉意。

车在路上快速地行驶，沈鱼一上车，顾墨洵就一句话也不说，一路沉默到现在。

气压有点儿低。

“那个，你吃饭了吗？”总算找到了话题。

“没吃。”

“你是什么时候开始等的？”

“中午两点。”

“啊？你为什么要等这么久啊，可以打电话给我啊。”

“我愿意。”

“顾墨洵……你不开心哦？”

车在沈鱼说这句话时猛地一转停在路边，沈鱼还没来得及惊恐，顾墨洵的脸就凑到眼前了。

“不是说复习吗？为什么又去玩了？”他的声音很轻，却生硬，气息喷在沈鱼的脸上。

“张少政生日。”

“电话里为什么不说？”

“怕你不同意，宋、宋燕说偶尔说一下谎无关紧要。”

“那你知道你在对谁说谎吗？”

“你、你……”沈鱼极小心地伸出手指，指了指顾墨洵。

“我是谁？”

“顾……”“墨洵”两字还没出口，顾墨洵的唇猛地凑上来，一下将沈鱼压在身后的车窗上。

他们吻过几次了，但这次绝不相同，一上来就带着炽烈的热气，舌尖直接冲进嘴里，一只手扯开沈鱼衬衫的一颗扣子，修长的手指微微有些用力地掐住沈鱼的喉咙，逼着沈鱼不得不张大了嘴，迎接顾墨洵有些失控的进攻。

吻得太过热烈，沈鱼有些承受不住，轻轻地哼出声，惹得顾墨洵松开掐着沈鱼脖子的手从领口往下移，顾墨洵难以自抑地拉过沈鱼，自己向后仰，让沈鱼整个人靠在他怀中，他的唇便同时往下移。

似乎带着茉莉花的香味，应该是沐浴乳的味道，还有属于沈鱼的味道，混在一起带着强烈的诱惑。顾墨洵深深地吸了一口，张嘴在沈鱼脖子上轻轻咬了一下，手已经整个伸进内衣里，喉结上下滚动着，显示他想要得更多。

然后在手指就要解开内衣搭扣时他又猛然停住了。

该死！这是在车里，自己竟然完全失控了。

茉莉花香还在一阵阵地冲进鼻端，让他忍不住还想吻下去，却终于重重地推开沈鱼，开了窗，用力地深吸了好几口气。

沈鱼是吓傻了，眼神来回游移着不知道看哪里好。

“未婚夫。”半晌，顾墨洵道。

“什么？”

“我是你的未婚夫，下次不要说错了。”

“哦。”

“还有，和男生出去要报备。”

“哦。”

“不许再对我说谎。”

“哦。”

眼看沈鱼恭谦听话，顾墨洵这才满意了，伸手摸了摸沈鱼的头，也不敢完全关上窗，开了一条缝，才重新启动了车子，一丝冷风吹进来，沈鱼这才发现自己的衣领开着，想扣上，却发现扣子被扯坏了，她只能用手抓着。

“顾墨洵。”车快到医馆门口时，沈鱼忽然道。

“嗯？”

“你那是在生气吗？”

“有一点儿。”

“生气是因为吃醋吗？”

车速猛然滞了一下，顾墨洵回头看沈鱼，她还是低着头不敢看他，他本来想否认，但最终承认道：“有一点儿。”

图书在版编目（CIP）数据

我们刚刚好，遇见最美好/赤焰冷著. —石家庄:
花山文艺出版社，2015.9（2019.9重印）
ISBN 978-7-5511-2467-6
Ⅰ. ①我… Ⅱ. ①赤… Ⅲ. ①长篇小说－中国
－当代 Ⅳ. ①I247.5
中国版本图书馆CIP数据核字(2015)第184719号

书　　名：我们刚刚好，遇见最美好
著　　者：赤焰冷

策划统筹：张采鑫
特约编辑：欧雅婷　杨吉晨
责任编辑：董　舸
责任校对：齐　欣
美术编辑：许宝坤
封面设计：刘　艳
内文设计：西　楼
封面绘制：容　镜
出版发行：花山文艺出版社（邮政编码：050061）
（河北省石家庄市友谊北大街330号）
销售热线：0311-88643221/29/35/26
传　　真：0311-88643225
印　　刷：长沙鸿发印务实业有限公司
经　　销：新华书店
开　　本：889×1194　1/32
印　　张：9.125
字　　数：223千字
版　　次：2015年10月第1版
2019年9月第2次印刷
书　　号：ISBN 978-7-5511-2467-6
定　　价：36.80元